MW01251140

Pôlefiction

Du même auteur
chez Gallimard Jeunesse:

La dernière petite enveloppe bleue

Une fille à la mer

Suite Scarlett
Au secours, Scarlett !

Maureen Johnson

13 petites enveloppes bleues

Traduit de l'américain
par Julie Lopez

GALLIMARD JEUNESSE

Titre original : *13 Little Blue Enveloppes*
Produced by 17th Street Productions, an Alloy Company,
151 West 26th Street, New York
New York 10001, USA
©Published by arrangement
with HarperCollins Children's Books, a division
of HarperCollins Publishers
© Maureen Johnson, 2005
© Éditions Gallimard Jeunesse, 2006,
pour la traduction française
© Éditions Gallimard Jeunesse, 2011,
pour la présente édition

Pour Kate Schafer,
la plus formidable compagne
de voyage au monde, et une femme
qui n'a pas peur de reconnaître
qu'il lui arrive parfois de ne plus
se rappeler où elle habite.

✉.1

Chère Ginger,

Je n'ai jamais beaucoup aimé les règles. Tu le sais. Alors tu vas sans doute trouver bizarre que cette lettre soit remplie de règles que j'ai établies et que je veux que tu suives.

Tu dois te demander: «Les règles de quoi?» Tu as toujours posé de bonnes questions.

Tu te souviens du jeu «Aujourd'hui, j'habite en...» que nous faisions quand tu étais petite et que tu venais me voir à New York? (C'était le «Aujourd'hui, j'habite en Russie» que je préférais, je crois. On jouait toujours à celui-là en hiver. On allait voir la collection d'art russe au Metropolitan Museum, on marchait dans la neige à Central Park. Ensuite, on allait manger dans ce petit resto russe du Village, où il y avait de délicieux légumes marinés et un drôle de caniche sans poils qui restait assis près de la fenêtre et aboyait sur les taxis.)

Je voudrais que nous jouions à ce jeu encore une fois – mais de façon un peu plus littérale. Aujourd'hui, ce sera: «J'habite à Londres.» Comme tu le vois, j'ai glissé mille dollars en liquide

9

dans cette enveloppe. De quoi payer un passeport, un aller simple New York–Londres et un sac à dos. (Garde quelques dollars pour le taxi jusqu'à l'aéroport.)

Quand tu auras réservé ton billet, fait ton sac et dit au revoir à tout le monde, je veux que tu ailles à New York. Plus précisément, je veux que tu te rendes à La Quatrième Nouille, *le restaurant chinois au-dessous de mon ancien appartement. Quelque chose t'y attend.* Ensuite, va directement à l'aéroport.

Tu vas partir pour plusieurs semaines et voyager dans des pays étrangers. Voici les fameuses règles qui vont guider ton voyage :

Règle numéro 1 : Tu ne dois emporter que ce qui tient dans ton sac à dos. N'essaie pas de tricher avec un sac ou un bagage à main.

Règle numéro 2 : Tu ne dois emporter ni guides de voyage, ni guides de conversation, ni aucune aide pour les langues étrangères. Et pas de revues.

Règle numéro 3 : Tu ne peux pas prendre d'argent en plus, ni de carte de crédit, de débit, de chèques de voyage, etc. Je me charge de tout ça.

Règle numéro 4 : Pas d'expédients électroniques. Ce qui signifie pas d'ordinateur portable, de téléphone portable, de musique ni d'appareil photo. Interdiction de téléphoner chez toi et de communiquer avec les États-Unis par Internet ou par téléphone. Les cartes postales et les lettres sont acceptées et encouragées.

C'est tout ce que tu as besoin de savoir pour l'instant. Rendez-vous à La Quatrième Nouille.

Je t'embrasse,

Ta tante en cavale.

Un sac comme une boîte
aux lettres

En règle générale, Ginny Blackstone essayait de passer inaperçue – chose quasiment impossible avec un sac violet et vert de quinze kilos (elle l'avait pesé) sur le dos. Elle préférait ne pas penser au nombre de personnes dans lesquelles elle était rentrée depuis qu'elle le portait. Ce n'était pas l'idéal pour se balader à New York. Ni où que ce soit, d'ailleurs... Mais particulièrement dans l'East Village par un bel après-midi de juin.

Sans compter qu'une bonne partie de ses cheveux était coincée sous la sangle de l'épaule droite, ce qui lui faisait pencher la tête sur le côté. Voilà qui n'arrangeait pas les choses.

Cela faisait deux ans que Ginny n'était pas venue à l'appartement de *La Quatrième Nouille*. (Ou «cet endroit au-dessus de l'usine à graisse», comme disaient les parents de Jane. Ils n'avaient pas tout à fait tort. Le restaurant était très gras. Mais gras dans le bon sens du terme, et on y servait les meilleurs raviolis chinois au monde.)

Ses souvenirs du lieu s'étaient un peu estompés ces deux dernières années, mais le nom du restaurant, *La Quatrième Nouille*, contenait aussi son adresse. Il se trouvait dans la quatrième rue, avenue A. Les avenues désignées par des lettres de l'alphabet se situent à l'est des avenues portant des numéros et s'enfoncent dans le quartier hyper branché de l'East Village, où les gens fument, s'habillent en latex et ne se trimballent jamais avec un sac à dos de la taille d'une boîte aux lettres.

Maintenant elle le voyait : le petit restaurant sans prétention, à côté des Tarots Pavlova (dont l'enseigne aux néons violets ne cessait de bourdonner), juste en face de la pizzeria au mur recouvert d'une immense peinture représentant un rat.

Une petite cloche tinta quand Ginny ouvrit la porte, et elle reçut un souffle d'air conditionné en pleine figure. Une petite femme aux allures de fée se tenait derrière le comptoir, répondant à trois téléphones à la fois. C'était Alice, la voisine préférée de tante Peg. Elle fit un large sourire en voyant Ginny et leva un doigt pour lui demander d'attendre.

— Ginny, dit-elle en raccrochant deux téléphones et en reposant le troisième. Colis. Peg.

Elle disparut à travers un rideau de bambou qui dissimulait une porte derrière le comptoir. Même si Alice était chinoise, elle parlait parfaitement anglais. (Tante Peg le lui avait dit.) Mais comme elle voulait toujours aller droit au but (on ne chômait pas à *La Quatrième Nouille*), elle ne s'exprimait que par juxtaposition de mots.

Rien n'avait changé depuis la dernière visite de Ginny. Elle leva les yeux sur les photos de nourriture chinoise éclairées, ces images scintillantes de crevettes au sésame et de poulet au brocoli factices. Elles brillaient, plus radioactives qu'appétissantes. Les morceaux de poulet étaient un peu trop luisants et orange. Les graines de sésame trop blanches et trop grosses. Les brocolis fluo. Il y avait un agrandissement encadré d'une photo de Rudy Giuliani, l'ancien maire de New York, se tenant aux côtés d'une Alice radieuse, un jour où il était passé par là.

C'était l'odeur, cependant, qui lui était la plus familière. L'odeur pesante et grasse du bœuf grésillant, du porc et des poivrons, et celle, douceâtre, des bacs de riz à la vapeur. Cette senteur qui s'infiltrait par le plancher de tante Peg et qui la parfumait.

Cette odeur réveilla tant de souvenirs en Ginny qu'elle faillit se retourner pour voir si tante Peg n'était pas là, derrière elle.

Mais, bien sûr, c'était impossible.

– Voilà, dit Alice en émergeant du rideau perlé, un gros colis enveloppé de papier kraft à la main. Pour Ginny.

Le colis – une enveloppe matelassée bourrée à craquer – lui était effectivement adressé : Virginia Blackstone, aux bons soins d'Alice, à

La Quatrième Nouille, New York City. Il portait le cachet de Londres et était entouré d'une infime aura graisseuse.

— Merci, dit Ginny en acceptant le paquet aussi gracieusement que possible, sachant qu'elle ne pouvait se pencher, au risque de tomber sur le comptoir.

— Salue Peg de ma part, dit Alice.

Elle reprit le téléphone et se mit aussitôt à noter une commande.

— Oui…, dit Ginny en hochant la tête. Euh, bien sûr.

De retour dans la rue, alors qu'elle scrutait l'avenue A à la recherche du taxi qu'elle allait devoir héler comme une grande, Ginny se demanda si elle aurait dû dire à Alice ce qui était arrivé. Mais la panique de devoir se débrouiller seule absorba bientôt toutes ses pensées. Les taxis filaient à toute allure dans les rues de New York, comme des prédateurs jaunes, emportant les gens là où ils devaient aller, sans se soucier des piétons terrifiés qui n'avaient qu'à se débrouiller pour se mettre à l'abri.

Non, pensa-t-elle, en levant timidement la main, aussi haut que possible, alors que venaient d'apparaître plusieurs véhicules. Elle n'avait aucune raison de tout raconter à Alice. Elle-même n'arrivait pas vraiment à y croire. D'ailleurs, elle devait y aller.

Les aventures de tante Peg

À l'âge de Ginny (dix-sept ans), tante Peg s'était enfuie de chez elle, dans le New Jersey, deux semaines avant sa rentrée à l'université de Mount Holyoke, où elle avait obtenu une bourse. Lorsqu'elle avait réapparu, une semaine plus tard, elle avait semblé surprise que les gens soient furieux contre elle. Elle avait expliqué qu'elle avait eu besoin de réfléchir à ce qu'elle attendait des études, alors elle était partie dans le Maine, où elle avait rencontré des gens qui construisaient des bateaux de pêche de façon artisanale. D'ailleurs, avait-elle annoncé à tout le monde, elle ne voulait plus aller à l'université. Elle allait prendre une année et travailler. Et c'est ce qu'elle avait fait. Elle avait abandonné sa bourse et passé l'année suivante à travailler comme serveuse dans un grand restaurant de fruits de mer du centre de Philadelphie. Elle partageait alors un petit appartement dans South Street avec trois colocataires.

L'année suivante, elle s'était inscrite dans une petite université du Vermont où personne n'était noté et où elle avait étudié la peinture. La mère de Ginny – la grande sœur de Peg – avait des idées bien arrêtées sur ce qu'étaient les «véritables» matières universitaires, et la peinture n'en faisait pas partie. Pour elle, se spécialiser dans ce domaine était aussi absurde que se spécialiser dans la photocopie ou le réchauffage de restes. La mère de Ginny avait toujours été très terre à terre. Elle vivait dans une jolie maison et avait un petit bébé (Ginny). Elle avait essayé de persuader Peg de devenir comptable, comme elle. Celle-ci lui avait répondu par un mot disant qu'elle avait choisi l'art performance comme matière secondaire.

Dès son diplôme obtenu, tante Peg était partie pour New York et avait emménagé dans l'appartement au-dessus de *La Quatrième Nouille*, d'où elle n'avait plus bougé. C'était bien la seule constante dans sa vie. Elle changeait tout le temps de travail. Elle avait travaillé comme gérante dans un important magasin de fournitures artistiques, jusqu'au jour où elle avait accidentellement appuyé une fois de trop sur la touche «zéro» lors d'une commande par Internet. Au lieu des vingt chevalets italiens, faits sur commande et non échangeables, qu'elle attendait, elle en avait reçu deux cents, à sa grande surprise. Puis elle avait été standardiste intérimaire au siège de Donald Trump, jusqu'au jour où elle avait répondu à un appel du milliardaire en personne. Croyant qu'un de ses amis acteurs lui faisait une blague, elle s'était aussitôt lancée dans une tirade sur «ces abrutis de capitalistes affublés d'affreux postiches». Elle ne se lassait jamais de raconter l'épisode où elle s'était fait escorter jusque sur le trottoir par deux agents de sécurité. Pour elle, ces boulots ne servaient qu'à attendre le moment où sa carrière artistique allait décoller.

La mère de Ginny y voyait une raison supplémentaire de désespérer de sa petite sœur. Elle s'appliquait toujours à rappeler à Ginny que, même si elle devait aimer sa tante, elle ne devait pas essayer de lui ressembler.

Il n'y avait jamais vraiment eu de danger de ce côté-là. Ginny était trop bien élevée, trop normale pour que le problème se pose. Néanmoins, elle adorait rendre visite à tante Peg. Leurs rencontres avaient beau être imprévisibles et plus que rares, elles représentaient des expériences magiques durant lesquelles toute règle de vie normale était mise de côté. Le dîner n'avait pas besoin d'être équilibré et servi à six heures précises – ce pouvait être un kebab afghan et de la glace au sésame noir à minuit. On ne passait pas la soirée devant la télé. Parfois, elles allaient traîner dans des boutiques et des magasins de vêtements, et elles essayaient les articles les plus chers et les plus extravagants qu'elles puissent trouver – des choses que Ginny aurait été mortellement embarrassée de porter en présence de n'importe qui d'autre, et souvent si coûteuses qu'elle avait l'impression qu'elle devait demander la permission de les toucher. «C'est un magasin, lui disait tante Peg en s'emparant de lunettes à cinq cents dollars de la taille d'une soucoupe, ou d'un énorme chapeau à plumes. Ces trucs sont là pour qu'on les essaie.»

Ce que Ginny préférait chez tante Peg, c'était qu'en sa présence, elle se sentait plus intéressante. Elle n'était plus aussi calme et obéissante. Elle vivait plus intensément. Tante Peg la rendait différente. Et depuis toujours, elle lui avait fait la promesse d'être là pour la guider quand elle entrerait au lycée, puis à l'université. «C'est à ce moment-là que tu auras besoin de moi», disait-elle toujours.

Un jour, au mois de novembre, alors que Ginny était en seconde, le téléphone de tante Peg avait cessé de fonctionner. La mère de Ginny avait soupiré, en déduisant que la facture n'avait pas été payée. Alors elle et Ginny avaient pris la voiture pour aller à New York voir ce qui se passait. L'appartement au-dessus de *La Quatrième Nouille* était vide. Le gardien de l'immeuble leur avait dit que tante Peg avait déménagé plusieurs jours auparavant, sans laisser d'adresse. Mais il y avait un petit mot coincé sous le paillasson: «Une chose que je dois faire. Donnerai bientôt des nouvelles.»

Au début, personne ne s'était vraiment inquiété. On supposait qu'il ne s'agissait que d'une énième escapade. Un mois était passé. Puis un deuxième. Le trimestre de printemps s'était achevé. L'été était arrivé. Tante Peg était partie, tout simplement. Puis des cartes postales avaient commencé à arriver, des phrases anodines pour dire qu'elle allait bien. Elles étaient toutes postées d'endroits différents – Angleterre, France, Italie – mais ne contenaient aucune explication.

En somme, tante Peg était typiquement le genre de personne à envoyer Ginny en Angleterre, toute seule, avec pour seul guide un colis récupéré dans un restaurant chinois. Ça n'avait rien de très étrange.

Ce qui était étrange, en revanche, c'est que tante Peg était morte depuis trois mois.

Ce dernier fait, Ginny avait un peu de mal à l'avaler. Tante Peg était la personne la plus vivante qu'elle avait jamais connue. Sans compter qu'elle n'avait que trente-cinq ans. Ce nombre restait inscrit dans l'esprit de Ginny car sa mère ne cessait de le répéter. Seulement trente-cinq ans. Une femme de trente-cinq ans aussi vivante n'était pas censée mourir. Mais tante Peg, si. Un docteur avait appelé d'Angleterre pour leur expliquer qu'elle avait développé un cancer – que c'était arrivé très vite, qu'ils avaient tout tenté mais n'avaient rien pu faire.

Cette nouvelle… La maladie… Tout ça demeurait très vague dans l'esprit de Ginny. D'une certaine façon, elle n'y avait jamais vraiment cru. Tante Peg était toujours là, quelque part dans sa tête. Et d'une certaine manière, c'était vers elle que la conduisait cet avion. Seule tante Peg pou-

20

vait créer ce genre de situation. Cela dit, Ginny avait, elle aussi, fait sa part de travail. D'abord, elle avait dû se convaincre qu'elle était capable de suivre ce qui avait tout l'air de l'idée folle d'une tante peu réputée pour son sérieux. Cela fait, elle avait dû convaincre ses parents de la même chose. La négociation de certains traités internationaux capitaux avait pris moins de temps que ça.

Mais maintenant elle était là. Elle ne pouvait plus revenir en arrière.

Il faisait froid dans l'avion. Très froid. Les lumières étaient éteintes, et les hublots ne donnaient que sur l'obscurité la plus complète. À part Ginny, tout le monde semblait dormir, y compris les deux personnes assises à côté d'elle. Elle ne pouvait bouger sans les réveiller. Elle s'enveloppa dans la minuscule et inefficace couverture fournie par la compagnie et serra le paquet contre sa poitrine. Elle n'avait pas encore pu se résoudre à l'ouvrir. Au lieu de ça, elle avait passé la majeure partie de la nuit à regarder par le hublot obscurci une ombre longue et des lumières qui clignotaient, pensant d'abord qu'il s'agissait de la côte du New Jersey, puis de l'Islande, peut-être, ou de l'Irlande. Elle n'avait compris qu'à l'aube, au moment où l'avion s'apprêtait à atterrir, que, pendant tout ce temps, elle avait regardé l'aile.

Au-dessous d'eux, à travers un voile cotonneux de nuages, s'étendait un patchwork de carrés verts. La terre. Cet avion allait atterrir, et ils allaient la faire sortir. Dans un pays étranger.

Ginny n'était jamais allée dans un endroit plus exotique que la Floride, et jamais toute seule.

Elle desserra les bras et posa le colis sur ses genoux. Le moment de l'ouvrir était venu. Le moment de découvrir quels projets tante Peg avait faits pour elle.

Elle décacheta l'enveloppe et y plongea la main.

Le colis contenait une série d'enveloppes qui ressemblaient à la première. Elles étaient toutes bleues, en papier épais, de bonne qualité. Comme celles qu'on trouve dans les papeteries. Chaque enveloppe était illustrée à l'encre ou à l'aquarelle, et elles étaient attachées en paquet par deux tours d'un élastique tendu à l'extrême.

Mais surtout, chacune d'entre elles était numérotée, de deux à treize. Une bouteille était dessinée sur l'enveloppe numéro 2, avec l'inscription « OUVRE-MOI DANS L'AVION ».

C'est ce qu'elle fit.

✉.2

Chère Ginger,

Comment ça s'est passé, à La Quatrième Nouille ? Ça faisait longtemps, hein ? J'espère que tu as mangé quelques raviolis au gingembre pour moi.

Je sais très bien que je te dois des explications, Gin. Mais laisse-moi commencer par le récit de ma vie à New York avant mon départ, il y a deux ans.

J'imagine que tu sais que ta mère (qui s'inquiète pour sa petite sœur rebelle) m'a souvent critiquée parce que je n'avais pas de « vrai travail », pas de mari, pas d'enfants, ni de maison, ni de chien. Mais moi, ça ne me dérangeait pas. Je pensais que les autres faisaient fausse route, et que c'était moi qui avais raison.

Mais un jour, en novembre, je suis allée en métro à mon nouveau boulot temporaire. L'accordéoniste aveugle qui prend toujours le métro numéro 6 jouait le thème du Parrain juste devant moi, comme toutes les autres fois où j'avais pris cette ligne. Je suis descendue au niveau de la 33ᵉ rue, et je me suis acheté un café amer et brûlé à quatre-vingt-neuf cents dans le premier deli venu, comme chaque fois que je me présentais à un boulot temporaire.

Ce jour-là, je devais aller travailler dans un bureau de l'Empire State Building. Je dois avouer, Gin, que cet immeuble me rend toujours un peu sentimentale. Il suffit que je le regarde pour ressentir l'envie soudaine d'écouter une chanson de Frank Sinatra et de me mettre à danser. J'ai un faible pour cet immeuble. J'y étais déjà allée de nombreuses fois, mais jamais pour travailler. J'avais toujours su qu'il y avait des bureaux à l'intérieur, mais je n'avais jamais vraiment intégré cette information. On ne travaille pas à l'Empire State Building. On y fait sa déclaration, on amène une flasque en douce sur la terrasse et on trinque à la santé de tout New York.

Et alors que je me dirigeais vers l'immeuble, j'ai réalisé que j'allais pénétrer dans cette merveille pour classer des documents et faire des photocopies. Je me suis arrêtée. Trop brusquement, d'ailleurs : le type derrière moi m'est rentré dedans.

Quelque chose n'allait pas si j'en arrivais à entrer dans l'Empire State Building pour ça.

C'est comme ça que tout a commencé, Gin. Juste là, sur le trottoir de la 33e rue. Je ne suis pas allée travailler ce jour-là. J'ai fait demi-tour, j'ai repris la ligne 6 et je suis rentrée chez moi. J'avais beau adorer mon appartement, quelque chose en moi me disait : « C'est le moment ! Le moment de partir ! Comme le lapin dans Alice au pays des merveilles qui court toujours en s'écriant : " Je suis en retard ! " »

En retard pour quoi, je ne saurais le dire. Mais ce sentiment était tellement intense que je ne pouvais m'en débarrasser. J'ai appelé pour dire que j'étais malade. J'ai tourné en rond dans mon appartement. Quelque chose clochait dans ma vie. J'étais restée trop longtemps dans mon cocon. Je faisais des boulots barbants.

J'ai pensé à tous les artistes que j'admirais. Que faisaient-ils? Où vivaient-ils? Eh bien, ils vivaient en Europe, pour la plupart.

Et si je partais en Europe? Sur-le-champ? Les personnes que j'admirais avaient parfois connu la faim et la misère, mais cela les avait aidées à créer. Je voulais créer.

Cette nuit-là, j'ai acheté un billet d'avion pour Londres en empruntant cinq cents dollars à un ami. Je me suis donné trois jours pour m'organiser. À plusieurs reprises, j'ai décroché mon téléphone pour t'appeler, mais je ne savais pas quoi dire. Où j'allais... pourquoi... Je ne connaissais pas les réponses. Et je ne savais pas combien de temps j'allais rester absente.

Tu te trouves toi aussi dans cette situation maintenant. Tu t'apprêtes à aller en Angleterre sans la moindre idée de ce qui t'attend. Ton itinéraire et mes instructions se trouvent dans ces enveloppes. Voilà le truc: tu dois les ouvrir une par une et seulement lorsque tu auras accompli la tâche qui t'est assignée dans chaque lettre. Je compte sur ton honnêteté: tu pourrais toutes les ouvrir d'un coup, et je n'en saurais probablement jamais rien. Mais je suis sérieuse, Gin. Ça ne marchera que si tu les ouvres exactement comme je te l'ai indiqué.

Après l'atterrissage, ta première tâche est de te rendre à l'endroit où tu vas séjourner. Pour ce faire, tu dois prendre le métro. J'ai glissé un billet de dix livres dans l'enveloppe pour payer ton ticket. C'est cette chose violette avec un portrait de la reine.

Tu dois descendre à l'arrêt Angel, sur la Northern Line. Tu seras alors dans un quartier de Londres qui s'appelle Islington. Quand tu sortiras de la station, tu te trouveras sur Essex Road. Prends à droite. Marche une minute environ jusqu'à Pennington Street. Tourne à gauche et cherche le numéro 54a.

Frappe à la porte. Attends qu'on vienne t'ouvrir. Sonne et répète l'opération jusqu'à ce que la porte s'ouvre.

Je t'embrasse,

Ta tante en cavale.

P.-S. : Tu as dû remarquer qu'il y avait une carte bancaire Barclays dans l'enveloppe. Bien sûr, ce serait trop risqué de te donner le code par écrit. Une fois arrivée au 54a, demande à la personne qui vit là : «Qu'avez-vous vendu à la reine?» La réponse sera le code. Ensuite, tu pourras ouvrir l'enveloppe numéro 3.

54a Pennington Street, Londres

Elle se trouvait quelque part dans l'aéroport d'Heathrow. Elle était sortie de l'avion, avait retiré le fameux sac à dos du carrousel à bagages puis fait la queue pendant une heure pour faire tamponner son passeport et se faire ignorer des douaniers. À présent, elle observait la carte du métro de Londres.

On aurait dit une affiche dans une école maternelle, conçue pour attirer l'attention des bambins, avec son fond blanc et ses lignes de couleurs primaires vives qui serpentaient en tous sens. Les arrêts portaient des noms évoquant la solidité : Old Street et London Bridge. La royauté : Earl's Court (la cour du Comte), Queensway (le chemin de la Reine), Knightsbridge (le pont des Chevaliers). D'autres étaient plus amusants : Elephant & Castle, Oxford Circus, Marylebone. Des noms qu'elle reconnaissait : Victoria Station, Paddington (où vivait l'ours en peluche), Waterloo. Et puis il y avait Angel. Pour s'y rendre, elle devait changer de ligne à un endroit appelé King's Cross.

Elle sortit le billet de dix livres, trouva une machine et suivit les instructions. Elle se dirigea vers l'un des couloirs d'entrée et se retrouva confrontée à deux portes en métal, façon saloon. Elle regarda autour d'elle, ne sachant que faire. Elle essaya de pousser doucement les barrières, mais elles refusèrent de bouger. Elle vit une femme à côté d'elle introduire son ticket dans une fente de la boîte en métal et les portes s'ouvrirent. Ginny l'imita. La machine avala son ticket avec un bruissement satisfait, les portes s'écartèrent et elle avança.

Tout le monde allant dans la même direction, alors elle suivit le mouvement, en s'efforçant de ne pas trébucher sur les sacs à roulettes que les gens tiraient derrière eux. Quand le métro glissa le long de la plate-forme blanche, elle ne pensa pas à poser son sac, si bien qu'une fois à l'intérieur, elle ne put s'asseoir que sur le rebord d'un siège.

Ça ne ressemblait pas au métro de New York. Celui-ci était bien mieux. Les portes faisaient d'agréables bangs en s'ouvrant, et une voix à l'accent anglais lui répétait de faire attention à la marche en descendant.

Le train roulait en extérieur, derrière des maisons. Puis il replongea sous terre, et les stations devinrent de plus en plus bondées. Toutes sortes de personnes allaient et venaient, certaines avec des plans et des sacs à dos, d'autres avec des journaux ou des livres et un visage dénué d'expression.

Quelques arrêts plus tard, la voix roucoula «Angel». Ginny était si encombrante avec son sac à dos qu'elle ne put se retourner, si bien qu'elle dut sortir du wagon à reculons, en cherchant le chemin du pied. Un écriteau suspendu au plafond indiquait «Sortie». Il y avait une nouvelle rangée de portes métalliques. Cette fois, Ginny était persuadée qu'elles s'écarteraient sur son passage, comme des portes automatiques. Mais pas du tout. Pas même lorsqu'elle fonça droit sur elles.

Une voix agacée s'éleva derrière elle :

– Vous devez introduire votre ticket, ma jolie.

Elle se retourna et se retrouva face à face avec un uniforme bleu marine et une veste de travail orange vif.

– Je ne l'ai pas, dit-elle. Je l'ai mis dans la machine, et elle l'a gardé.

– Vous étiez censée le reprendre, soupira-t-il. Le ticket ressort toujours.

Il s'approcha d'une des boîtes métalliques et actionna un bouton ou un levier dissimulé au regard. Les portes s'ouvrirent. Elle les franchit à la hâte, trop gênée pour se retourner.

La première chose qui la frappa à l'extérieur fut l'odeur d'une averse récente. Le trottoir était toujours humide et bondé de piétons qui la contournaient soigneusement, elle et son sac à dos. Sur la route, la circulation était dense, comme dans les films. Les voitures se suivaient de près et roulaient dans le mauvais sens. Un véritable bus rouge à étage avançait lentement.

Dès qu'elle quitta la rue principale, l'atmosphère devint beaucoup plus calme. Elle se retrouva dans une rue étroite, coupée en deux par une ligne en zigzag. Les maisons d'un blanc crayeux étaient presque toutes identiques, à l'exception de la couleur de leurs portes (noires pour la plupart, bleues ou rouges à l'occasion), couronnées de plusieurs cheminées, d'antennes et de paraboles. Le tout donnait un drôle de résultat : on aurait dit qu'une navette spatiale s'était écrasée dans un roman de Charles Dickens.

Une fissure courait le long des six marches en béton qui menaient à la porte d'entrée du 54a. De gros pots bordaient les marches, contenant des plantes qui, semblait-il, n'avaient pas été volontairement condamnées à mort. Faibles et minuscules, elles faisaient néanmoins un effort pour survivre. Visiblement, quelqu'un avait essayé, en vain, de les garder en bon état.

Ginny s'arrêta au pied des marches. Elle s'apprêtait probablement à commettre une grave erreur. Certains amis de Peg sortaient un peu du commun. Comme son ancienne colocataire, qui faisait des performances artistiques et mangeait ses propres cheveux sur scène. Ou ce type qui avait passé un mois entier à ne communiquer qu'à travers la danse interprétative en signe de protestation (contre quoi, nul ne le savait vraiment).

Non. Elle était venue jusqu'ici. Elle n'allait pas abandonner au premier obstacle. Elle monta les marches et frappa à la porte.

– Une seconde, s'écria une voix à l'intérieur. Juste un instant.

La voix avait un accent britannique (ça n'aurait pas dû l'étonner, et pourtant, si). Et c'était une voix masculine. Jeune. Elle entendit un bruit de pas – quelqu'un descendait l'escalier en courant. La porte s'ouvrit à la volée.

L'homme qui se tenait devant elle était en train de s'habiller. La première chose qui surprit Ginny fut qu'il portait une moitié de costume noir (le pantalon). Une cravate gris argent pendait négligemment autour de son cou, et sa chemise n'était qu'à moitié rentrée dans son pantalon. D'ordinaire, les amis de Peg ne portaient pas de costume (même en partie) ni de cravate. En revanche, le fait qu'il soit beau – grand, avec des cheveux légèrement bouclés et des sourcils hauts – ne l'étonna pas. Tante Peg attirait des personnes qui avaient beaucoup de charme et de personnalité.

L'homme l'observa pendant un instant, puis rentra précipitamment sa chemise dans son pantalon.

– Vous êtes Virginia ? demanda-t-il.

– Ouais, répondit-elle.

Son «ouais» lui parut trop vulgaire, et elle prit soudain conscience de son propre accent.

– Je veux dire, oui. C'est moi. Je suis Ginny. Comment avez-vous deviné ?

– Juste une intuition, dit-il, son regard s'attardant sur le sac. Je m'appelle Richard.

– Je m'appelle Ginny, répéta-t-elle.

Elle secoua légèrement la tête pour que son sang se remette à l'irriguer.

Pendant un instant, Richard hésita visiblement sur la façon de l'accueillir. Finalement, il tendit la main pour prendre son sac.

– C'est une chance que vous m'ayez trouvé là. Je ne savais pas quand vous alliez venir. Je n'étais même pas sûr que vous viendriez.

– Eh bien, me voilà, dit-elle.

Ils hochèrent la tête quelques secondes jusqu'à ce que Richard semble physiquement frappé par une idée.

– Vous devriez entrer.

Il ouvrit la porte en grand et grimaça très légèrement en soulageant Ginny de son sac à dos violet et vert criard.

Richard lui fit rapidement visiter les lieux. Il s'avéra que le 54a, Pennington Street, n'était qu'une maison – pas une colonie d'artistes, une communauté ou une quelconque expérience sociologique. Une maison à la décoration simple, qui plus est. On aurait dit qu'elle avait été commandée telle quelle dans un catalogue de fournitures de bureau. Une moquette peu épaisse, des meubles simples dans des teintes de noir et bleu marine monotones. Rien sur les murs. Du moins, jusqu'à ce qu'ils arrivent dans une petite chambre ensoleillée.

– C'était la chambre de Peg, dit Richard en ouvrant la porte.

Mais Ginny n'avait pas besoin qu'on le lui dise. C'était une version miniature de l'appartement de *La Quatrième Nouille*. En fait, cette pièce lui ressemblait tant qu'elle en eut presque la chair de poule. Ce n'était pas parce qu'elle avait été meublée et peinte exactement de la même façon. Non, c'était la méthode. Les murs avaient été aspergés de peinture rose puis couverts d'un collage élaboré à partir de… eh bien, de déchets, pour tout dire. (Quand la mère de Ginny s'énervait contre sa sœur, elle avait tendance à railler cette habitude de tante Peg: ramasser les détritus. «Elle colle les poubelles des autres sur ses murs!»)

Mais ces déchets n'étaient ni sales ni odorants: des étiquettes, des morceaux de vieux magazines, des emballages de sucreries. Si n'importe qui d'autre avait essayé ça, le résultat aurait été effarant et dégoûtant. Mais tante Peg avait réussi à les organiser par couleurs, par styles, par images, si bien que tout s'accordait à merveille. Comme si tout faisait sens. Un mur avait été épargné, et Peg y avait accroché un poster que Ginny reconnut immédiatement. Une vieille peinture française du XIXe siècle représentant une jeune femme derrière un bar. Elle portait une élégante robe bleue et le bar qu'elle tenait semblait luxueux, en marbre, croulant sous les bouteilles. Un miroir derrière elle reflétait la foule et un spectacle. Mais elle avait l'air de s'ennuyer à mourir.

– C'est Manet, dit Ginny. *Le Bar des Folies Bergère.*

– Vraiment?

Richard cligna des yeux, comme s'il n'avait jamais remarqué cette affiche auparavant.

– Je n'y connais pas grand-chose en art, s'excusa-t-il. C'est joli, j'imagine. De jolies couleurs…

« Bien joué », pensa Ginny. Maintenant il devait la prendre pour une crétine pseudo-artiste qui n'était là que parce qu'elle avait passé l'âge des camps de vacances artistiques. Elle connaissait le nom de l'artiste seulement parce que tante Peg avait exactement la même reproduction, dans son ancien appartement, avec le nom de l'artiste et le titre de l'œuvre imprimés en bas.

Richard observait l'affiche d'un air vide.

– Je n'y connais pas grand-chose non plus, dit Ginny. Ne vous en faites pas.

– Oh! bien. (Il parut un peu rassuré.) Vous avez l'air exténuée. Vous voulez peut-être vous reposer? Encore une fois, je suis désolé, j'aurais aimé savoir quand vous… mais bon, vous êtes là, alors…

Ginny regarda le lit et la housse de couette extravagante. Encore une œuvre de tante Peg. Il y avait eu le même genre d'objet dans son appartement, confectionné de pièces de tissu trouvées au hasard, mal assorties. Elle avait désespérément envie de s'y allonger.

– Bon, il faut que j'y aille, dit Richard. Vous voulez peut-être venir avec moi? Je travaille chez Harrods. Le grand magasin. C'est un endroit comme un autre pour commencer la visite de

Londres. Peg adorait y aller. On s'occupera du reste plus tard. Qu'en dites-vous ?

— D'accord, dit Ginny en jetant un dernier regard triste vers le lit. Allons-y.

Harrods

Dans le métro, Ginny luttait contre le sommeil. Le rush matinal battait son plein, et ils étaient obligés de rester debout. Le rythme du train la berçait. Elle devait fournir un véritable effort pour ne pas s'effondrer sur Richard.

Celui-ci essayait visiblement de faire la conversation, lui indiquant ce qu'il y avait à voir à chacun des arrêts, du plus important (Buckingham Palace, Hyde Park) au plus futile (son dentiste, «des plats thaïs à emporter vraiment délicieux»). Ses mots se noyaient dans le brouhaha environnant. Des voix tourbillonnaient autour du visage de Ginny. Ses yeux passaient d'une publicité à l'autre. Même si la langue était la même, le sens de la plupart des affiches lui échappait. Elle avait l'impression que chacune d'elles était une sorte de blague pour initiés.

– Tu ressembles beaucoup à Peg, lui dit Richard, ce qui retint son attention.

Ce n'était pas faux. Elles avaient les mêmes cheveux, du moins – longs, chocolat foncé. Tante

Peg était plus petite. Les inconnus la prenaient souvent pour une danseuse, à cause de sa minceur et de son port de reine. Elle avait des traits particulièrement délicats. Ginny était plus grande, avec des formes plus marquées. Plus ronde, quoi. Moins délicate.

– Peut-être, répondit-elle.

– Non, vraiment. C'est extraordinaire…

Il se tenait à une poignée au-dessus de lui et la regardait intensément. Quelque chose dans ce regard sortit Ginny de son épuisement et elle le fixa avec la même intensité. Cet instant les étonna tous les deux, et ils détournèrent le regard au même moment. Richard ne parla plus jusqu'à l'arrêt suivant. Il informa Ginny qu'ils étaient arrivés à Knightsbridge, leur destination.

Ils émergèrent dans une rue londonienne animée, encombrée par des bus rouges, des taxis noirs, de minuscules voitures, des motos… Les trottoirs étaient noirs de monde. Même si elle avait encore le cerveau embrumé, Ginny ressentit un élan d'énergie à ce spectacle.

Richard la guida vers un bâtiment, au coin de la rue, qui semblait s'étendre à l'infini. Il était construit en briques rouge et or, avec des corniches ornementales et un dôme au sommet. Des auvents verts surplombaient des douzaines de vitrines immenses et opulentes qui exhibaient des vêtements, des parfums, des cosmétiques, des animaux empaillés et même une voiture. Sur chaque auvent *Harrods* était imprimé en lettres dorées. Suivant Richard, Ginny passa devant les fenêtres, les portes d'entrée et le portier, jusqu'à un recoin discret, à côté d'une énorme benne à ordures.

– Nous y voilà, dit Richard en indiquant une porte sur laquelle on pouvait lire «Réservé au personnel». On passe par une entrée de service. C'est un peu la folie là-dedans. Harrods est un site touristique important. On y reçoit des milliers de personnes tous les jours.

Ils pénétrèrent dans un hall blanc et austère qui abritait une rangée d'ascenseurs. À côté de la porte, un panneau indiquait les différents rayons et étages. Ginny n'était pas sûre de bien lire : Air Harrods, hélicoptères, Air Harrods, jets, recordage de raquettes de tennis, accordage de piano, sellerie, vêtements pour chiens…

– Il faut que je m'occupe de certaines choses, dit Richard. Tu peux faire un petit tour, et on se retrouve ici dans à peu près une heure ? Cette porte mène au rez-de-chaussée. Il y a plein de choses à voir chez Harrods.

Ginny bloquait toujours sur le «vêtements pour chiens».

– Si tu te perds, continua-t-il, demande à quelqu'un d'appeler les services spéciaux et de me demander, d'accord ? Au fait, mon nom de famille est Murphy. Demande M. Murphy.

– D'accord.

Il entra un code sur un petit clavier et la porte s'ouvrit.

– Je suis content que tu sois là, dit-il avec un grand sourire. On se voit dans une heure.

Ginny passa la tête par la porte. Une vitrine exposait un hors-bord miniature, assez grand pour accueillir un petit enfant. Il était de couleur vert olive et portait l'inscription *Harrods* sur la proue. Un panneau annonçait:

«PARFAITEMENT OPÉRATIONNEL. £ 20 000».

Et puis il y avait les gens. Une foule impressionnante s'engouffrait par les portes et se massait devant les étalages. Ginny s'y joignit timidement et fut aussitôt absorbée et emportée par ce flot humain. Elle passa devant un comptoir de réparation de briquets, devant le mémorial de la princesse Diana, traversa un café et se retrouva sur un Escalator entièrement décoré d'objets égyptiens (ou du moins d'excellentes imitations).

Elle s'éleva au milieu des hiéroglyphes et des statues jusqu'à ce que la rivière humaine la dépose dans une sorte de salle de théâtre pour enfants où se déroulait un spectacle de marionnettes. Elle réussit à la traverser toute seule, mais la foule la saisit à nouveau lorsqu'elle pénétra dans une salle pleine de smokings pour bébés.

Des rayons complètement absurdes se succédaient, dans de grandes ou de petites salles. Chaque ramification menait à un endroit encore plus bizarre et rien ne ressemblait à une sortie. Il y en avait toujours plus. Elle passa d'un espace contenant des ustensiles de cuisine colorés à une salle remplie de pianos. De là, la foule l'entraîna dans une autre, dédiée aux accessoires pour animaux exotiques. Puis aux accessoires pour femmes, mais seulement de couleur bleu pâle : des sacs à main, des foulards en soie, des portefeuilles, des chaussures. Même les murs étaient bleu pâle. La foule la reprit – alors qu'elle se trouvait dans une librairie – et la ramena vers les Escalator égyptiens.

Elle descendit tout en bas et arriva dans une sorte de temple de la nourriture qui s'étendait dans une multitude d'espaces dédiés à toutes sortes d'aliments, avec des étalages à la Mary Poppins, de grands vitraux en forme de paons, du cuivre rutilant. Des chariots remplis de pyramides de fruits parfaits. Des comptoirs en marbre chargés de tablettes de chocolat.

Ses yeux se mirent à larmoyer. Les voix autour d'elle vrombissaient. L'élan d'énergie qu'elle avait ressenti dans la rue avait été épuisé par tous ces gens et toutes ces couleurs. Elle se surprit à imaginer tous les endroits où elle pourrait se reposer. Sous le faux chariot rempli de parmesan. Par terre, à côté des étagères de cacao. Ou alors là, au beau milieu de tout. Peut-être que les gens l'enjamberaient.

Elle réussit à sortir de la foule et se dirigea vers une vitrine de chocolats. Une jeune femme blonde avec une courte queue-de-cheval serrée s'approcha d'elle.

– Excusez-moi, dit Ginny. Pourriez-vous appeler M. Murphy ?

– Qui? demanda la vendeuse.

– Richard Murphy.

La femme parut franchement sceptique, mais elle sortit poliment un annuaire qui devait bien contenir des milliers de pages remplies de nombres et de noms, qu'elle tourna consciencieusement.

– Charles Murphy, aux commandes spéciales?

– Richard Murphy.

Encore une centaine de pages. Ginny se sentit agripper le comptoir.

– Ah... le voilà. Richard Murphy. Et que dois-je lui dire?

– Pouvez-vous lui dire que c'est Ginny? Pouvez-vous lui dire que je dois partir?

Bonjour l'Angleterre

Le petit réveil indiquait huit heures et six minutes. Elle était toujours au lit, tout habillée. Il faisait frais et, dehors, le ciel était gris perle.

Elle se souvenait vaguement que Richard l'avait mise dans un taxi noir devant Harrods. D'être arrivée à la maison. D'avoir trituré les clés dans ce qui lui avait semblé être une demi-douzaine de serrures. D'avoir monté l'escalier. De s'être effondrée sur la couverture sans ôter ses vêtements, les chevilles pendant dans le vide pour ne pas salir le lit avec ses baskets.

Elle remua les pieds. Ils pendouillaient encore au bout du lit.

Elle observa la chambre. C'était étrange de se réveiller là – pas seulement dans un pays étranger (un pays étranger, séparé du sien par un océan entier… Non, elle n'allait pas paniquer). Non, ce n'était pas seulement ça. Cette chambre semblait tout droit sortie de son passé, comme si tante Peg venait de traverser la pièce, couverte de taches de peinture, en fredonnant doucement. (Tante Peg fredonnait tout le temps, ce qui était plutôt énervant.)

Elle sortit dans le couloir, jeta un œil dans la cuisine et s'aperçut que Richard s'était changé. Il portait un pantalon de jogging et un T-shirt.

– Bonjour, dit-il.

C'était absurde.

– Bonjour ?

– C'est le matin, dit-il. Tu devais être exténuée. Le décalage horaire. Je n'aurais pas dû te traîner chez Harrods hier, pas dans cet état.

Hier. Elle commençait à comprendre. Huit heures. Elle avait perdu une journée entière.

– Désolée, dit-elle rapidement. Je suis vraiment désolée.

– Il n'y a pas de quoi. Le bain est tout à toi.

Elle retourna dans la chambre et rassembla ses affaires. Même si elle n'était pas censée apporter de guides de voyage, ça ne l'avait pas empêchée d'en regarder quelques-uns avant son départ. Elle avait fait ses bagages exactement comme ils le conseillaient. Son sac était plein des «essentiels neutres» qui n'avaient pas besoin de repassage, qu'on pouvait superposer et qui ne risquaient de choquer personne. Des jeans. Des bermudas. Des chaussures pratiques. Une jupe noire qu'elle n'aimait pas. Elle sortit un jean et une chemise.

Ses affaires dans les bras, elle se sentit soudain embarrassée qu'on la voie aller dans la salle de bains. Elle passa la tête par la porte de la chambre et, voyant que Richard avait le dos tourné, se précipita dans le couloir et referma rapidement la porte.

Là, Ginny prit pleinement conscience qu'elle se trouvait dans une maison de mec. Dans une maison d'homme. Une maison d'Anglais plutôt désordonné. Chez elle, les salles de bains regorgeaient de décorations en osier fabriquées à la campagne, de coquillages, de pots-pourris qui sentaient les magasins Hallmark. Cette pièce était bleue, avec une moquette bleue et des serviettes bleu foncé. Aucune décoration. Une seule petite étagère contenant de la crème à raser (une marque inconnue dans un flacon vaguement futuriste), un rasoir, quelques produits Body Shop pour homme (tous de couleur cuir ou ambre, sérieux – elle devinait qu'ils devaient sentir le bois ou quelque chose de tout aussi viril).

Toutes ses affaires de toilette étaient soigneusement emballées dans un sac en plastique qu'elle déposa sur la moquette (pelucheuse et élimée. Quelle drôle d'idée de poser de la moquette dans une salle de bains!). Toutes ses affaires étaient roses : l'avait-elle fait exprès ? Un savon rose, un miniflacon de shampooing rose, un petit rasoir rose. Pourquoi ? Pourquoi tant de rose ?

Elle ferma le rideau de la grande fenêtre de la salle de bains. Puis elle se tourna vers la baignoire. Elle regarda le mur, puis le plafond.

Il n'y avait pas de pomme de douche. C'est sans doute ce que Richard avait voulu dire par «le bain est tout à toi», ce qu'elle avait pris pour

une expression anglaise. Mais il parlait littérale-
ment. Il y avait un tube en caoutchouc en forme
de Y, avec deux ventouses de chaque côté, et une
espèce de poignée au bout du tuyau qui ressemblait à un téléphone. Après avoir examiné la baignoire et cet appareil, Ginny en conclut que les
extrémités du Y devaient se placer sur les deux
robinets et que l'eau sortirait du téléphone,
comme dans une douche.

Elle fit un essai.

De l'eau jaillit vers le plafond. Elle dirigea rapidement le «téléphone» dans la baignoire et entra
dedans. Mais il s'avéra impossible de se laver tout
en maniant cet engin. Elle abandonna et remplit
la baignoire. Elle n'avait pas pris de bain depuis
qu'elle était petite et elle se sentit un peu idiote,
ainsi assise dans l'eau. En plus, le bain faisait un
bruit incroyable, les éclaboussures provoquées
par chacun de ses mouvements résonnaient dans
la pièce, ce qu'elle trouvait très embarrassant.
Elle essaya de faire des gestes aussi prudents que
possible en se lavant, mais cet effort resta vain
car elle dut s'immerger pour se laver les cheveux.
Des paquebots mis à l'eau devaient faire moins
de bruit qu'elle.

Quand le drame du bain prit fin, elle se rendit compte qu'elle était confrontée à un nouveau
problème imprévu. Ses cheveux étaient trempés,
et elle n'avait aucun moyen de les sécher. Elle
n'avait pas emporté de sèche-cheveux, puisqu'il
n'aurait pas fonctionné à l'étranger. Elle n'avait

apparemment pas d'autre solution que de se faire des tresses.

Quand elle sortit de la salle de bains, Richard était vêtu de ce qui semblait exactement les mêmes costume et cravate que la veille.

– J'espère que ça s'est bien passé, s'excusa-t-il. Je n'ai pas de douche.

Il l'avait probablement entendue patauger depuis la cuisine.

Il se mit à ouvrir des placards pour lui montrer ce qui pourrait faire office de petit déjeuner. Il ne s'attendait visiblement pas à sa visite et n'avait rien de mieux à lui offrir qu'un peu de pain, un petit pot de pâte marron appelée Marmite, une pomme et «ce qu'elle pourrait trouver dans le réfrigérateur».

– J'ai du Ribena, si tu veux, ajouta-t-il en prenant une bouteille de jus de raisin qu'il posa devant Ginny.

Il s'absenta un instant. Ginny prit un verre et se versa un peu de jus. C'était tiède et incroyablement épais. Elle en but une gorgée et réprima un haut-le-cœur lorsque le sirop trop sucré descendit dans sa gorge.

– Tu…

Richard se tenait dans l'embrasure de la porte, observant la scène avec un embarras évident.

– Il fallait mélanger avec de l'eau. J'aurais dû te prévenir.

– Oh, fit Ginny en déglutissant.

– Je dois y aller, dit-il. Désolé… On n'a pas eu le temps de parler. Et si on se retrouvait chez

Harrods pour déjeuner? Disons à midi au Mo's Diner. Au cas où, il y a une clé coincée dans la fissure des marches, dehors.

Il lui indiqua en détail le trajet en métro de la maison jusqu'à Harrods et le lui fit répéter, puis lui détailla les multiples possibilités (toute une série de nombres) pour y aller en bus. Finalement, il partit, et Ginny se retrouva seule à la table de la cuisine avec son verre de sirop. Elle le regarda de travers, piquée par l'expression de Richard quand il l'avait vue le boire pur. Elle prit la bouteille et l'examina, à la recherche d'un avertissement, d'une indication précisant que ce n'était pas un jus de fruit, quelque chose qui pourrait atténuer sa honte.

À son grand soulagement, elle ne trouva rien sur la bouteille qui aurait pu l'aider. On lisait «jus de cassis». Il ne coûtait «que 89 p!» et était fabriqué au Royaume-Uni. Là où elle se trouvait. Dans un royaume situé à des milliers de kilomètres de chez elle.

Et d'ailleurs, qui était ce Richard, à part un type en costume qui travaillait dans un grand magasin? En observant sa cuisine, elle déduisit qu'il était célibataire. Il y avait peu de provisions, à part des trucs comme cette espèce de jus de cassis. Des vêtements étaient posés sur les chaises, près du mur, et la table était parsemée de miettes et de grains de café.

En tout cas, il avait accueilli Peg assez longtemps pour qu'elle puisse décorer sa chambre.

Elle avait dû mettre du temps à réaliser le collage et à coudre la housse de couette. Elle avait dû rester là plusieurs mois.

Ginny se leva et alla chercher le colis. Après avoir nettoyé une tache, elle posa les enveloppes sur la table. Elle les passa en revue l'une après l'autre. Il y avait une décoration et un numéro sur chacune d'entre elles. La troisième avait été peinte à l'aquarelle dans le style des cartes de la caisse de communauté au Monopoly. Tante Peg avait créé sa propre version du petit bonhomme avec son chapeau haut de forme et un monocle. Un gros avion tout rond planait à l'arrière-plan. Elle avait même réussi à imiter la typographie du Monopoly: «OUVRIR LE LENDEMAIN DE L'ACCOMPLISSEMENT DE LA TÂCHE DE L'ENVELOPPE NUMÉRO 2.»

Il fallait donc qu'elle découvre ce que Richard avait vendu à la reine puis qu'elle trouve un distributeur. De toute façon, elle avait besoin d'argent. Il ne lui restait qu'une poignée de pièces de monnaie qui, elle l'espérait, lui permettrait de se rendre chez Harrods.

Elle s'empara des indications que Richard avait notées sur un papier quelques minutes plus tôt, jeta l'horrible jus dans l'évier et se dirigea vers la porte.

Richard et la reine

Un bus rouge descendait la rue dans sa direction. Sur le devant du véhicule, un panneau indiquait qu'il desservait plusieurs destinations aux noms célèbres, dont Knightsbridge, et son numéro correspondait à l'un de ceux que lui avait donnés Richard. Un petit arrêt se trouvait à quelques pas de là, et le bus semblait sur le point de s'y arrêter.

Deux poteaux noirs couronnés d'ampoules jaunes allumées signalaient un passage piéton. Ginny courut jusqu'à eux, s'assura que la voie était libre et entreprit de traverser la rue.

Un Klaxon. Un gros taxi noir passa devant elle à toute allure. Elle fit un saut en arrière et aperçut une inscription sur la chaussée : « REGARDEZ À DROITE ».

– À croire qu'ils me connaissent, marmonna Ginny.

Elle réussit à traverser la rue et tenta d'oublier que tous les passagers d'un côté du bus venaient d'assister à son flirt avec la mort. Elle n'avait pas la moindre idée de ce qu'elle devait payer. Elle

tendit ce qui lui restait de monnaie et le conducteur prit l'une des grosses pièces. Elle monta l'escalier étroit en spirale au milieu du bus. Il y avait
plusieurs places libres, et elle s'assit tout devant.
Le bus redémarra.

Elle avait l'impression de flotter. De sa place,
avec la vue plongeante, on aurait dit que le bus
écrasait tous les cyclistes et les piétons. Elle se
rassit au fond de son siège et essaya de ne pas y
prêter attention.

Sauf qu'ils allaient forcément tuer ce type avec
le téléphone portable. Elle attendit le soubresaut
que ferait le bus en roulant sur son corps, mais
rien ne se passa.

Elle observa les façades imposantes des
immeubles majestueux, les innombrables motos
et scooters qu'écrasait le bus, la circulation roulant en sens inverse. Le ciel passait en un rien
de temps du nuageux au gris, et la pluie se mit à
tambouriner sur la vitre en face d'elle. On aurait
dit que le bus fauchait une foule de parapluies.

Elle regarda les quelques pièces de monnaie
restantes.

En plus de l'appartement de *La Quatrième
Nouille*, il y avait eu une autre constante dans
la vie de tante Peg: elle était fauchée. Toujours.
Ginny l'avait su depuis qu'elle était toute petite,
alors même qu'elle n'était pas censée connaître
l'état des finances de ses proches. Ses parents le
lui avaient fait comprendre sans même avoir eu
besoin de le dire ouvertement.

Pourtant, tante Peg semblait ne manquer de rien. Elle avait toujours assez d'argent pour emmener Ginny boire un chocolat chaud au *Serendipity*, pour s'acheter son matériel de peinture, pour se faire des costumes d'Halloween sophistiqués, ou pour cette boîte de très bon caviar qu'elle avait achetée parce qu'elle pensait que Ginny devait y goûter. («Si tu veux essayer les œufs de poisson, autant faire ça bien», avait-elle dit. Ginny n'en avait pas moins trouvé ça dégoûtant.)

Ginny n'était pas persuadée que de l'argent l'attendait au distributeur. Peut-être que oui, puisque ce serait des livres sterling. Les livres lui semblaient plausibles. En y pensant, elle voyait de petites bourses attachées par de la ficelle, remplies de petits morceaux de métal et d'objets brillants. Tante Peg pouvait avoir ce genre d'argent.

Après s'être trompée plusieurs fois d'Escalator et avoir consulté le plan de Harrods à maintes reprises, Ginny parvint à trouver le Mo's Diner. Richard était déjà arrivé et l'attendait dans un box. Il commanda un steak, et elle choisit le «gros burger à l'américaine».

– Je suis censée te demander ce que tu as vendu à la reine, dit-elle.

– Oh! d'accord!

Il sourit et versa un peu de ketchup sur son steak. Ginny s'efforça de ne pas faire la grimace.

– Mon travail consiste à m'occuper des commandes et des clients spéciaux, dit-il, sans remarquer la détresse de Ginny devant son choix de condiment. Par exemple, si une star tourne un film et ne trouve pas son chocolat préféré, ou du savon, des draps, n'importe quoi… je me débrouille pour en dénicher. L'année dernière, j'ai fait en sorte que les paniers de Noël de Sting soient correctement emballés. Et à l'occasion, je dis bien à l'occasion, il m'arrive d'organiser les visites royales. Nous ouvrons le magasin en dehors des heures habituelles, et je m'assure qu'il y a un vendeur dans chaque rayon. Un jour, nous avons reçu un appel du Palais royal nous informant que la reine voulait venir le soir même, à peine quelques heures plus tard. Elle ne fait jamais ça. D'habitude, elle organise toujours ses visites des semaines à l'avance. Mais ce soir-là, elle voulait venir, et personne d'autre n'était disponible. Alors j'ai dû m'occuper d'elle.

— Que voulait-elle ?

— Des sous-vêtements, dit-il en reprenant du ketchup. Des culottes. De très grandes culottes. Très jolies d'ailleurs, mais immenses. Je crois qu'elle a aussi acheté des bas, mais je ne pensais qu'à une chose en emballant ses affaires. Je me disais : « Je suis en train d'emballer les culottes de la reine. » Peg aimait beaucoup cette histoire.

Au nom de Peg, Ginny releva les yeux.

— C'est drôle, dit-il comme si de rien n'était. Je ne sais pas ce que tu dois faire ici, ni combien de temps tu vas rester, mais tu es la bienvenue, aussi longtemps que tu le voudras.

Il le dit avec beaucoup de sincérité, les yeux fixés sur son steak.

— Merci, dit-elle. J'imagine que Peg a dû te demander si je pouvais venir.

— Elle m'a dit qu'elle voulait que tu viennes. C'est moi qui ai envoyé le colis, tu l'avais sans doute deviné.

Non, mais ça se tenait. Il avait bien fallu que quelqu'un l'envoie. Elle avait toujours cru que c'était Peg.

— Alors, dit-elle, vous étiez colocataires ?

— Oui. Nous étions de bons amis. (Il poussa son steak sur le côté quelques instants.) Elle m'a beaucoup parlé de toi. De ta famille. J'avais l'impression de te connaître avant ton arrivée.

Il se versa un peu plus de ketchup, reposa lentement la bouteille et regarda Ginny.

— Tu sais, si tu as envie d'en parler…

— C'est bon, dit-elle.

Sa franchise soudaine… L'intimité de ce sujet… Tout ça la rendait nerveuse.

— D'accord, répondit-il rapidement. Comme tu voudras.

La serveuse laissa échapper une poignée de fourchettes à côté d'eux. Ils se turent pour la regarder les ramasser.

— Il y a un distributeur dans le coin ? demanda finalement Ginny.

— Plusieurs, dit-il, visiblement heureux de

changer de sujet de conversation. Je te montrerai quand on aura fini.

Ce qui arriva quelques minutes plus tard : ils avaient soudain paru pressés de terminer leur repas. Richard montra le distributeur à Ginny puis repartit travailler avec l'assurance de la voir le soir.

À son grand soulagement, Ginny découvrit que les distributeurs anglais fonctionnaient exactement comme aux États-Unis. Elle s'approcha et introduisit sa carte bancaire. La machine lui demanda poliment son code confidentiel.

– D'accord, dit Ginny. Allons-y.

Elle tapa le mot « culottes » sur le clavier. La machine ronronna et afficha quelques publicités pour des comptes épargne logement, puis lui demanda ce qu'elle voulait.

Elle n'en avait aucune idée, mais il fallait bien qu'elle choisisse quelque chose. Un nombre. Il y avait plusieurs possibilités.

Vingt livres, s'il vous plaît. Voilà qui lui paraissait une somme raisonnable.

Non. Elle était toute seule. Elle allait avoir besoin d'acheter des choses, de se déplacer...

Cent livres, s'il vous plaît.

Le distributeur lui demanda de patienter. Ginny sentit son estomac se nouer. Puis une liasse de billets violets et bleus (de taille différente : les violets étaient grands, les bleus petits) avec le portrait de la reine sortit de la fente. (Maintenant elle comprenait. Grâce à la blague de Peg, Ginny ne risquait pas d'oublier le code.) Les grands billets ne rentraient pas dans son portefeuille et elle dut les plier et les aplatir.

Son solde, l'informa le distributeur, était de mille huit cent cinquante-six livres. Tante Peg s'en était sortie.

✉.3

Chère Ginny,

Passons tout de suite aux choses sérieuses.

Aujourd'hui, c'est le JOUR DU BIENFAITEUR MYSTÉRIEUX. Pourquoi? Eh bien, Gin, je vais te dire pourquoi: parce que le talent ne suffit pas à faire un artiste. Il faut des coïncidences, de la chance, un petit coup de pouce. J'ai rencontré par hasard quelqu'un qui m'a aidée, et l'heure est venue de rendre cette faveur. Mais c'est bien de préserver le mystère. Tu dois faire en sorte que quelqu'un croie que des choses merveilleuses lui arrivent sans raison particulière. J'ai toujours voulu être la bonne fée de quelqu'un, Gin, alors tu dois m'y aider.

Première étape: retire cinq cents livres de ton compte.

Deuxième étape: trouve un artiste dont tu aimes le travail, à Londres, et qui, selon toi, mérite un coup de main. Cela va nécessiter que tu fasses un peu de repérage. N'importe quel artiste: un peintre, un musicien, un écrivain, un acteur.

Troisième étape: deviens une BIENFAITRICE MYSTÉRIEUSE.

Achète une nouvelle boîte invisible pour un mime, un kilomètre de corde de violon pour un violoniste, arrive avec assez de laitue pour une année entière devant un studio de danse... comme tu voudras.

Je crois savoir ce que tu es en train de penser: ça ne peut pas se faire en un jour! Tu as tort, Gin. Ce sont les ordres. Quand tu les auras exécutés, tu pourras ouvrir l'enveloppe suivante.

Je t'embrasse,

Ta tante en cavale.

La bienfaitrice

Le lendemain, après avoir lu la lettre et pataugé dans la baignoire, Ginny rejoignit Richard à la table de la cuisine. Il s'était habillé à la va-vite – chemise ouverte, cravate défaite – et feuilletait les pages des sports du journal tout en engloutissant des toasts.

– Je dois découvrir un artiste aujourd'hui, dit-elle. Quelqu'un qui a besoin d'argent.

– Un artiste ? dit-il, la bouche à moitié pleine. Oh ! mon Dieu ! Peg doit se cacher là-dessous. Je ne connais vraiment pas grand-chose à ce milieu-là.

– Oh ! ce n'est pas grave.

– Non, non. Laisse-moi réfléchir un moment. Ça ne devrait pas être très difficile. Donner de l'argent à quelqu'un ne peut pas être difficile.

Il mastiqua pensivement son toast.

– Attends. On va jeter un œil dans *Time Out*. Voilà ce qu'on va faire.

Il plongea la main sous une pile de chemises posée sur une chaise de la cuisine, tâtonna quelques instants et en sortit un magazine. Ginny avait la drôle d'impression que tante Peg n'aurait pas accepté qu'il laisse traîner du linge sur les chaises de la cuisine. Pour quelqu'un qui menait une existence si désordonnée, tante Peg était sacrément maniaque.

– Ils répertorient tout là-dedans, dit joyeusement Richard en ouvrant le magazine. Tous les films, les expositions. Tiens, en voilà une. Izzy Café, Islington. «Études sur Shelia», peintures de Romily Mezogarden. Et encore une autre... Un peu bizarre. Harry Smalls, artiste de la démolition. C'est juste au coin de la rue. Si tu es prête, je peux t'y accompagner.

Il semblait vraiment content d'avoir réussi à trouver quelque chose.

Ginny n'était pas tout à fait prête, mais elle se dépêcha d'essorer ses tresses et d'enfiler ses baskets. Elle arriva à la porte d'entrée une seconde avant Richard, et ils partirent ensemble sous la bruine matinale.

– J'ai quelques minutes, dit-il. Je vais entrer avec toi.

L'Izzy Café était un tout petit local avec un bar à jus de fruits. Il n'y avait personne, mais la fille derrière le comptoir préparait néanmoins une carafe de jus de betterave. Elle agita une main violette dans leur direction lorsqu'ils entrèrent.

Des toiles étaient accrochées aux murs. Il paraissait évident que c'était les «Études sur Shelia». Comme on pouvait s'y attendre, c'était des études sur une jeune fille prénommée

Shelia et qui vivait dans un monde bleu vif où tout était plat, elle la première. Elle avait une grosse tête toute plate et un carré de cheveux jaunes. La plupart du temps, elle se tenait debout (#4 : *Shelia debout* ; #7 : *Shelia debout dans la chambre* ; #18 : *Shelia debout dans la rue*). Parfois, toujours debout, elle tenait des objets (#24 : *Shelia avec le fouet à œufs*) ou en regardait d'autres (#34 : *Shelia regardant un crayon*), et ensuite elle se fatiguait et s'asseyait (#9 : *Shelia assise sur la boîte*).

– Je ne connais rien à tout ça, dit Richard en observant désespérément les murs. Mais je suis sûr que toi oui.

Ginny regarda de plus près et découvrit de petites cartes sous les toiles. Elle n'en revint pas de découvrir que Romily Mezogarden réclamait deux cents livres pour chacune de ses peintures. Ça paraissait énorme, d'autant qu'elles étaient d'une rare laideur et que le tout semblait franchement bidon.

Elle non plus ne connaissait rien à l'art. Ces peintures pouvaient bien être les meilleures du monde. Certaines personnes auraient su le dire. Pas elle. Il lui sembla pourtant qu'elle devait afficher un air de compétence. Après tout, elle était la nièce de tante Peg. Elle avait la drôle d'impression que Richard s'attendait à ce qu'elle s'y connaisse.

– Peut-être pas ceux-là, dit-elle. Je vais aller voir l'exposition suivante.

Il l'accompagna à l'exposition de Harry Smalls, artiste de la démolition, que Ginny surnomma immédiatement le «demi-homme». Il coupait des objets en deux. Cela donnait toutes sortes de choses. Une demi-valise. Un demi-canapé. Un demi-matelas. Un demi-tube de dentifrice. Une demi-voiture ancienne. Ginny réfléchit un instant, puis se demanda si elle voulait vraiment donner presque mille dollars à un type qui avait des problèmes de tronçonneuse.

De nouveau dans la rue, Ginny se remua les méninges pour trouver une autre idée.

— Peut-être ces gens qui font des spectacles de rue? dit-elle. Où pourrais-je en trouver?

— Des musiciens de rue, des gens comme ça?

— Oui, c'est ça.

— Essaie Covent Garden, dit-il après un moment d'hésitation. Dans le centre de Londres. Il se passe plein de choses là-bas, des gens y vendent toutes sortes d'objets. Il y a un arrêt de métro. Tu ne peux pas le manquer.

— Super, dit-elle. Je vais y aller.

Ils se séparèrent sur le quai du métro, et Ginny se retrouva à Covent Garden, une immense place pavée au centre de Londres, remplie d'une foule de touristes assis sur le trottoir. Ginny s'assit avec eux et regarda les spectacles. Un magicien fit sortir un canard de sa veste. Une femme s'était peinte en doré et imitait la statue des Oscars. Des types jonglaient avec des couteaux. C'était le genre de numéros qu'on peut voir toute la semaine dans le métro de New York ou à Central Park.

Il était cinq heures, et les rues commençaient à se remplir de personnes qui sortaient du travail. Ses chances de réussite s'amenuisaient rapidement. Elle s'apprêtait à répartir l'argent dans tous les chapeaux de Covent Garden lorsqu'elle aperçut une grande publicité pour le Goldsmiths College, qu'on présentait comme la meilleure université d'art de Londres. Et l'itinéraire était indiqué.

Elle se retrouva dans une rue bordée de bâtiments universitaires plutôt modernes. Bien sûr, réalisa-t-elle aussitôt, c'était l'été, et le début de la soirée, ce qui voulait dire ni cours ni étudiants.

Elle aurait dû y penser avant de venir jusque-là.

Elle erra dans les parages, observant quelques prospectus accrochés aux tableaux d'affichage et sur les murs.

Des appels à manifester. Des cours de yoga. Des sorties d'albums. Elle s'apprêtait à faire demi-tour et à abandonner lorsqu'un bout de papier battant au vent attira son attention. STARBUCKS : LA COMÉDIE MUSICALE. Un homme était dessiné plongeant dans une tasse de café. Au bas du prospectus, on pouvait lire que le spectacle était écrit, produit, réalisé et créé par un dénommé Keith Dobson.

Il y avait quelque chose de prometteur dans tout ça. Et les représentations continuaient même pendant l'été. D'après le prospectus, les billets étaient en vente dans un endroit appelé «l'uni». Elle demanda ce que c'était à une fille qui passait par là.

– L'uni (elle prononçait «you-ni»). C'est le syndicat des étudiants. De l'autre côté de la rue.

Elle dut demander son chemin à plusieurs reprises dans le grand bâtiment du syndicat étudiant pour trouver l'endroit où on vendait les billets. C'était comme si personne ne devait être au courant : il fallait descendre deux volées de marches, tourner au coin, puis à gauche au niveau du seau (sérieusement) jusqu'à une porte au bout d'un couloir où seul un néon sur deux fonctionnait. Un prospectus était collé sur la porte et un garçon roux et pâle était assis derrière une vitre en plastique de vingt centimètres d'épaisseur. C'était donc une billetterie, pas un placard. Il releva les yeux de son exemplaire de *Guerre et Paix*.

Le plastique semblait vraiment épais, et il n'y avait qu'une fente étroite pour faire passer l'argent et les tickets. Elle s'imagina qu'elle devrait crier pour se faire entendre, alors elle se contenta de lever un doigt pour montrer qu'elle voulait une place. Il leva huit doigts. Elle fouilla dans sa poche et en sortit un des minuscules billets de cinq livres et trois pièces. Elle les glissa dans la fente, il sortit un billet photocopié d'une boîte à cigares et le lui tendit. Puis il lui indiqua du doigt deux portes rouges à l'autre bout du couloir.

Jittery Grande

Elle se trouvait dans une grande salle noire au sous-sol, un peu humide. Quelques palmiers en plastique avaient été repoussés sur le côté. La plupart des sièges étaient vides. Quelques personnes étaient assises par terre ou sur des marches au fond de la salle. En tout et pour tout, il devait y avoir dix personnes dans la salle, qui fumaient et discutaient. Ginny était la seule à ne connaître personne. Elle avait l'impression de se trouver dans une fête privée.

Elle s'apprêtait à se lever et à partir lorsqu'une fille apparut à la porte et éteignit les lumières. De la musique punk sortit de quelques haut-parleurs éparpillés sur un côté de la pièce. Quelques instants plus tard, elle s'arrêta brusquement et une lumière apparut au centre de la scène.

Un type se tenait là, d'environ son âge, peut-être un peu plus vieux, vêtu d'un kilt vert et d'une chemise Starbucks, avec de lourdes bottes noires et un chapeau haut de forme. Une mèche de cheveux roux s'échappait du chapeau et effleurait le haut de ses épaules. Il avait un large sourire légèrement diabolique.

– Je suis Jittery Grande, dit-il. Votre hôte !

D'un bond, il se rapprocha du public, atterrissant quasiment sur les pieds de Ginny et suscitant un éclat de rire chez une fille assise par terre.

– Aimez-vous le café ? demanda-t-il au public.

Quelques réponses positives s'élevèrent, ainsi qu'un « va te faire voir » !

– Aimez-vous les cafés Starbucks ?

D'autres insultes. Il avait l'air d'aimer ça.

– Parfait. Dans ce cas, on peut commencer !

Le spectacle parlait d'un employé de Starbucks, Joe, qui était tombé amoureux d'une cliente. Il y avait une chanson d'amour (*Tu me lait beaucoup*), une chanson de rupture (*Où thé thé passée ?*) et une autre, une sorte de chanson de protestation (*Café Joe pour mériter ça ?*). La fin était tragique : la cliente arrêtait de boire du café et il se jetait dans les coulisses, dans ce qui était censé être la réserve de café. Pendant tout ce temps, Jittery restait sur scène, s'adressant au public, conseillant Joe sur l'attitude à adopter, et brandissant des panneaux donnant des statistiques sur la façon dont l'économie capitaliste détruisait l'environnement.

Ginny avait assisté à assez de spectacles dans sa vie pour savoir que celui-ci n'était pas très bon. En fait, il n'avait aucun sens. Toutes sortes de choses absurdes se passaient, comme un type qui traversait parfois la scène à vélo sans raison particulière. À un moment donné, il y eut un coup de feu dans les coulisses, mais le type sur qui on avait tiré continua de chanter, ses blessures ne devaient donc pas être bien graves.

Malgré ça, Ginny fut rapidement captivée, et elle savait pourquoi. Elle avait un faible pour les artistes. Depuis toujours. Ça avait probablement quelque chose à voir avec tous les spectacles que tante Peg l'avait emmenée voir quand elle était petite. Elle avait toujours été fascinée par ces gens qui ne craignaient pas de monter sur scène et de parler, tout simplement. Ou de chanter, de danser, de raconter des blagues. De s'exhiber sans aucune gêne.

Jittery ne chantait pas particulièrement bien, mais ça ne l'empêchait pas de s'en donner à cœur joie. Il sautait partout sur la scène. Il se promenait dans le public. Il habitait l'espace.

À la fin, elle ramassa un programme abandonné sur le siège à côté d'elle et le lut. Keith Dobson – réalisateur, scénariste, producteur – était aussi l'interprète de Jittery Grande.

Keith Dobson était son artiste. Et elle avait quatre cent quatre-vingt-douze petits sacs en toile à lui donner.

Le lendemain matin, alors qu'elle avançait vers la billetterie dans le couloir en lino, elle se rendit compte que ses chaussures n'arrêtaient pas de couiner.

Elle s'arrêta et regarda ses baskets. Blanches, avec des rayures roses, pointant sous son bermuda vert olive. Elle se souvint de la phrase exacte qui l'avait poussée à choisir ces chaussures-là : « En Europe, vous allez beaucoup marcher, alors pensez à prendre des chaussures confortables ! Les baskets sont les plus indiquées, blanches de préférence, pour garder vos pieds au frais pendant l'été. »

Elle détestait cette phrase. Ainsi que la personne qui l'avait écrite. Ces chaussures la faisaient remarquer, et pas seulement à cause du bruit. Les baskets blanches sont les chaussures officielles des touristes. Elle était à Londres, et les vraies Londoniennes portaient des talons aiguilles, ou des chaussures européennes de drôles de couleurs, ou des bottes en cuir couleur café…

Quant aux bermudas… Personne n'en portait non plus.

C'était sûrement pour ça que tante Peg lui avait dit de ne pas apporter de guide de voyage. Elle en avait quand même regardé un, et elle était devenue un monstre aux baskets blanches qui couinaient.

Bref (*couine, couine*), que devait-elle faire ? Elle ne pouvait pas juste donner (*couine*) l'argent au type de la billetterie et partir en courant. Elle aurait pu le faire, évidemment, mais alors elle n'aurait eu aucun moyen de s'assurer que l'argent parviendrait à Keith. Elle aurait pu le mettre dans une enveloppe adressée à Jittery (ou Keith), mais ça ne lui paraissait pas une bonne idée.

Elle allait juste acheter des tickets anonymement. C'était la meilleure solution. Un billet coûtait huit livres. Ginny fit une rapide opération dans sa tête et s'approcha de la vitre.

– Je voudrais soixante-deux billets, s'il vous plaît.

Le type releva les yeux de *Guerre et Paix*. Il avait bien avancé en une journée, remarqua Ginny. En revanche, il portait toujours le même T-shirt des Simpsons.

– Quoi?

Il parlait du nez, ce qui accentua l'étonnement contenu dans sa question.

– Je peux en avoir soixante-deux? demanda-t-elle en baissant involontairement la voix.

– Nous n'avons que vingt-cinq sièges. Et encore, en comptant les gens assis par terre.

– Oh! désolée! Alors je vais en prendre... combien en reste-t-il?

Il souleva le couvercle de la boîte à cigares et feuilleta les deux talons. Puis il referma la boîte d'un air décidé.

– Vous pouvez en avoir vingt-trois.

– Ok, dit Ginny en fouillant dans sa liasse de billets. Je les prends.

– Pourquoi est-ce que vous voulez vingt-trois billets? demanda-t-il en enlevant l'élastique autour d'une pile de billets pour les compter.

– Pour des gens.

Il y eut un bruit de canalisation dans le couloir, qui parut soudain très fort.

— Enfin, je ne vais pas m'en plaindre, dit-il après quelques instants. Vous êtes étudiante?

— Pas ici.

— N'importe où.

— Au lycée. Dans le New Jersey.

— Alors réduction pour les étudiants. Cinq livres le billet.

Il sortit une calculatrice et tapa les chiffres.

— Ça fera cent quinze livres.

Voilà qui posait problème. Il lui fallait plus de billets. Beaucoup plus.

— Je peux en avoir combien pour demain?

— Quoi?

— Combien pour demain?

— On n'en a encore vendu aucun.

— Je les prends tous.

Il ne la quitta pas des yeux tandis qu'elle glissait cent vingt-cinq livres dans la fente. Il lui fit passer les vingt-cinq tickets.

— Et le soir suivant?

Il se leva et colla son visage contre la vitre pour la regarder. Il était vraiment très pâle. C'était sans doute ce qui arrivait quand on passait l'été dans un sous-sol, assis dans un placard à côté d'un seau.

— Vous êtes avec qui? demanda-t-il.

— Personne. Je suis toute seule.

— C'est une blague, alors?

— Non.

Il recula et s'assit sur son tabouret.

– Pas de spectacle jeudi, dit-il, d'une voix de plus en plus nasillarde. Le club d'arts martiaux organise un tournoi dans la salle.

– Vendredi?

– Ce sera la dernière représentation, dit-il. On a vendu trois places. Vous pouvez avoir les vingt-deux restantes.

Elle passa cent dix livres dans la fente.

Elle le remercia, enjamba le seau, compta les billets et l'argent restant. Soixante-dix tickets. Cent quarante-deux livres restant à offrir.

Elle entendit un bruit derrière elle. Le vendeur de billets libéré sortit de son placard, lui fit un signe de tête et emporta la boîte à cigares dans le couloir, l'escalier, et à la lumière du jour. Elle s'aperçut qu'il avait griffonné quelque chose sur un panneau derrière la vitre.

COMPLET, POUR TOUJOURS.

Bonnes idées

De retour dans la rue, les billets pour le spectacle en poche, Ginny réalisa que son plan n'était pas parfait. Oui, elle lui avait donné l'argent, d'une certaine manière. Mais maintenant, personne n'allait le voir jouer. Elle les avait achetés, lui et son spectacle.

Elle fut prise d'une telle panique qu'elle oublia où se trouvait la station de métro et fit trois fois le tour du même pâté de maisons. Quand enfin elle la trouva, elle n'avait qu'un endroit en tête.

Harrods. Richard. La même vitrine de chocolat dans le rayon alimentation. Au moins, elle savait qu'ils avaient un téléphone et le gros annuaire. Richard descendit et l'escorta au Krispy Kreme. (Oui, il y avait un Krispy Kreme chez Harrods. On trouvait vraiment de tout dans ce magasin.)

— Si tu devais donner soixante-dix billets pour un spectacle qui s'appelle *Starbucks : la comédie musicale*, commença Ginny, en coupant son beignet en deux, où irais-tu ?

Richard arrêta de remuer son café et releva les yeux.

– Je ne crois pas que ça pourrait m'arriver, dit-il.

– Oui, mais si c'était le cas.

– J'imagine que j'irais là où les gens cherchent des places de spectacle. As-tu acheté soixante-dix places pour un truc qui s'appelle *Starbucks: la comédie musicale*?

– Très bien, dit Ginny. Quel est cet endroit?

– West End, l'équivalent londonien de Broadway. Mais je ne suis pas sûr que tu vas réussir. Enfin, si c'est gratuit…

Le West End n'était pas aussi clinquant et vulgaire que Broadway. Ça manquait de panneaux d'affichage hauts de trois étages, scintillants et aux bordures dorées qui tournaient sur eux-mêmes. Il n'y avait pas de sachets de nouilles géants illuminés ni de gratte-ciel. Tout était plus calme, avec seulement quelques affiches et des panneaux pour marquer le territoire. Les théâtres étaient des lieux austères et sérieux.

Elle sut immédiatement que ça n'allait pas marcher.

D'abord, elle était américaine, elle avait un look de touriste et la pluie n'arrêtait pas de tomber et de s'arrêter. En plus, les tickets n'avaient pas été faits à l'ordinateur, on les avait juste détachés d'un carnet. Comment était-elle censée montrer aux gens de quel spectacle il s'agissait, où il avait lieu, de quoi il parlait ? Et qui allait bien pouvoir s'intéresser à *Starbucks : la comédie musicale* alors qu'ils faisaient la queue pour obtenir des billets pour *Les Misérables* ou *Le Fantôme de l'opéra* ou *Chitty Chitty Bang Bang*, ou tout autre spectacle normal dans un théâtre normal qui vendait des T-shirts et des tasses souvenirs ?

Elle s'arrêta près d'un grand théâtre en brique de Leicester Square, juste à côté d'un kiosque rempli d'informations sur le théâtre. Pendant une heure environ, elle resta là, à se mordre les lèvres, agrippée aux billets. De temps en temps, elle s'avançait quand des gens s'attardaient à regarder les affiches, mais elle ne trouva pas le courage de les aborder pour les convaincre d'aller voir le spectacle.

À trois heures, elle n'avait réussi à donner que six billets, tous à un groupe de Japonaises qui les avaient poliment acceptés, n'ayant apparemment aucune idée de ce que c'était. Et elle leur avait parlé uniquement parce qu'elle savait qu'elles ne comprendraient pas ce qu'elle disait.

Elle traversa donc une nouvelle fois la ville en direction de Goldsmiths. Au moins, elle pourrait montrer le bâtiment et dire : «C'est là que se déroule le spectacle.» Une heure passée devant la fac n'eut aucun effet, jusqu'à ce qu'elle se retourne et se retrouve face à face avec un type d'environ son âge. Il était noir, avec de courtes dreadlocks et des petites lunettes sans monture.

– Vous voulez aller voir ce spectacle ce soir ?

demanda-t-elle en montrant le prospectus où l'on voyait un homme plonger dans une tasse de café. C'est vraiment bien. J'ai des places gratuites.

Il regarda le prospectus, puis Ginny.

– Des places gratuites ?

– C'est une promotion spéciale.

– Vraiment ?

– Oui.

– Quel genre de promotion ?

– Une promotion… spéciale. C'est gratuit.

– Pourquoi ?

– Juste pour que les gens y aillent.

– D'accord, dit-il doucement. Je peux pas, je suis occupé ce soir. Mais j'y penserai.

Il la regarda avec insistance avant d'entrer dans le bâtiment. Ce fut ce qui ressembla le plus au succès.

Elle s'effondra sur le banc d'un arrêt de bus et sortit son carnet.

25 juin
19 h 15

Chère Miriam,

J'ai toujours été fière de n'avoir jamais perdu la tête à cause d'un garçon. Je n'ai jamais fait partie de ces gens qui s'enferment dans la salle de bains ou font quelque chose de lamentable du genre :

1. une fausse tentative de suicide en avalant un flacon entier de vitamine C (Grace Partey, seconde);

74

2. louper l'exam de chimie à force de sécher les cours pour galocher derrière la cafétéria Dumpster (Joan Fassel, première);

3. développer un intérêt soudain pour la culture latine et passer du français à l'espagnol pour être dans la même classe qu'un type canon, tout ça pour finalement se retrouver dans un cours différent (Allison Smart, seconde);

4. refuser de rompre avec un garçon (Alex Webber) même après qu'il a été arrêté pour avoir mis le feu à trois abris dans son lotissement et qu'on l'a mis en observation dans un hôpital psychiatrique (Catie Bender, vice-présidente du comité des délégués de classe, première de promo, terminale).

Comme quoi, les hormones n'améliorent pas le QI.

Je n'ai jamais bien compris toutes ces histoires. Les mecs que j'aurais pu aimer étaient totalement hors d'atteinte, alors entre faire un effort énorme pour des types qui ne m'intéressaient pas vraiment ou rester un être humain indépendant (traîner avec mes amis, faire des plans pour fuir le New Jersey, me blesser avec des appareils électroménagers), j'ai décidé d'être une créature indépendante.

Je sais que tu me crois destinée à une «incroyable rencontre romantique» d'ici peu, de préférence avant que je quitte le lycée. Et tu sais que je crois que tu as besoin d'une «importante thérapie hormonale» car pour toi, les garçons, ça tourne à l'obsession: c'est un domaine où tu excelles! Tout l'été dernier, tu étais complètement obsédée par Paul. Enfin, je t'aime très fort, mais c'est la vérité.

*Mais pour te remonter le moral, je vais te racon-
ter quelque chose : je suis plus ou moins intéres-
sée par quelqu'un qui ne pourra jamais, jamais
m'aimer. Il s'appelle Keith. Il ne me connaît pas.*

*Et avant que tu te lances dans le refrain « Bien
sûr qu'il va t'aimer ! Tu es formidable ! », attends
deux secondes. Je sais que c'est impossible. Pourquoi ? Parce que c'est :*

— un Anglais mignon

— un acteur

— à la fac

— à Londres, où il a écrit une pièce de théâtre

*— dont j'ai acheté TOUTES LES PLACES à
cause de cette histoire de lettre et que pour l'instant je n'ai réussi à en refourguer que SIX.*

*Mais si on passait en revue toutes mes histoires
amoureuses, juste pour rire ?*

*1. Den Waters. Je suis sortie avec lui trois fois
tout juste et, à chaque fois, j'ai eu droit à cet horrible baiser langue-de-lézard, pour lequel il m'a
remerciée à la fin.*

*2. Mike Riskus, qui m'a obsédée pendant deux
ans et à qui je n'ai jamais parlé jusqu'à ce jour
avant Noël, l'année dernière. Il était derrière moi
en maths, et il m'a demandé : « Quel problème doit-on
faire ? » Et j'ai répondu : « Celui de la page 85. »
Et il a dit « Merci. » J'ai passé des MOIS à ressasser
cet épisode.*

*Alors, comme tu peux le voir, mes chances sont
incroyablement bonnes, étant donné mon grand
charme et mon expérience.*

Tu trouveras dans l'enveloppe un exemplaire du programme du spectacle de Keith.

Tu me manques tellement que j'en ai mal au pancréas. Mais tu le sais déjà.

Je t'embrasse,
Ginny.

Le hooligan et l'ananas

Seules trois personnes assistèrent au spectacle. Comme deux personnes avaient déjà acheté leur place et que Ginny était la troisième, cela signifiait qu'absolument aucune des personnes à qui elle avait donné des billets n'était venue. Ses Japonaises l'avaient laissée tomber.

Résultat : la troupe de *Starbucks : la comédie musicale* était plus nombreuse que le public, et Jittery en semblait particulièrement conscient. Pour cette raison, il sauta l'entracte et continua d'une traite, pour éviter que son public ne s'échappe. Keith n'avait pas l'air de se soucier que personne ou presque ne soit venu. Il en profita pour se jeter sur les sièges et même pour grimper au sommet de l'un des palmiers en plastique alignés sur le côté de la salle.

À la fin, alors que Ginny se levait pour s'en aller et ramassait son sac, Jittery sauta brusquement de la scène. Il se laissa tomber dans le fauteuil à côté d'elle.

– Une promotion spéciale, hein ? dit-il. Qu'est-ce que ça veut dire ?

Ginny avait entendu parler de personnes qui perdaient leur langue, ouvraient la bouche et se retrouvaient incapables de parler. Elle n'avait jamais pensé que c'était pour de vrai. Elle avait toujours cru que c'était une manière de dire qu'elles ne savaient pas quoi dire.

Eh bien, elle avait tort. On pouvait perdre la parole. Elle sentait un nœud en haut de sa gorge, comme la fermeture d'un sac à cordons.

– Alors, dis-moi. Pourquoi as-tu acheté pour trois cents livres de billets et essayé de les refiler dans la rue ?

Elle ouvrit la bouche. Toujours rien. Il croisa les bras sur sa poitrine, décidé à attendre une explication le temps qu'il faudrait.

« Parle ! s'exhorta-t-elle. Parle, nom de Dieu ! »

Il secoua la tête et se passa la main dans les cheveux jusqu'à ce que l'électricité statique les fasse se dresser.

– Je m'appelle Keith… et toi, tu es… dingue, ça paraît évident, mais comment tu t'appelles ?

OK. Son nom. Elle pouvait y arriver.

– Ginny, dit-elle. Virginia.

Un seul nom aurait suffi. Pourquoi en avait-elle donné deux ?

– Américaine ?

Elle hocha la tête.

– Tu portes le nom d'un État ?

Elle hocha de nouveau la tête, même si ce n'était pas vrai. Elle portait le prénom de sa grand-mère. Mais, maintenant qu'elle y pensait, c'était vrai, techniquement. Elle portait le nom d'un État. Elle avait le prénom le plus ridiculement américain qui soit.

— Eh bien, Ginny la dingue Virginia des États-Unis, je crois que je te dois un verre puisque tu as fait de moi la première personne de l'histoire à afficher complet dans cette salle.

— Vraiment ?

Keith se leva et s'approcha d'un des palmiers en plastique. Il récupéra un vieux sac en toile caché derrière.

— Alors, tu veux venir ? demanda-t-il en enlevant la chemise Starbucks qu'il remplaça par un T-shirt grisâtre.

— Où ?

— Au pub.

— Je ne suis jamais allée au pub.

— Jamais ? Parfait. Tu ferais bien de venir alors. Nous sommes en Angleterre. C'est ce qu'on fait ici. On va au pub.

Il se pencha à nouveau derrière le palmier et sortit une vieille veste en jean. Il garda son kilt.

— Allez, viens, dit-il en lui faisant signe, comme s'il essayait de déloger un animal farouche de sa cachette sous le canapé. Tu veux venir, non ?

Ginny se leva et suivit docilement Keith hors de la pièce.

La nuit était brumeuse. La lumière scintillante des globes jaunes des passages piétons et les phares des voitures dessinaient des formes étranges dans le brouillard. Keith marchait d'un pas rapide, les mains dans les poches. Il jetait parfois un coup d'œil par-dessus son épaule pour s'assurer que Ginny était toujours là. Elle le suivait à quelques pas de distance.

– Tu n'es pas obligée de rester derrière moi, dit-il. Nous sommes un pays très développé. Ici, les femmes peuvent marcher à côté des hommes, aller à l'école et tout ça.

Après une petite hésitation, Ginny s'avança à son niveau, essayant tant bien que mal de suivre ses longues foulées. Il y avait beaucoup de pubs. Partout. Ils portaient de jolis noms, comme *Le Siège de la cour* ou *Le Vieux Navire*. Des pubs charmants, aux façades de couleurs vives, avec des panneaux en bois confectionnés avec soin. Keith dépassa tous ces pubs pour entrer dans un autre à l'apparence plus miteuse, où des gens se tenaient sur le trottoir, de grosses pintes de bière à la main.

– Nous y voilà, dit-il. *L'Ami dans le besoin.* Réductions pour les étudiants.

– Attends, dit-elle en lui prenant le bras. Je… je suis au lycée.

– Et alors ?

– Je n'ai que dix-sept ans, chuchota-t-elle. Je crois que je n'ai pas l'âge légal.

– Tu es américaine. Ça va aller. Fais comme si de rien n'était et personne ne dira rien.

– Tu es sûr ?

– J'ai commencé à aller au pub quand j'avais treize ans, dit-il. Donc oui, je suis sûr.

– Mais tu as l'âge légal, maintenant ?

– J'ai dix-neuf ans.

– Et c'est légal, ici ?

– Ce n'est pas seulement légal, c'est obligatoire. Allez, viens.

Ginny ne pouvait même pas voir le bar de là où ils étaient. Une muraille de clients le protégeait et un voile de fumée l'enveloppait, comme si cet endroit jouissait d'un microclimat.

– Qu'est-ce que tu veux ? demanda Keith. Je vais aller commander. Essaie de trouver un endroit où s'installer.

Elle commanda la seule chose qu'elle connaissait – une boisson dont le nom était écrit sur un énorme miroir accroché au mur.

– Une Guinness ?

– D'accord.

Keith se jeta dans la foule qui l'absorba. Ginny se faufila dans un groupe de types portant des maillots de foot colorés, qui se tenaient à côté d'une petite saillie. Ils n'arrêtaient pas de se pousser. Ginny se colla contre le mur, mais elle était persuadée qu'elle risquait toujours de prendre un coup. Il n'y avait aucun autre endroit de libre, de toute façon. Elle se rapprocha encore du mur et examina les cercles poisseux sur l'étagère en bois et les cendres dans les cendriers. Une vieille chanson des Spice Girls démarra et les types se mirent à danser, se rapprochant encore d'elle.

Keith la rejoignit quelques minutes plus tard. Il portait une pinte remplie d'un liquide très sombre d'où remontaient de minuscules bulles cuivrées. Avec une légère couche de mousse au sommet. Il lui donna le verre. C'était lourd. Elle repensa soudain au Ribena épais et tiède et frissonna. Keith s'était pris un Coca. Il regarda derrière lui et s'interposa entre les types qui dansaient et Ginny.

– Je bois pas, lui dit-il en la voyant fixer son Coca. J'ai rempli mon quota quand j'avais seize ans. Le gouvernement m'a fabriqué une carte spéciale.

Il la regarda encore, sans ciller. Il avait les yeux verts, avec une sorte d'éclat doré au milieu, un regard intimidant et intense.

– Alors, est-ce que tu vas me dire pourquoi tu as fait ce drôle de truc ou pas ?

– Je... j'en avais envie, c'est tout.

– Tu avais envie d'acheter un spectacle pour une semaine ? Parce qu'il n'y avait plus de places pour le London Eye ?

– C'est quoi, le London Eye ?

– Cette foutue grande roue en face du Parlement, là où vont tous les touristes normaux, dit-il en se penchant en arrière et en la regardant avec curiosité. Tu es là depuis quand ?

– Trois jours.

– Tu as vu le Parlement ? La Tour de Londres ?

– Non...

– Mais tu as réussi à trouver mon spectacle dans le sous-sol de Goldsmiths ?

Elle but une gorgée de Guinness pour gagner une seconde avant de répondre, et essaya de ne pas grimacer et de ne pas cracher. Elle n'avait jamais goûté d'écorce de bois, mais elle se dit que ça devait avoir ce goût-là une fois passé au mixeur.

– J'ai reçu un petit héritage, répondit-elle finalement. Et je voulais le dépenser pour quelque chose qui en vaille vraiment la peine.

Ce n'était pas tout à fait un mensonge.

– Alors, tu es riche ? dit-il. Bon à savoir. Moi, non, je ne suis pas riche. Je suis un hooligan.

Avant de commencer à mettre les noms de boisson en chansons, Keith avait mené une vie très intéressante. En fait, Ginny découvrit rapidement que, de treize à dix-sept ans, il avait été le cauchemar de ses parents. Sa carrière avait débuté lorsqu'il avait gravi la palissade du jardin du pub local. Il avait supplié et raconté des blagues pour qu'on lui serve à boire. Ensuite il s'était débrouillé pour se faire enfermer dans le local la nuit (en se cachant dans un placard abandonné) et voler suffisamment d'alcool pour lui et ses amis. Les propriétaires en avaient eu tellement assez de se faire voler qu'ils avaient jeté l'éponge et l'avaient engagé au noir.

Puis des années avaient suivi durant lesquelles il avait vandalisé sans raison particulière et mis le feu à l'occasion. Il se rappelait avec émotion la fois où il avait gravé « branleur » avec une lame de rasoir sur le côté de la voiture de son professeur, de telle façon que le message ne s'était révélé que des semaines plus tard, quand la pluie l'avait fait rouiller. Il avait décidé de s'essayer au vol. Des petites choses d'abord : des bonbons, des journaux. Il était passé aux petits appareils électroménagers et électroniques. Sa carrière avait pris fin lorsqu'il avait entrepris de dévaliser une boutique de kebabs et s'était fait arrêter pour vol de sandwichs au poulet.

Après ça, il avait décidé de reprendre sa vie en main. Il avait tourné un court documentaire intitulé *Lorsque je volais et faisais d'autres infamies*. Il l'avait envoyé à Goldsmiths où il avait tant plu qu'ils l'avaient accepté et lui avaient même donné une bourse pour « mérite artistique spécial ». Et voilà, maintenant il écrivait des pièces sur le café.

Il s'arrêta de parler suffisamment longtemps pour s'apercevoir qu'elle ne buvait pas sa Guinness.

– Allez, dit-il en prenant le verre qu'il vida d'un seul trait.

– Je croyais que tu ne buvais plus.

– Ce n'est pas boire, ça, dit-il avec nonchalance. Je voulais dire *boire*.

– Oh !

– Écoute, dit-il en se penchant vers elle. Comme tu as acheté le spectacle entier – et je lève mon verre à ta santé –, autant que je te le dise. Je vais le présenter au Fringe Festival, à Édimbourg. Tu connais le Fringe ?

– Pas vraiment.

– C'est le plus grand festival de théâtre alternatif au monde. Des tas de célébrités et de spectacles connus en sont sortis. Il m'a fallu des siècles pour convaincre la fac de payer les frais pour que j'y aille, mais j'ai réussi.

Elle hocha la tête.

– Alors, j'imagine que tu vas revenir voir le spectacle.

Elle hocha de nouveau la tête.

– Je dois emballer toutes les affaires demain après la représentation et les rapporter chez moi. Tu voudras peut-être te joindre à moi ?

– Je ne sais pas quoi faire du reste des billets…

Il sourit, sûr de lui.

– Maintenant que tu les as achetés, ce sera facile de t'en débarrasser. Il n'y a pas grand monde dans le coin puisqu'on est au mois de juin, mais le bureau des relations internationales prendra n'importe quoi si c'est gratuit. Et la plupart des étudiants étrangers sont encore là à traîner dans le coin.

Il regarda les mains de Ginny, agrippées à son verre vide.

– Allez, dit-il. Je te raccompagne à la station de métro.

Ils quittèrent le pub enfumé et retournèrent dans le brouillard. Keith la fit passer par un chemin différent, qu'elle n'aurait jamais été capable de trouver seule. Ils arrivèrent au cercle rouge

fluorescent traversé d'une barre noire où on lisait
« métro ».

— Alors tu reviens demain ? demanda-t-il.

— Oui, dit-elle. Demain.

Elle glissa son ticket dans la fente, passa la
barrière cliquetante et descendit dans la station
au carrelage blanc. Quand elle arriva sur le quai,
elle vit un ananas posé sur les rails. Un ananas
entier, en parfait état. Elle se tenait juste au bord
et observait le fruit.

Difficile d'imaginer comment un ananas avait
pu arriver là.

Elle sentit le souffle de vent qui accompagnait
l'approche du train. D'ici à quelques secondes, il
sortirait en trombe du tunnel et s'arrêterait juste
là.

« Si l'ananas s'en sort, se dit-elle, ça veut dire
que je lui plais. »

Le nez blanc du train apparut. Elle s'écarta
du bord, laissa passer le train et attendit qu'il
reparte.

Elle baissa les yeux. L'ananas n'était ni écrasé
ni intact. Il avait simplement disparu.

Une bienfaitrice pas si mystérieuse

Découverte du jour : il est possible de démonter un palmier en plastique et de le faire entrer dans une voiture. En fait, on pouvait démonter un décor entier et le faire tenir dans une voiture. Une petite voiture. Une petite Volkswagen blanche et très sale. Ils démontaient donc *Starbucks : la comédie musicale.*

– Tu dois te demander pourquoi j'emporte tout ça, dit-il en fourrant les feuilles dans le coffre, puisque je ne m'en sers même pas dans le spectacle.

– Je me posais effectivement la question, dit Ginny. (À vrai dire, elle s'était posé beaucoup de questions en les traînant dans le couloir du sous-sol. C'était lourd.)

– En fait, je m'en suis servi un temps, dit-il en regardant le dessous de sa voiture qui se rapprochait du sol sous le poids. Ils sont dans le scénario. Mais je dois m'assurer que personne ne les pique puisque c'est la fac qui les a achetés. Quand même, des palmiers en plastique ! C'est cinquante fois mieux que des cônes de signalisation orange. C'est précieux.

Il regarda la pile de costumes posée sur le trottoir.

– Monte et je coincerai ces trucs autour de toi, dit-il.

Ginny, obéissante, monta dans le véhicule (du mauvais côté), et Keith monta à sa droite. La voiture n'avait pas fière allure de l'extérieur, mais apparemment l'intérieur était en parfait état de marche. Dès que Keith la fit démarrer, elle revint à la vie et fonça jusqu'au coin de la rue. Elle grinça légèrement lorsqu'il prit le virage et s'engagea sur la route principale, manquant se faire rentrer dedans par un bus à étage.

On voyait que Keith faisait partie de ces types qui aiment conduire – il changeait de vitesse avec une grande concentration, autant de fois que c'était humainement possible, et zigzaguait entre les autres véhicules. Soudain, un taxi noir se retrouva à quelques centimètres d'eux, et Ginny face à face avec un couple à l'air surpris, qui la montrait du doigt avec inquiétude.

– On n'est pas un peu près ? demanda-t-elle alors que Keith se rapprochait encore du taxi pour changer de file.

– Il se poussera, dit-il légèrement.

Ils passèrent dans une partie d'Essex Road que Ginny connaissait.

– J'habite par ici, dit-elle.

– À Islington ? Avec qui ?

— Un ami de ma tante.

— Je suis surpris. Je croyais que tu descendais dans un grand hôtel, vu que tu es une héritière ou je ne sais quoi.

Keith tourna dans une série interminable de petites rues sombres bordées de maisons et de résidences, de boutiques de *fish-and-chips* aux devantures criardes. Des posters et des publicités étaient placardés sur toutes les surfaces possibles, annonçant des albums de reggae et de musique indienne.

Ginny s'aperçut qu'elle notait machinalement le trajet dans son esprit, recensant les panneaux, les posters, les pubs, les maisons. Bien sûr, elle ne comptait pas revenir un jour. C'était juste une habitude. Elle traçait toujours des schémas dans sa tête.

Finalement, ils s'arrêtèrent dans une rue mal éclairée aux maisons en pierre grise. Keith fit une embardée et gara la voiture au bord du trottoir. Il y avait des tas de papiers d'emballage le long du trottoir et des bouteilles dans les petits jardins. De toute évidence, certaines maisons étaient inoccupées, avec des planches clouées sur les fenêtres, des panneaux collés sur les portes.

Keith fit le tour de l'auto et vint lui ouvrir, puis retira tous les objets qui l'empêchaient de sortir. Il ouvrit la grille d'une des maisons et s'approcha d'une porte rouge vif avec une vitre en plastique jaune. Ils déchargèrent un par un les cartons emballés à la hâte et les sacs. Une fois à l'intérieur, ils dépassèrent la cuisine et se dirigèrent vers un escalier sombre, que Keith gravit sans même allumer la lumière.

Au sommet des escaliers, régnait une forte odeur de cigarette. Toutes sortes d'objets étaient éparpillés sur le palier – une étagère bourrée à craquer couronnée d'un crâne, un porte-chapeaux recouvert de chaussures, une pile de vêtements. Il les poussa du pied et ouvrit la porte dont ils obstruaient l'entrée.

– Ma chambre, dit Keith en souriant.

La chambre était presque entièrement rouge : moquette rouge brique, canapé défoncé rouge. Les nombreux sacs de café abandonnés par terre étaient rouge et noir. Des prospectus pour des pièces de théâtre étudiantes recouvraient les murs, ainsi que des affiches de dessins animés japonais et de bandes dessinées. L'ameublement se réduisait à des caisses en plastique avec, à l'occasion, une planche posée dessus pour faire une étagère ou une table. Des livres et des DVD étaient éparpillés à droite et à gauche.

– C'est bien elle, dit une voix.

Ginny se retourna et se retrouva face à face avec le type à qui elle avait essayé de donner une place devant la fac – avec les dreadlocks et les lunettes sans monture. Il souriait d'un air entendu. Une fille blonde se tenait derrière lui, maigre, apparemment pas très heureuse. Ses bras jaillissaient des épaules artistiquement déchirées de son T-shirt noir comme deux crayons blancs. Elle avait les yeux ronds et très maquillés, et elle faisait la moue. Ses cheveux blonds, presque blancs, semblaient tellement travaillés qu'ils ressemblaient à de la paille, visiblement fragiles. Et pourtant, ça complétait la façon sophistiquée dont elle les rassemblait au sommet de son crâne.

Instinctivement, Ginny se regarda : son bermuda kaki, ses baskets, son T-shirt et sa minuscule capuche. Ses vêtements de touriste étaient encore plus durs à porter que d'habitude.

– Voici Ginny, annonça Keith. Je crois que tu as déjà rencontré David, mon colocataire. Voici Fiona.

– Oh, dit Fiona, tu travailles sur le spectacle ?

C'était une question plutôt sensée, mais Ginny y détecta une insulte enfouie quelque part. Elle avait la drôle d'impression que, quoi qu'elle dise, Fiona allait éclater de rire. Son estomac se noua, et elle essaya de penser à une réplique cinglante. Après une vingtaine de secondes de réflexion, elle sortit finalement un « Je ne sais pas » assassin.

Fiona retroussa ses lèvres en un sourire las. Elle regarda Ginny de haut en bas, s'attardant sur son bermuda, puis sur une longue cicatrice fine qui lui traversait le genou. (Accident de bagages. Tard le soir. Mauvais calcul d'échelle quand elle essayait d'attraper quelque chose sur le dernier rayon de son étagère.)

– On sort, dit David. À plus.

– Ils se sont disputés, dit Keith quand ils furent partis. Il y a un problème.

– Comment tu le sais ?

– Parce que, dit-il en déposant une boîte de tasses Starbucks par terre, c'est toujours ce qu'ils font. Ils se disputent. Et se disputent, se disputent, se disputent.

– Pourquoi ?

– Pour faire court, il faudrait que j'emploie un mot pour la décrire que les Américains ont tendance à trouver très vulgaire. Sinon, la version longue, c'est que David veut abandonner la fac pour aller dans une école de cuisine. Il a été accepté, a obtenu une bourse et tout ça. C'est son rêve. Mais Fiona veut qu'il aille en Espagne avec elle.

– En Espagne ?

– Elle va être guide, en fait. Elle veut qu'il vienne avec elle, alors qu'il a besoin de rester là. Mais il va y aller parce qu'il fait tout ce qu'elle lui demande. Avant, on était vraiment potes, mais plus maintenant. Il n'y a que Fiona qui compte.

Il secoua la tête, et Ginny eut l'impression que ce n'était pas que des mots, que tout ça l'ennuyait vraiment. Mais elle pensait toujours au fait que Fiona allait travailler en Espagne. Qui donc décidait qu'il était possible d'aller travailler en Espagne ? Ginny n'avait pas eu le droit d'avoir un petit boulot avant l'été dernier, et c'était seulement à l'épicerie en bas de sa rue. Un été malheureux à remplir un rayon de recharges de rasoir et à demander aux gens s'ils voulaient acquérir la carte du magasin. Et cette Fiona, qui ne devait pas être beaucoup plus âgée qu'elle, s'enfuyait sous le soleil espagnol. Ginny essayait d'imaginer leur conversation. «J'en ai assez du centre commercial… Je crois que je vais me trouver un job dans ce Gap à Madrid.»

La vie des autres était plus intéressante que la sienne.

– Elle est jolie, dit Ginny.

Elle ne savait pas pourquoi elle avait dit ça. C'était plus ou moins vrai. Fiona était élégante et originale. (D'accord, on avait la légère impression qu'elle revenait d'entre les morts – la peau sur les os, cheveux blancs, vêtements déchirés – mais dans le bon sens du terme, bien sûr.)

– Elle ressemble à un Coton-Tige, dit Keith d'un air méprisant. Elle n'a aucune personnalité et des goûts musicaux affreux. Tu devrais écouter la merde qu'elle passe quand elle est là. Toi, au moins, tu as du goût.

Ce changement de sujet mit Ginny sur ses gardes.

– Alors, dit-il, qu'est-ce que mon spectacle a de si spécial pour que tu aies acheté tous les billets? Ou alors c'est que tu me voulais pour toi toute seule?

Comme on pouvait s'y attendre, elle ne pouvait plus parler. Ce n'était pas une réaction nerveuse normale. En fait, Keith s'était mis à genoux, penché sur sa table en boîtes de café, et son visage n'était plus qu'à quelques centimètres du sien.

– C'est ça, non? continua-t-il. De la performance sur commande?

Il souriait. Il y avait une pointe de défi dans son regard. Et la seule impulsion qui vint à Ginny fut de mettre la main dans sa poche, de saisir l'argent et de le laisser tomber sur la table. Les billets se déroulèrent lentement, comme un petit monstre violet venant d'éclore. De petits portraits de la reine poussaient de toutes parts.

– Qu'est-ce que c'est ? demanda-t-il.

– C'est pour ton spectacle. Ou pour ce que tu veux. Un autre spectacle. C'est pour toi.

Il s'assit sur les talons et la regarda.

– Donc tu me donnes… (Il se saisit de l'argent, aplatit les billets et se mit à les compter.) Cent quarante livres ?

– Oh…

Elle fouilla dans sa poche et sortit deux pièces.

Cent quarante-deux. Alors qu'elle s'approchait de la table pour y déposer la monnaie, elle se rendit compte que l'atmosphère de la pièce avait changé. Toute conversation qui aurait pu s'engager était maintenant terminée. Son geste, aussi bizarre que soudain, y avait mis un terme.

Clic. Clic. Elle ajouta les deux livres.

Silence.

– Je crois qu'il faut que je rentre, dit-elle doucement. Je connais le chemin.

Keith ouvrit la bouche pour parler, puis se frotta les lèvres du dos de la main, comme pour essuyer un commentaire.

– Laisse-moi te reconduire, dit-il. Je crois que tu ne devrais pas rentrer toute seule.

Ils n'échangèrent pas un mot de tout le trajet. Keith alluma la radio. Dès qu'elle descendit sur le trottoir devant la maison de Richard, elle dit au revoir et s'éloigna aussi vite que possible.

Son cœur allait exploser. Il allait sortir de son corps et atterrir sur le trottoir comme un poisson haletant et désespéré. Il continuerait de battre tant qu'il pourrait, au milieu des emballages et des mégots de cigarette, jusqu'à ce qu'il se calme. Alors elle le ramasserait et le remettrait en place. Elle voyait tout ça avec beaucoup de clarté. Bien plus clairement que ce qui venait de lui arriver.

Pourquoi… Pourquoi, en plein milieu de ce qui aurait pu être son premier épisode romantique, avait-elle décidé que la réponse appropriée était de jeter une poignée d'argent sur la table ? Des billets trempés de sueur et roulés en boule ? Et ensuite de demander à partir ?

Miriam allait la tuer. Ou bien l'envoyer dans un hôpital spécialisé pour imbéciles incurables et désespérés en matière d'histoires d'amour, où elle passerait le reste de sa vie. Et ce serait très bien comme ça. Elle serait à sa place. Elle vivrait au milieu des siens.

Elle regarda les fenêtres de Richard. Les lumières étaient éteintes. Il s'était couché tôt. S'il avait été réveillé, elle lui aurait peut-être parlé de tout ça. Peut-être aurait-il pu la rassurer, lui donner une méthode pour réparer ce qu'elle venait de faire. Mais il dormait.

Elle sortit les clés de la fissure dans les marches, se débattit avec les serrures et entra. Elle monta dans sa chambre et, sans allumer la lumière, sortit le paquet d'enveloppes de la poche avant de son sac et prit celle qui se trouvait en haut du tas. Elle la tint à la lumière des réverbères. L'enveloppe était couverte d'un drôle de dessin à l'encre : un château en haut d'une colline et une petite silhouette de fille sur un chemin au pied de la colline.

– OK, dit doucement Ginny. Oublie tout ça. Va de l'avant. Quelle sera la prochaine étape ?

✉.4

Chère Gin,

As-tu déjà vu un de ces films de kung-fu où
l'élève part à la recherche de son maître, dans de
lointaines contrées?

Peut-être pas. J'en ai vu seulement parce que ma
colocataire, en deuxième année de fac, était une
obsédée de kung-fu. Mais tu saisis l'idée: Harry
Potter va à Poudlard, Luke Skywalker va voir Yoda.
C'est de ça que je parle. L'élève s'en va pour qu'on
fasse son éducation.

C'est ce que j'ai fait. Après quelques mois à
Londres, j'ai décidé d'aller rencontrer mon idole,
le peintre Mari Adams. Toute ma vie j'avais voulu
la rencontrer. À la fac, mon dortoir était recouvert
de ses œuvres. (Et de photos d'elle. Elle est très…
particulière.)

Je ne sais pas exactement ce qui m'y a poussée.
Je savais que j'avais besoin d'aide dans ma prati-
que artistique, et j'ai soudain réalisé qu'elle n'était
pas si loin que ça. Mari vit à Édimbourg, une ville
somptueuse et sinistre. Le château d'Édimbourg a
été construit il y a environ mille ans et surplombe

toute la ville depuis une grande colline qu'on appelle le Monticule. La ville, ancienne et étrange, est pleine de ruelles sinueuses qu'on appelle des wynds. Meurtres, fantômes, intrigues politiques... tout ça imprègne Édimbourg.

Alors j'ai pris le train et j'y suis allée. Et elle m'a laissée entrer. Elle m'a même permis de rester quelques jours.

Je voudrais que tu la rencontres, toi aussi.

Voilà ta tâche. Je n'ai pas besoin d'être plus précise. Tu n'as rien à lui demander. Mari est le maître, Gin, et elle saura ce dont tu as besoin même si toi tu l'ignores. C'est le pouvoir de son kung-fu. Fais-moi confiance. Les cours commencent!

Je t'embrasse,
Ta tante en cavale.

Le coureur

Certaines personnes se croient guidées par des forces mystérieuses, elles pensent que l'univers leur trace des sentiers dans la forêt touffue de la vie, leur indiquant le chemin. Ginny ne croyait pas une seule seconde que l'univers se pliait à ses quatre volontés. Cela dit, elle avait une idée un peu plus précise et tout aussi bizarre : c'était tante Peg qui faisait ça. Elle avait su ce qu'il était impossible de savoir. Elle envoyait Ginny précisément à l'endroit où Keith devait se rendre pour régler quelques détails de son spectacle.

Ça arrivait parfois, avec Peg. Elle avait ce don étrange de deviner les choses – un sens étonnant du *timing*. Quand Ginny était enfant, tante Peg se débrouillait toujours pour l'appeler au moment où Ginny avait besoin d'elle : quand elle s'était disputée avec ses parents, quand elle était malade, quand elle avait besoin de conseils. Ginny ne fut donc pas totalement surprise qu'elle ait décidé de l'envoyer à Édimbourg, comme si elle avait su que Ginny ferait échouer toute l'histoire avec l'argent et qu'elle lui donnait une seconde chance.

Mais est-ce que c'était un signe? Évidemment, de façon purement hypothétique, elle pouvait demander à Keith de venir avec elle. Du moins si elle avait été quelqu'un d'autre. Miriam n'aurait pas hésité. La plupart des gens non plus. Elle, si. Elle le voulait, plus que tout au monde, mais elle en était incapable.

D'abord, la tâche de la bienfaitrice mystérieuse était terminée. Elle n'avait aucun prétexte pour revoir Keith. D'ailleurs, elle s'était déjà ridiculisée avec l'argent. Et puis… comment pouvait-on inviter quelqu'un à vous accompagner dans un pays étranger? (Même si ce n'était pas vraiment un pays différent. On aurait dit qu'elle partait pour le Canada. Ce n'était pas grand-chose. Pas comme David et Fiona et cette histoire d'Espagne.)

Elle passa toute la journée à la maison, à débattre intérieurement du problème. D'abord, elle regarda la télévision. La télévision britannique semblait se résumer en émissions de rénovation. Rénovation de jardins. Changement de look. Rénovation de maisons. Tout ce qui avait trait au changement. Comme s'ils voulaient faire passer un message. Changez. Allez de l'avant.

Elle éteignit et observa le salon.

Le ménage, voilà ce qu'elle allait faire. Ranger l'aidait souvent à se détendre. Elle fit la vaisselle, enleva les miettes de la table et des chaises, plia les vêtements… Fit tout ce qui lui passait par la tête. Elle passa une bonne demi-heure à examiner une drôle de machine avec un petit hublot et un cadran alphabétique sous le comptoir de la cuisine. Au premier abord, ça ressemblait à un four vraiment bizarre. Il lui fallut un bon moment pour comprendre que c'était une machine à laver.

À cinq heures, elle était toujours aussi énervée. Richard appela pour la prévenir qu'il rentrerait tard. Elle ne tenait plus en place.

Elle allait faire un tour. Elle allait marcher juste pour se prouver qu'elle était capable de retrouver le chemin. Ce n'était pas loin. Elle allait marcher jusque là-bas, regarder la maison, et revenir sur ses pas. Au moins elle pourrait se dire qu'elle y était allée. C'était pathétique, mais mieux que rien.

Elle laissa un petit mot à Richard et sortit. Elle se remémora le chemin aussi bien que possible. Le marchand de journaux… les cônes jaunes au milieu de la route… les lignes en zigzag dans la rue… tout était là, dans sa tête. Mais les maisons se mirent bientôt toutes à se ressembler. Elles ressemblaient toutes à la maison de Keith.

Elle tourna au coin de la rue et aperçut le signe dont elle avait besoin, en la personne de David. Il était sur le trottoir, agrippé à son téléphone. Il faisait les cent pas devant le portail et ne semblait pas très en forme. Il n'arrêtait pas de répéter «non» et «d'accord» d'une façon qui n'augurait rien de bon.

Ginny était proche de la maison lorsqu'elle le reconnut. Elle pensa faire demi-tour et attendre qu'il entre dans la maison mais il l'avait vue approcher. Elle ne pouvait pas partir en courant. Ce serait bizarre. Elle continua donc d'avancer vers lui, lentement, prudemment. Quand Ginny arriva au portail, il se tut. Puis il raccrocha d'un geste sec et furieux et s'assit sur le mur du jardin de devant, la tête dans les mains.

— Salut, dit-elle.

— Voilà. (Il secoua la tête.) Je ne pars pas. Je lui ai dit. Je lui ai dit que je ne partais pas pour l'Espagne.

— Oh! dit Ginny. C'est bien pour toi.

— Oui, dit-il, en hochant lentement la tête. C'est bien. Je veux dire, il faut bien que je commence ma vie ici, non?

— Si.

Il hocha la tête une nouvelle fois, puis éclata en sanglots. Il y eut un crissement au-dessus d'eux et Ginny aperçut les persiennes noires et tordues de Keith qui bougeaient d'avant en arrière. Peu après, il était là, sur le trottoir. Il regarda Ginny. Elle voyait sa confusion: le fait qu'elle était là et que son colocataire était en larmes devant sa propre maison. L'espace d'un instant, elle se sentit coupable, puis se souvint qu'elle n'y était pour rien.

— Bien, dit Keith en se dirigeant vers la voiture et en ouvrant la portière du passager. En route.

Ginny ne savait pas à qui il parlait. David non plus. Ils échangèrent un regard.

— Tous les deux, dit Keith, c'est l'heure de Brick Lane.

Quelques minutes plus tard, elle fonçait dans les rues de l'Est londonien, où les maisons étaient plus grises et les panneaux dans des langues tortueuses complètement inconnues. Des restaurants indiens bordaient les deux côtés de la rue, l'air était imprégné de l'odeur d'épices fortes et tout semblait ouvert, même à minuit. Des guirlandes colorées étaient accrochées d'un immeuble à l'autre, et des serveurs se tenaient dans l'embrasure des portes, proposant de la bière gratuite ou des amuse-gueules à quiconque entrerait. Mais Keith savait exactement où il allait et les guida dans un petit restaurant très propre où il semblait y avoir quatre serveurs pour chaque client.

Ginny n'avait pas faim, mais elle sentait qu'il fallait qu'elle participe. Cela dit, elle n'avait aucune idée de ce qu'elle allait commander.

— Je pense que je vais prendre la même chose que vous, dit-elle à Keith.

— Si tu prenais la même chose que nous, tu mourrais, dit-il. Essaie plutôt un curry doux.

Elle préféra ne pas le défier.

Keith commanda des tonnes de nourriture, et bientôt leur table fut couverte de paniers à pain remplis de grands biscuits plats qu'ils appelaient des papadams. Il y avait une série de sauces aux couleurs vives où flottaient de gros morceaux de piment, et de la bière. Dès qu'elle vit cet amoncellement, Ginny comprit. Keith offrait à David le repas de la tragédie. Elle avait fait la même chose avec Miriam l'été dernier, quand elle avait rompu avec Paul, sauf que, dans sa version, il y avait un litre de glace, une boîte de biscuits et six canettes de soda. Les mecs ne se satisferaient jamais de ce genre de choses. Quitte à avoir un repas de tragédie, ils devaient s'assurer qu'il y aurait un composant douloureux et viril.

Keith parlait à cent à l'heure. Il commença par raconter une histoire à propos de lui et de son pote Iggy qui s'amusaient à se présenter chez des filles le caleçon en feu. (Le truc, expliqua-t-il en détail, c'était qu'il fallait asperger de l'aérosol sur le caleçon, comme du Lysol, puis mettre le feu, ce qui créait de gros nuages de fumée juste à la surface du caleçon, qu'on éteignait facilement en tombant face contre terre au moment adéquat, ce qu'ils faisaient, la plupart du temps.)

Les currys arrivèrent, et la vapeur s'élevant des plats de Keith et David piqua les yeux de Ginny et la fit pleurer. David entama le sien et écouta Keith avec une expression figée et maussade. Son téléphone sonna. Il regarda le numéro et ses yeux s'agrandirent.

– Non, dit Keith en donnant un coup de fourchette pleine de curry au téléphone.

David avait l'air malheureux.

– Il le faut, dit-il. Je reviens tout de suite.

– Alors, dit Keith une fois qu'il fut parti. Récapitulons. Hier soir, tu m'as mystérieusement donné cent quarante-deux livres avant de t'enfuir. Et ce soir, tu te pointes devant chez moi au moment précis où mon colocataire subit une crise émotionnelle majeure. Je me demandais juste ce que tout ça signifie.

Avant qu'elle puisse répondre, le serveur saisit sa chance d'épousseter quelques miettes sur la chaise de David. Il tournait autour de leur table comme un vautour, en attendant qu'ils mangent la dernière miette de papadam pour qu'il puisse enlever le panier. Il regardait le dernier avec tristesse, comme si c'était un obstacle entre lui et le bonheur éternel. Ginny le saisit et le fourra dans sa bouche. Il parut soulagé, prit le panier mais revint immédiatement surveiller leurs verres d'eau, l'air sombre. Puis David revint et se laissa tomber sur sa chaise. Le serveur se jeta immédiatement sur lui et lui proposa une autre bière. Il hocha la tête d'un air las. Keith détourna les yeux de Ginny pour les poser sur David.

– Alors ?

– Elle voulait juste récupérer quelques affaires.

Personne ne dit rien jusqu'à ce que le serveur revienne avec une énorme bouteille de bière. David la saisit et se mit à boire plusieurs gorgées d'un trait, vidant un tiers de la bouteille en une seule fois.

Le coup de fil et la bière avaient débridé David. D'ordinaire, il était poli, mais là, il se transformait en quelqu'un d'autre. Il se lança dans la liste de ce qu'il avait toujours méprisé chez Fiona mais qu'il avait préféré garder pour lui.

Et, bien sûr, il commanda une autre bière.

D'abord, cette catharsis sembla lui faire du bien. Il revenait lentement à la réalité. Mais ensuite il se mit à reluquer une femme à une autre table, qui semblait importunée par ses propos. Il engloutit son curry et devint de plus en plus bruyant.

– Il est bourré, dit Keith. Il faut qu'on y aille.

Il demanda au serveur toujours disponible d'apporter l'addition et sortit quelques billets froissés. On aurait dit ceux que Ginny lui avait donnés la veille. Elle reconnaissait presque ses marques de doigts.

– Je vais chercher la voiture, dit-il. Reste là avec lui, d'accord?

David regarda autour de lui et, voyant que Keith était parti, il se leva et se dirigea vers la porte. Ginny le suivit. David attendait sur le trottoir, observant la rue comme s'il était perdu.

Ginny attendait nerveusement près de la porte.

– Les gens ne changent pas, dit-il. Il faut les prendre comme ils sont. Tu vois ce que je veux dire?

– Je crois, répondit Ginny sans grande conviction.

– Tu pourrais aller m'acheter une glace? demanda-t-il en montrant une boutique à côté d'eux avec des glaces en vitrine. Je veux une glace.

Ginny pouvait comprendre qu'on ait envie d'une glace dans un moment pareil. Elle entra dans le magasin et choisit une barre enrobée de chocolat apparemment très riche. Mais quand elle ressortit, il était parti.

Elle était toujours là, la glace fondant à vitesse grand V à la main, lorsque Keith arriva.

– Il s'est enfui ? demanda-t-il.

Elle hocha la tête.

– Je pars de ce côté-là. Toi, de l'autre. On se retrouve ici.

Il y avait énormément de monde dans Brick Lane cette nuit-là, surtout des groupes d'hommes en costume. Elle repéra David quelques mètres plus loin, lisant le menu d'un autre restaurant. Quand il aperçut Ginny, il se remit à courir, et Ginny n'eut pas d'autre choix que de le poursuivre. L'abus d'alcool lui donnait apparemment le diable au corps. Dès que Ginny se faisait distancer, il s'arrêtait et la regardait avec un grand sourire. Quand elle se rapprochait assez pour le voir sourire, il s'éloignait.

Soulagée, elle vit la voiture de Keith tourner au coin de la rue. Il était à deux pas de David lorsque celui-ci repartit dans l'autre sens, en direction de Ginny. Keith ne pouvait pas faire demi-tour, alors il continua de rouler. Ginny devait donc continuer de lui courir après.

David lui fit faire le tour du quartier, l'emmenant dans des rues résidentielles, d'autres avec des boutiques de saris et de vêtements fermées. Ils s'engouffrèrent dans des rues peu engageantes. Ginny haletait, et le curry lui faisait mal au ventre, mais elle ne se laissa pas distancer. Après une dizaine de minutes, elle comprit que David n'allait pas abandonner. Elle allait devoir ruser. Elle poussa un cri et s'effondra sur le sol, en se tenant la jambe. David se retourna, mais cette fois, malgré son état, il comprit que quelque chose n'allait pas. Il hésita un instant et, voyant que Ginny n'irait pas plus loin, il resta là où il était.

Il ne vit même pas son ami s'approcher de lui. Keith le plaqua par-derrière, le fit tomber par terre et s'assit sur son dos.

— Bien joué, le coup de la jambe, dit Keith en reprenant son souffle. La vache… qui aurait pensé qu'il pouvait courir aussi vite ?

Après quelques instants, David glissa dans un état proche de l'inconscience. Keith le releva et l'emmena jusqu'à la voiture. Ginny s'installa à l'arrière pour que David puisse s'asseoir devant.

— Il va vomir dans ma voiture, dit tristement Keith en démarrant. Moi qui viens de la laver.

Ginny regarda les sacs et les déchets tout autour d'elle sur la petite banquette arrière.

— Vraiment ?

— Oui, enfin, j'ai tout mis derrière.

Ginny se pencha en avant et remit David, qui glissait sur le côté, dans une position droite.

— Je le ramène chez moi. Je le mettrai au lit et je garderai un œil sur lui. D'abord je te ramène chez toi.

Dès qu'ils s'arrêtèrent, David ouvrit la portière et vomit toutes ses tripes sur le trottoir devant chez Richard, avant que la prédiction de Keith ne se réalise. Quand il eut terminé, Keith et Ginny lui firent faire quelques pas dans la rue jusqu'à ce qu'il aille mieux, puis le ramenèrent et l'installèrent contre le portail.

– Ça va aller, dit Keith en hochant la tête. Il en avait besoin. Ça va lui remettre les idées en place.

David glissait lentement contre le portail. Keith l'attrapa par le bras et le releva.

– On ferait bien d'y aller, dit-il. C'était bien, le coup de la jambe. Très bien. Et puis tu cours vite. Finalement, tu n'es pas complètement folle.

– Euh…

– Oui ?

– Tout à l'heure…

– Oui ?

– Je venais te demander si tu voulais venir en Écosse avec moi, dit-elle rapidement. Je dois aller à Édimbourg, et comme tu as dit…

– Qu'est-ce que tu vas faire là-bas ?

– Je dois juste… y aller.

– Quand ?

– Demain.

David tomba en avant sur le capot de la voiture. Keith se rapprocha. On aurait dit qu'il allait relever David, mais au dernier moment, il se tourna, prit le visage de Ginny entre ses deux mains et l'embrassa. Ce n'était pas un baiser lent et langoureux, du genre « tes lèvres sont comme de délicats pétales de fleur ». Non, c'était plutôt un baiser de remerciement. Ou même un baiser «bien joué»!

– Pourquoi pas? dit-il. Le spectacle ne commence qu'à dix heures demain soir. Gare de King's Cross. Demain matin? Huit heures et demie. En face du Virgin Rail.

Avant qu'elle puisse réagir, Keith avait attrapé David et l'avait fourré dans la voiture. Il lui fit signe avant de partir. Ginny resta là plusieurs minutes, incapable de bouger. Elle posa doucement ses doigts sur ses lèvres, comme pour retenir cette sensation.

Elle ne remarqua pas immédiatement qu'un petit animal était sorti de derrière une voiture et se rapprochait lentement d'une poubelle à côté d'elle. Elle chercha dans ses souvenirs pour essayer de trouver ce dont il pouvait bien s'agir et, après quelques secondes – aussi impossible que ça puisse paraître –, décida que c'était un renard. Elle n'en avait jamais vu que dans les livres de contes de fées. Il ressemblait à ces images: un long museau, un petit nez, des poils roux et une démarche timide de voleur. Il se rapprocha d'elle, inclinant la tête d'un air curieux, comme s'il lui demandait si elle avait l'intention d'aller fouiller cette poubelle en premier.

– Non, dit-elle à voix haute, avant de se demander pourquoi elle parlait à ce qui était sans doute un renard – un renard qui pouvait très bien avoir la rage et s'apprêter à lui sauter à la gorge. Mais, bizarrement, elle n'avait pas peur.

Le renard sembla comprendre sa réponse et sauta gracieusement sur le rebord de la poubelle dans laquelle il se laissa tomber. La grosse poubelle en plastique grinçait tandis qu'il explorait son contenu. Ginny se trouva remplie d'une affection grandissante pour cet animal. Il avait vu son baiser. Il n'avait pas peur d'elle. Il chassait, il avait faim.

– J'espère que tu vas trouver de bonnes choses, dit-elle doucement avant de se diriger vers la maison.

Le maître et le coiffeur

Le voyage jusqu'en Écosse durait quatre heures et demie, que Keith passa en grande partie à dormir, la tête contre la vitre, une bande dessinée («C'est un mensuel graphique») serrée entre ses mains couvertes de mitaines en cuir. Il se réveilla brusquement en reniflant alors que le train entrait en gare d'Édimbourg.

– La gare Waverley? demanda-t-il en clignant lentement les yeux. Bien. On sort, sinon on va finir à Aberdeen.

Ils sortirent de la gare (qui ressemblait en tout point à celle qu'ils venaient de quitter) et montèrent quelques marches pour arriver à la rue. Ils se trouvaient dans une rue bordée de grands magasins. Mais, contrairement à Londres, aux immeubles bas et compacts, aux rues bondées, celles d'Édimbourg semblaient larges et ouvertes. Le ciel s'étendait au-dessus d'eux, d'un bleu éclatant, et lorsque Ginny se retourna, elle s'aperçut que la ville semblait construite sur plusieurs niveaux: elle montait et descendait. À sa droite, sur un haut rocher proéminent, comme sur un piédestal, s'élevait un château.

Keith inspira profondément et se frappa la poitrine.

– Bon, dit-il. Qui est-ce que tu dois voir ?

– Une amie de ma tante. Un peintre. J'ai un plan pour aller chez elle…

– Voyons voir ça.

Il lui prit la lettre des mains avant qu'elle puisse protester.

– Mari Adams ? demanda-t-il. Ça me dit quelque chose.

– Je crois qu'elle est assez célèbre, dit-elle, en s'excusant presque.

– Oh !

Il étudia le plan et fronça les sourcils.

– Elle vit à Leith, de l'autre côté de la ville. Bon. Tu ne trouveras jamais. On ferait mieux d'y aller ensemble. Laisse-moi faire un saut au bureau du Fringe, et on y va.

– Tu n'es pas obligé…

– Crois-moi, tu vas te perdre. Et je ne peux pas te laisser faire. Allez, viens.

Il avait raison. Elle n'aurait jamais déniché la maison de Mari toute seule. Keith eut un mal de chien à trouver un bus pour les emmener dans ce coin de la ville, et ils durent s'y mettre à deux pour trouver l'endroit exact où elle vivait. Elle habitait au bord d'un plan d'eau que Keith identifia comme étant le Firth of Forth.

Puisqu'ils étaient si loin de leur point de départ, Keith pouvait difficilement faire demi-tour, alors il prit sur lui d'accompagner Ginny jusqu'au pas de la porte de Mari. Il y avait de petits dessins tout autour de la porte : des salamandres dorées, un renard, des oiseaux, des fleurs. Le heurtoir représentait une tête de géante avec un énorme anneau dans le nez. Ginny frappa une fois puis recula de quelques pas.

Quelques instants plus tard, une fille ouvrit la porte. Elle portait une salopette en jean rouge, sur laquelle étaient cousues des lettres de l'alphabet magnétiques, avec des points visibles. Elle ne portait pas de T-shirt : elle s'était contentée d'attacher la salopette aussi haut que possible. Son visage peu amical était couronné de cheveux décolorés en blanc. Ils étaient courts et inégaux sur le dessus de la tête, longs et tressés derrière – un drôle d'hybride.

– Ouais ? dit-elle.

– Euh… salut.

– Ouais.

Jusque-là, tout allait bien.

– Ma tante a séjourné ici, dit Ginny, en s'efforçant de ne fixer aucune particularité de la fille trop longtemps. Elle s'appelait Peg. Margaret. Margaret Bannister.

La fille lui lança un regard vide. Ginny remarqua que ses sourcils étaient presque aussi foncés que les siens.

– Je suis censée venir ici, dit-elle en secouant l'enveloppe bleue comme s'il s'agissait d'un sésame lui permettant d'entrer chez de parfaits inconnus. Un vent d'été puissant s'éleva et faillit la lui arracher des mains.

– Ouais, d'accord. (La fille avait un fort accent écossais.) Attendez.

Elle leur referma la porte à la figure.

– Sympa, dit Keith. On ne peut pas le lui enlever.

– Tu vas la fermer ? s'entendit lui répondre Ginny.

– Quelle agressivité !

– Je suis nerveuse.

– Je ne vois pas pourquoi, dit-il en examinant innocemment les dessins autour de la porte. Ça me paraît parfaitement normal.

Cinq minutes plus tard, la porte se rouvrit.

– Mari travaille, dit la fille. Mais elle dit que vous pouvez entrer.

Elle laissa la porte ouverte, ce qu'ils prirent pour une invitation à entrer.

La maison était très ancienne, ça ne faisait pas de doute. Il y avait de grandes cheminées dans chacune des pièces, avec des petits tas de cendre dans l'âtre. Une odeur de bois brûlé s'attardait dans l'air, même si Ginny se doutait que les cendres dataient de plusieurs semaines. Le plancher était nu avec, de temps à autre, un tapis blanc duveteux posé sans aucune logique apparente. Chaque pièce était peinte dans une couleur différente : l'une en bleu azur, l'autre en marron, le couloir en vert. Les rebords de fenêtre et les liserés étaient tous jaune d'œuf. Le seul mobilier, dans les premières pièces, consistait en une grande table en merisier sculpté recouverte de marbre et d'un miroir. Elle était couverte de jouets : des dentiers qui claquent, des toupies, des petites voitures, une marionnette de nonne boxeuse et un Godzilla miniature.

Mais partout, absolument partout, il y avait des peintures. D'immenses peintures de femmes, pour la plupart. Des femmes aux longues chevelures sauvages d'où sortaient des tas de choses, des femmes jonglant avec des étoiles. Des femmes qui flottaient, d'autres qui se faufilaient dans de noires forêts, d'autres encore entourées d'or scintillant. Des toiles si grandes qu'il n'en tenait que deux sur chaque mur.

La fille les menait toujours vers l'arrière de la maison, puis dans un escalier en bois branlant bordé d'autres tableaux. Au sommet, au troisième étage, ils se retrouvèrent devant une porte peinte en or vif métallique.

– Voilà, dit la fille en faisant demi-tour et en repartant dans les escaliers.

Ginny et Keith fixèrent la grosse porte dorée.

– Qui est-ce qu'on vient voir déjà ? Dieu ?

En réponse, la porte s'ouvrit.

Ginny n'aurait pas cru que la fille qui leur avait ouvert aurait pu perdre aussi facilement le Prix de l'apparence inhabituelle et impressionnante. Mais Mari la battait à plate couture. Elle devait avoir au moins soixante ans, d'après son visage. Elle avait de longs cheveux noir de jais avec des reflets orange. Elle portait des vêtements un peu trop petits et trop serrés pour son corps dodu :

une chemise à encolure bateau aux rayures verticales et un jean avec une ceinture noire couverte de gros clous. Elle comprimait son ventre de façon peu flatteuse, mais ça lui allait tout de même assez bien. Ses yeux étaient cerclés d'eyeliner noir. On aurait dit qu'elle avait trois taches de rousseur identiques sur chaque pommette, juste sous les yeux. En s'approchant, Ginny s'aperçut qu'il s'agissait de petites étoiles bleues tatouées. Elle portait des sandales plates dorées, et Ginny vit qu'elle avait aussi des tatouages sur les pieds, des mots écrits d'une petite écriture violette. Quand elle tendit les mains pour attraper le visage de Ginny et l'embrasser sur les deux joues, celle-ci vit des messages similaires sur ses mains.

— Tu es la nièce de Peg ? demanda Mari en rompant leur accolade.

Ginny hocha la tête.

— Et toi, tu es ? demanda-t-elle à Keith.

— Son coiffeur, dit-il. Elle ne va nulle part sans moi.

Mari lui tapota la joue et sourit.

— Je t'aime bien, dit-elle. Voudriez-vous un chocolat ?

Elle se dirigea vers sa table de travail ensoleillée et sortit une grosse boîte de barres chocolatées miniatures. Ginny secoua la tête, mais Keith en prit unc petite poignée.

— Je vais demander à Chloé de nous faire du thé, dit-elle.

Quelques minutes plus tard, Chloé (le dernier prénom que Ginny aurait donné à la fille à la salopette rouge. Elle pensait plus à un truc du genre Hank) arriva avec un plateau en céramique où étaient disposés une théière marron, une coupe de sucre, et un petit pot de crème. Et aussi de nouvelles barres chocolatées. Quand Mari tendit la main pour en attraper, elle surprit le regard de Keith qui s'attardait sur les mots tatoués sur ses mains.

– Ce sont les noms de mes chiens, ceux qui sont morts. Je leur ai dédié mes mains. Les noms de mes renards sont sur mes pieds.

Au lieu de poser une question logique comme «Vous aviez des renards ? Et vous avez écrit leurs noms sur vos pieds ?», Ginny réussit à dire qu'elle pensait avoir vu un renard, la veille, à Londres.

– C'est bien possible, dit Mari. Londres regorge de renards. C'est une ville magique. J'ai eu trois renards domestiques. Quand je vivais en France, j'avais fait construire une cage dans le jardin. Je m'y enfermais avec eux pendant la journée et je peignais. Les renards sont des compagnons merveilleux.

Keith semblait sur le point de dire quelque chose, mais Ginny lui écrasa fermement les pieds.

– Ça fait du bien d'être en cage, continua Mari. Ça permet de rester concentrée. Je vous le recommande.

Ginny appuya encore plus fort sur le pied de Keith. Il serra les lèvres et se tourna pour observer les peintures sur le mur à côté de lui. Mari servit le thé, mit un sucre dans sa tasse, puis le mélangea bruyamment avec sa cuiller.

– Je suis désolée pour ta tante, dit-elle finalement. J'ai été très attristée par la nouvelle de sa mort. Mais elle était tellement malade…

Keith se détourna d'une toile représentant une femme endormie dans une boîte de haricots et leva un sourcil dans la direction de Ginny.

– Elle m'avait dit que tu viendrais peut-être. Je suis contente que tu sois là. C'était un très bon peintre, tu sais. Très bon.

– Elle m'a laissé quelques lettres, dit Ginny en évitant le regard de Keith. Elle m'a demandé de venir vous voir ici.

– Elle m'avait dit qu'elle avait une nièce. Elle se sentait tellement coupable d'être partie comme ça.

Le sourcil de Keith monta encore plus haut.

– J'ai été SDF pendant longtemps, continua-t-elle. Je vivais dans les rues de Paris. Sans argent. Juste mes peintures dans un sac, une robe de rechange et un gros manteau de fourrure que je portais toute l'année. Je passais en courant devant les terrasses des cafés et je volais de la nourriture dans les assiettes des gens. Je m'asseyais sous les ponts, l'été, et je peignais des journées entières. J'étais folle à l'époque, mais c'était quelque chose que je devais faire.

Ginny sentit sa gorge s'assécher et eut la désagréable impression que Mari et Keith l'observaient attentivement. Elle était assise dans un rayon de soleil qui traversait la fenêtre ancienne au-dessus de la table de travail de Mari. Voilà qui ne l'aidait pas beaucoup. Mari, pensive, poussa l'emballage d'une barre chocolatée sur la table avec un doigt.

— Allez, dit-elle, je vais vous montrer quelque chose. À tous les deux.

Au fond de la pièce, dans ce qui ressemblait à un placard, se trouvait l'escalier le plus étroit que Ginny ait jamais vu. Il était en pierre et à vis. Le corps de Mari passait tout juste. Ils émergèrent dans un grenier au plafond bas courbé peint en rose bonbon. Les murs étaient citron vert. Il y avait une odeur de toasts brûlés, des siècles de poussière et des étagères remplies d'énormes livres d'art, dont la tranche indiquait des titres dans des langues que Ginny reconnaissait, et d'autres qu'elle n'avait jamais vues.

Mari sortit un très gros livre couvert d'une épaisse couche de poussière et l'ouvrit sur l'une des tables. Elle feuilleta les pages quelques instants jusqu'à ce qu'elle trouve l'œuvre qu'elle cherchait. C'était un très vieux tableau aux couleurs intenses représentant un homme et une femme se tenant la main. Il était d'une précision incroyable, presque aussi clair qu'une photographie.

— C'est de Jan Van Eyck, dit-elle en montrant la peinture du doigt. Elle représente des fiançailles. C'est une scène ordinaire, il y a des chaussures sur le sol, un chien. Il enregistre cet instant.

Juste deux personnes ordinaires qui se fiancent. Personne n'a jamais fourni autant d'efforts pour raconter la vie de personnes ordinaires.

Ginny se rendit compte que Keith n'avait pas essayé de faire de commentaires depuis un bon moment. Il regardait attentivement la peinture.

– Là, dit Mari en montrant un point de la toile avec un ongle long peint en vert émeraude. Juste au milieu. Le point de focalisation. Vous voyez ? C'est un miroir. Et dans le reflet, on voit l'artiste. Il s'est représenté sur sa toile. Et juste au-dessus, on voit cette inscription : « Jan Van Eyck était là. »

Elle ferma le livre comme pour mettre un point final à son discours, et un nuage de poussière s'éleva dans les airs.

– Parfois, les artistes aiment se représenter, permettre au monde de les voir, pour une fois. C'est une signature. Celle-là est très audacieuse. Mais c'est aussi un témoignage. Nous voulons nous souvenir, et nous voulons qu'on se souvienne de nous. C'est pour ça que l'on peint.

Ce que disait Mari ressemblait à un message, quelque chose que Ginny pourrait retenir. « Nous voulons nous souvenir, et nous voulons qu'on se souvienne de nous. C'est pour ça que l'on peint. »

Mais Mari continua :

– J'ai tatoué mes pieds et mes mains pour me souvenir de mes compagnons, de ceux que j'ai aimés, dit-elle en regardant ses tatouages.

Les yeux de Keith s'allumèrent et il alla jusqu'à ouvrir la bouche et émettre un «iiii», mais Ginny lui écrasa de nouveau le pied.

— Quand tombe ton anniversaire? demanda Mari.

— Le 18 août, répondit Ginny, étonnée.

— Lion. Ah... On redescend, ma chérie.

Ils descendirent les marches de pierre. Il n'y avait pas de rampe, alors Ginny s'agrippa au mur pour ne pas tomber. Mari retourna à sa table de travail et installa un tabouret à côté d'elle, puis demanda à Ginny de s'y asseoir. Ginny s'approcha avec hésitation.

— Bien. Voyons voir. (Elle regarda Ginny de bas en haut.) Et si tu posais ton T-shirt?

Keith croisa les bras d'un air suffisant, du genre «je te l'avais bien dit» et s'assit par terre dans un coin, refusant de détourner le regard. Ginny lui tourna le dos et, consciente de chacun de ses mouvements, enleva son T-shirt, regrettant de ne pas avoir mis un plus joli soutien-gorge. Elle en avait un beau, mais bien sûr elle avait mis le plus sportif, en Stretch.

— Oui, dit Mari en examinant la peau de Ginny. Sur l'épaule. Ta tante était Verseau. C'est tellement significatif, quand on y pense. Maintenant ne bouge plus.

Mari prit ses crayons et commença à dessiner. Ça ne faisait pas mal, même s'ils étaient pointus. Il aurait été malvenu de se plaindre: après tout, une artiste célèbre dessinait sur elle. Elle ne savait pas pourquoi.

Mari travaillait lentement, point par point, coup par coup, à rebrousse-poil. Elle se levait fréquemment pour aller prendre un chocolat ou observer un oiseau venu picorer dans la mangeoire sur la fenêtre, ou pour regarder Ginny de face. Elle mit si longtemps que Keith s'endormit dans son coin et se mit à ronfler.

— Voilà, dit Mari en se rasseyant pour observer son œuvre. Ça ne durera pas toujours. Ça s'effacera. Mais c'est à ça que ça devait ressembler, tu ne crois pas, ma chérie ? À moins que tu veuilles te le faire tatouer. Je connais un très bon endroit.

Elle sortit un petit miroir d'un tiroir rempli de fournitures et le tendit pour que Ginny puisse se voir. Elle dut se tordre le cou, mais elle aperçut le dessin. C'était un lion doré. Sa crinière jaillissait sauvagement dans toutes les directions (les cheveux semblaient être l'un des thèmes favoris de Mari), se transformant finalement en ruisseaux bleus.

— Vous pouvez rester si vous voulez, dit Mari. Je demanderai à Chloé de…

— Le train, dit brusquement Keith. On doit prendre le train.

— On doit prendre le train, répéta Ginny. Mais merci. Pour tout.

Mari les raccompagna jusqu'à la porte et, sur les marches, se pencha vers Ginny et la prit dans ses bras potelés. Ses cheveux fous remplirent le champ de vision de Ginny. Le monde devint noir avec des reflets orange.

— Garde-le, celui-là, murmura-t-elle à Ginny. Je l'aime bien.

Elle recula, fit un clin d'œil à Keith et ferma la porte. Ils clignèrent tous les deux des paupières devant les dessins de salamandres.

— Alors, dit Keith en prenant Ginny par le bras et en l'entraînant en direction de l'arrêt de bus. Maintenant que nous avons rencontré Lady MacBizarre, pourquoi ne pas m'expliquer ce qui se passe ?

Les monstres attaquent

Vu du train, le paysage changeait à toute vitesse. D'abord la ville, puis des collines vertes et des champs avec des centaines de moutons broutant d'interminables carrés d'herbe verte. Puis ils roulèrent au bord de la mer, traversèrent des villes avec de minuscules maisons en brique et des églises étonnantes et inquiétantes. Il y eut du soleil, du brouillard, puis une explosion finale de violet lorsque la nuit tomba. Les villes écossaises qui défilaient n'étaient plus que des lampadaires orange.

Ginny avait passé presque tout le voyage à lui expliquer les choses depuis le début : elle avait dû tout reprendre… New York, le jeu «Aujourd'hui, j'habite en». Elle passa rapidement sur les événements de ces derniers mois : le coup de téléphone de Richard, cette horrible sensation de chute, le trajet jusqu'à l'aéroport pour aller chercher le corps. Puis elle en vint à la partie intéressante, l'arrivée du colis avec les enveloppes.

– C'est n'importe quoi, non ?

– Quoi ?

– L'excuse de l'artiste. Si on peut appeler ça une excuse.

– Il fallait vraiment la connaître, dit-elle en s'efforçant de rester légère.

– Non, je ne crois pas. C'est n'importe quoi. Et je m'y connais en n'importe quoi. Je sais ce que c'est. Plus tu m'en dis sur ta tante, moins elle me plaît.

Ginny plissa les yeux.

– Tu ne la connaissais pas.

– Tu m'en as dit assez. Je n'aime pas ce qu'elle t'a fait. Apparemment, elle représentait tout pour toi quand tu étais petite, et un jour, elle est partie comme ça, sans un mot. Et pour seule explication, elle t'envoie de drôles de petites enveloppes.

– Non, dit-elle, sentant soudain la colère monter en elle. Tout ce qui m'est arrivé d'intéressant est arrivé grâce à elle. Sans elle, je suis ennuyeuse à mourir. Tu ne comprends pas parce que toi tu as des histoires.

– Tout le monde a des histoires, dit-il d'un air méprisant.

– Pas aussi intéressantes que les tiennes. Toi, tu t'es fait arrêter. Moi je ne pourrais jamais me faire arrêter, même si j'essayais.

– Ça ne demande pas beaucoup d'efforts. D'ailleurs, ce n'était pas ça le problème.

– Le problème ?

Il tambourina avec ses doigts sur la table, puis se tourna vers elle et la regarda quelques instants.

– OK, dit-il. Tu m'as raconté ton histoire, alors je vais en faire autant puisqu'on est là. À seize ans, j'avais une petite amie. Elle s'appelait Claire. J'étais pire que David. Je ne pensais qu'à elle. Je me moquais de l'école, je me moquais de tout. J'ai arrêté de faire des conneries parce que je passais tout mon temps avec elle.

– En quoi c'est un problème ?

– Elle est tombée enceinte, dit-il en tapotant la table. Et ça a été un peu le bordel.

C'était une chose de savoir que Keith avait déjà eu une expérience sexuelle. Elle aurait dû s'en douter, puisqu'il était Keith et pas, contrairement à elle, toujours désespérément vierge. Mais tomber enceinte représentait plus que ce qu'elle pouvait vraiment imaginer. Ça impliquait beaucoup de sexe. Tellement de sexe. Tellement qu'il pouvait en parler sans aucune gêne.

Ginny regarda la table. Évidemment, elle savait que ces choses-là arrivaient, mais jamais à elle ou à ses amies. On voyait ça à la télé, ou bien ça touchait des gens de l'école qu'elle ne connaissait pas. Ces histoires arrivaient toujours aux oreilles des autres des mois après qu'elles s'étaient produites, donnant à leurs protagonistes un vernis permanent et reluisant de maturité qu'elle n'aurait jamais. Elle n'avait même pas le droit de conduire après dix heures du soir.

– Ça te choque ? demanda-t-il en la regardant. Ça arrive, tu sais.

– Je sais, dit-elle rapidement. Que s'est-il passé ? Je veux dire, est-ce qu'elle l'a…?

Elle se tut. Qu'est-ce qu'elle était en train de dire ?

– Je ne suis pas papa, si c'est ce que tu veux savoir.

Eh bien, oui. C'était exactement ce qu'elle avait voulu demander, de façon si pertinente. C'est pour ça qu'il ne lui arrivait jamais rien. Elle n'arrivait pas à gérer l'excitation. Elle ne pouvait même pas suivre une conversation sérieuse sur le sexe sans tout gâcher.

– C'est une bonne question, dit-il. Je lui ai proposé d'arrêter l'école et de me trouver un boulot. J'étais prêt à le faire. Mais elle ne voulait pas abandonner ses études, alors elle a décidé qu'il n'y avait qu'une solution. Je ne peux pas lui en vouloir.

Ils restèrent silencieux quelques instants, se balançant lentement en même temps que le train, fixant l'affiche de la promotion «Achetez quelque chose à manger» sur laquelle on voyait un homme chauve, le «roi du porc du Nord».

– Le problème, dit-il finalement, c'est que, après ça, les choses ne sont jamais redevenues comme avant. J'essayais d'arranger les choses, de dialoguer, mais elle ne voulait pas en parler avec moi. Elle voulait juste reprendre une vie normale. C'est ce qu'elle a fait. Il m'a fallu des mois pour saisir ce qu'elle voulait dire par là. J'étais dans un état lamentable. Mais maintenant tout s'est arrangé.

Il lui fit un grand sourire et croisa les bras sur la table.

— Comment ça ?

— Tu vois, une fois que tu as vécu quelque chose comme ça, tu apprends beaucoup. J'ai fait pas mal de conneries après. J'ai volé une voiture ; je l'ai juste prise quelques heures, je ne sais pas pourquoi. Ce n'était même pas marrant. Et puis un matin, je me suis réveillé et j'ai réalisé qu'il fallait que je passe mes exams et que la vie continuait. Je me suis repris en main, je suis retourné en cours. Et maintenant, je suis cette incroyable réussite qui se tient en face de toi. Je veux juste faire mes spectacles. C'est tout ce dont j'ai besoin. Et regarde où ça m'a mené ! C'est comme ça que je t'ai rencontrée, pas vrai ?

Il lui passa le bras autour des épaules et la secoua gentiment. Encore une fois, ça n'avait rien de très romantique. Il y avait du « bon chien ! » dans ce geste. Mais il y avait aussi autre chose. Quelque chose qui disait : « Je ne suis pas là seulement parce que tu m'as donné des poignées de liquide sans aucune raison. Les choses sont différentes, désormais. » Peut-être était-ce pour cela qu'il n'enleva pas son bras avant la fin du voyage et que ni l'un ni l'autre ne ressentit le besoin de dire quelque chose.

Une demi-heure plus tard, ils attendaient le métro sur le quai de Kings Cross.

— J'ai failli oublier, dit-il en plongeant la main dans la poche de sa veste. J'ai quelque chose pour toi.

Il lui montra une petite figurine de Godzilla qui ressemblait exactement à celle qu'ils avaient vue dans la maison de Mari.

— Ça vient de chez Mari ? demanda-t-elle.

— Ouaip.

— Tu l'as volée ?

— Je n'ai pas pu m'en empêcher, dit-il en souriant. Il te fallait un souvenir.

— Qu'est-ce qui t'a fait croire que je voudrais de quelque chose de volé ?

Keith recula un peu et son sourire s'effaça.

— Attends une seconde…

— Ça faisait peut-être partie d'une œuvre d'art !

— Un chef-d'œuvre gâché.

— Ce n'est pas le problème, reprit Ginny. C'était à elle. Ça vient de chez elle.

— Je lui écrirai une lettre pour me dénoncer, dit-il, les mains en l'air. J'ai pris le Godzilla. Arrêtez les recherches. C'était moi, mais c'est la faute de la société.

— Ce n'est pas drôle.

— J'ai piqué un petit jouet, dit-il en pinçant le Godzilla entre ses doigts. Ce n'est rien.

— Ce n'est pas rien.

— Bien.

Keith s'approcha du bord du quai et jeta le petit jouet sur les rails, puis revint vers elle.

— Pourquoi tu as fait ça ? demanda Ginny.

— Tu n'en voulais pas.

— Ça ne veut pas dire que tu devais t'en débarrasser.

– Désolé. J'étais censé le rapporter ?

– Tu n'étais pas censé le prendre, à la base !

– Tu sais ce que je vais prendre ? Le bus. À la prochaine.

Il disparut dans la foule avant même qu'elle puisse se retourner pour le regarder partir.

✉.5

Très chère Ginger,

Quand j'étais petite, j'avais un album illustré sur la mythologie romaine. J'étais complètement obsédée par ce livre. Ma préférée de tous les dieux et les déesses, crois-le ou non, c'était Vesta, la déesse du Foyer et de la Maison.

Je sais. Ça ne me ressemble pas. C'est vrai, je n'ai jamais eu d'aspirateur. Mais c'est la vérité. De toutes les déesses, c'est elle que je préférais. Des tas de jeunes dieux sexy la poursuivaient, mais elle avait juré de toujours garder sa virginité. Son symbole, sa maison, c'était la cheminée. En gros, c'était la déesse du Chauffage central.

Vesta était vénérée dans toutes les villes et dans chaque maison à travers le feu. Elle était partout, et les gens dépendaient d'elle chaque jour. Un grand temple a été construit à Rome en son honneur, et les prêtresses étaient appelées les vierges vestales.

Être vestale était un boulot plutôt sympa. Elles avaient une tâche majeure : s'assurer que le feu ne s'éteignait jamais dans le foyer cérémonial de Vesta. Elles étaient toujours six, elles pouvaient donc se relayer. En échange de ce service, elles étaient traitées comme des déesses. Elles vivaient dans un palais et avaient les mêmes privilèges que les hommes. En temps de crise, on leur demandait des conseils sur la sécurité de Rome. Elles avaient les meilleures places au théâtre, les gens donnaient des fêtes en leur honneur, et on les révérait partout.

Le problème? Essaie de rester célibataire pendant trente ans. Trente ans à vivre avec les autres vestales, à tisonner le feu et à faire des mots croisés. Si elles enfreignaient la règle de la virginité, on les emmenait dans un endroit dont on peut traduire le nom par champ du Diable, on les faisait descendre jusqu'à une salle au sous-sol avec un lit et une lampe. Une fois entrées, on refermait la porte, les pas s'éloignaient et elles restaient enfermées à jamais. C'est plutôt dur.

Pourtant, il faut s'en remettre aux vierges vestales. Ça peut paraître triste et effrayant, mais pense au pouvoir que les gens ont toujours donné aux femmes seules.

Les ruines de leur temple se trouvent dans le Forum romain, où l'on peut voir leurs statues. (Le Forum est juste à côté du Colisée.) Vas-y, rends-leur visite et fais-leur une offrande. Telle est ta tâche. Quand tu l'auras accomplie, tu pourras ouvrir l'enveloppe suivante, juste là, dans le temple.

Quant au lieu où tu vas séjourner, laisse-moi te recommander un petit endroit que j'ai déniché quand je suis arrivée à Rome. Ce n'est pas un hôtel ni une auberge de jeunesse, c'est une maison privée avec une chambre à louer, dirigée par une femme qui s'appelle Ortensia. Sa maison ne se trouve pas très loin de la gare principale. L'adresse est au dos de cette lettre.

Va va voom,
Ta tante en cavale.

La route de Rome

Ginny détestait son sac à dos. Il n'arrêtait pas de tomber sur la balance tant il était bizarre et bossu, comme une tumeur. Le violet et le vert rayonnaient plus que jamais à la lumière fluorescente du comptoir de la compagnie aérienne. Et il paraissait évident que les millions d'attaches (qu'elle n'était même pas sûre d'avoir nouées convenablement, si bien que le tout menaçait de se disloquer à tout moment) allaient se prendre dans le tapis roulant, l'arrêter, et tous les bagages repartiraient en marche arrière. Le vol serait retardé, ce qui perturberait tout le planning de l'aéroport et le déroulement d'événements dans le monde entier.

Qui plus est, la femme à la voix nasillarde qui s'occupait de l'enregistrement des bagages de BudgetAir avait pris un peu trop de plaisir à annoncer à Ginny :

– Cinq kilos de trop. Ça fera quarante livres.

Elle ne dissimula pas sa déception lorsque la jeune fille tira sur l'une des attaches et réussit à enlever un des compartiments du sac, qui faisait désormais exactement le bon poids.

Alors qu'elle s'éloignait des bagages, Ginny se rendit compte que ce vol ne pouvait pas être sûr si cinq kilos en trop faisaient une telle différence. D'ailleurs, elle avait acheté son billet ce matin même sur Internet pour l'incroyable prix de trente-cinq livres. (La compagnie ne s'appelait pas BudgetAir pour rien.)

Richard se tenait à côté d'un présentoir rotatif d'alcools détaxés, avec la même expression légèrement perplexe que celle qu'il arborait lorsqu'ils s'étaient rencontrés quelques jours plus tôt.

– Je crois qu'il faut que j'y aille, dit-elle. Mais merci. Pour tout.

– J'ai l'impression que tu viens juste d'arriver, répondit-il. Qu'on n'a même pas eu l'occasion de parler.

– C'est vrai.

– Oui.

Ils se mirent à hocher la tête de concert, puis Richard s'avança vers elle et la prit dans ses bras.

– Si tu as besoin de quelque chose – de quoi que ce soit –, n'hésite pas à m'appeler. Tu sais où me trouver.

– Je sais, dit-elle.

Il n'y avait rien d'autre à ajouter, alors Ginny recula avec prudence dans la foule. Richard resta là jusqu'à ce qu'elle se retourne et se dirige vers sa porte, et il la regardait toujours lorsqu'elle se retourna avant de passer la sécurité.

Sans qu'elle sache pourquoi, cette vision lui fit de la peine, alors elle tourna brusquement la tête jusqu'à ce qu'elle soit sûre qu'il ne pouvait plus la voir.

Quand BudgetAir annonça qu'ils allaient atterrir à Rome, ce n'était pas tout à fait exact. Ce qu'ils voulaient dire, c'est : « L'avion va atterrir en Italie ; nous pouvons vous le garantir. Après, vous devrez vous débrouiller. » Ginny se retrouva dans un petit aéroport qui ne pouvait pas être celui de Rome. Quelques petites compagnies aériennes y étaient représentées, et la plupart des passagers qui venaient d'atterrir et erraient dans le terminal arboraient une expression qui semblait dire : « Mais où est-ce que je suis, nom d'un chien ? »

Elle suivit un groupe qui se dirigeait vers la sortie. La soirée était douce. Ils se tenaient sur le trottoir, regardant à droite et à gauche. Finalement, un car au front plat, très européen, s'arrêta devant eux avec un panneau « ROMA TERMINI », et tout le monde monta à bord. Le conducteur lui dit quelque chose qu'elle ne comprit pas, alors il leva dix doigts en l'air. Elle lui donna dix euros. C'était une bonne déduction, il lui donna un ticket et la laissa passer.

Ginny n'aurait jamais cru qu'un gros car carré comme celui-ci pouvait rouler aussi vite. Ils filèrent sur une autoroute puis sur plusieurs petites routes sinueuses. Il faisait très sombre, et elle apercevait de temps à autre des maisons et des stations-service. Ils gravirent une colline et, au-dessous d'eux, elle aperçut des lumières vives. Ils s'approchaient de la ville.

Alors qu'ils entraient dans Rome, Ginny n'en croyait pas ses yeux. Le car roulait assez vite pour que le paysage défile de façon extraordinaire. Les immeubles étaient colorés, éclairés par des lumières multicolores. Il y avait des rues pavées et des centaines de cafés. Elle aperçut une magnifique fontaine qui semblait irréelle, construite devant un palais et composée d'énormes statues d'humains aux allures divines. Puis elle vit un bâtiment tout droit sorti de son livre d'histoire, avec d'immenses piliers et un toit en dôme. Elle n'aurait pas été étonnée de voir des gens en toge sur ses marches. Elle ressentait une excitation grandissante. Londres était une ville fantastique, mais là c'était complètement différent. C'était étrange, antique et culturel.

Ils prirent un virage serré et arrivèrent sur un grand boulevard. Les immeubles étaient de plus en plus modernes et industriels. Ils s'arrêtèrent brusquement devant un immeuble qui ressemblait à une boîte en verre et en métal. Le conducteur ouvrit la porte, se rassit et ne dit pas un mot. Les gens quittèrent leur siège et descendirent leurs bagages du compartiment. Ginny prit son sac et sortit.

Elle réussit à héler un taxi (du moins ce qu'elle pensait être un taxi et, effectivement, il s'arrêta) et montra l'adresse inscrite sur la lettre au conducteur. Quelques minutes plus tard, après avoir frôlé la mort en prenant des rues à peine assez larges pour la voiture, ils s'arrêtèrent devant une petite maison verte. Trois chats faisaient leur toilette sur le perron, indifférents au véhicule grinçant qui venait d'arriver devant eux.

La femme qui ouvrit la porte devait avoir une cinquantaine d'années. Elle avait des cheveux noirs coupés court, parsemés d'élégantes mèches grises. Elle était maquillée avec soin mais sans outrance, et portait un joli chemisier et une jupe. Elle avait des talons. Elle fit entrer Ginny.

– Bonsoir, dit Ginny.

– Bonsoir, répondit la femme.

Elle avait un regard nerveux qui disait : « C'est tout ce que je sais dire en anglais. N'en dites pas plus parce que je me contenterai de vous fixer d'un air vide. »

Mais le sac à dos avait une signification universelle. La femme sortit une petite carte où on pouvait lire « 20 euros la nuit » en anglais et dans d'autres langues. Ginny hocha la tête et lui tendit l'argent.

Ortensia l'amena dans une chambre minuscule au deuxième étage. À l'origine, ç'avait dû être un grenier, car elle était juste assez haute pour que Ginny puisse se tenir debout, et il y avait juste assez de place pour un lit de camp, une petite commode et son sac à dos. Un agent immobilier l'aurait qualifiée de « charmante ». Elle était plutôt charmante, d'ailleurs. La peinture était vert menthe, joyeuse (pas le vert tristounet des

140

gymnases) et Ortensia avait mis des plantes dans tous les coins disponibles. Ce devait être parfait en hiver, mais ce soir-là c'était une véritable fournaise. Ortensia ouvrit la fenêtre et un léger courant d'air entra, circula, puis disparut.

Ortensia dit quelques mots en italien que Ginny interpréta comme un «bonne nuit», puis descendit le petit escalier en spirale. Ginny s'assit sur son lit fait avec soin. Sa petite chambre était calme. Son cœur se mit à battre très fort. Tout à coup, elle se sentit très, très seule. Elle s'efforça de ne pas y penser, se mit en tenue de nuit et s'allongea sur son lit, à écouter la circulation romaine dans la rue.

Virginia et les vierges

De temps à autre, Ginny se souvenait qu'en plus d'être charmeuse et fantasque, tante Peg pouvait aussi se montrer un peu bizarre. C'était le genre de personne qui touillait son café, la tête ailleurs, avec le petit doigt, et s'étonnait de se brûler, ou qui laissait sa voiture au point mort plutôt que de se garer et riait lorsqu'elle la retrouvait ailleurs que là où elle l'avait laissée. Toutes ces choses étaient drôles autrefois. Mais maintenant, avec la Rome antique qui s'étendait tout autour d'elle, sans aucun guide, Ginny commençait à se demander si la règle « pas de plans » était vraiment bonne et amusante. Son sens de l'orientation ne risquait pas de l'aider ici : Rome était trop grande et elle n'avait aucun repère. Il n'y avait que des murs croulants, d'énormes panneaux d'affichage, de grandes places et des statues.

En plus de ça, traverser la rue la terrifiait, car tout le monde conduisait comme des cascadeurs dans une course-poursuite de cinéma. (Même les nonnes, qui étaient très nombreuses.) Elle restait d'un côté de la rue et ne traversait qu'avec des groupes d'au moins vingt personnes.

Et il faisait si chaud. Tellement plus chaud qu'à Londres. C'était vraiment l'été ici.

Après une heure à errer dans ce qui lui semblait être les mêmes rues bordées de pharmacies et de locations de vidéos, elle repéra un groupe de touristes avec des drapeaux et des sacs assortis. Faute de plan, elle décida de les suivre l'air de rien, dans l'espoir qu'ils se rendent dans un endroit touristique. Au moins, elle serait quelque part.

En marchant, elle remarqua quelque chose. Les touristes portaient des sandales ou des baskets, de gros sacs et des cartes. Ils avaient l'air d'avoir chaud et engloutissaient des bouteilles d'eau et de soda. Elle vit même certains d'entre eux se faire de l'air avec de petits ventilateurs portables. Ils étaient ridicules, mais Ginny savait qu'elle ne valait guère mieux. Son sac était collé à son dos. Ses tresses étaient toutes molles à cause de la chaleur. Le peu de maquillage qu'elle portait avait coulé sur son visage. Une poche de sueur se formait au milieu de son soutien-gorge, et elle n'allait pas tarder à se voir à travers sa chemise. Et ses baskets grinçaient plus que jamais.

Les Romaines filaient en Vespa, leurs sacs de marque coincés entre leurs pieds. Elles portaient des lunettes de soleil énormes et magnifiques. Elles fumaient. Parlaient dans leurs téléphones portables. Jetaient des regards dramatiques par-dessus l'épaule aux gens qui les dépassaient. Et le plus incroyable, c'est qu'elles faisaient tout ça en talons hauts, avec grâce, sans trébucher sur les pavés ni rester coincées dans les fissures du trottoir. Elles ne pleurnichaient pas à cause des ampoules qui, sous l'effet de la chaleur oppressante, devaient forcément se former à cause du frottement du cuir sur leurs pieds parfaitement pédicurés.

Ginny avait du mal à les regarder. Elles la rendaient nerveuse.

Elle suivit un groupe de touristes dans une station de métro, mais les perdit de vue en essayant d'acheter un ticket. Elle se dirigea vers un plan et découvrit, à son grand soulagement, qu'il existait une station appelée Colisée, accompagné d'un dessin qui ressemblait à un beignet. Quand elle ressortit à la lumière aveuglante du soleil, elle se trouva dans une rue bondée. Elle était persuadée de s'être trompée jusqu'à ce qu'elle se retourne et découvre le Colisée, juste derrière elle. Il lui fallut quelques minutes pour traverser la rue.

Une fois encore, elle rencontra un groupe de touristes, et elle le suivit, passant sous l'une des grandes arches qui menaient à l'intérieur du bâtiment. Le guide prenait un plaisir un peu trop évident à leur raconter les bains de sang qui avaient fait la renommée du Colisée autrefois.

– ... et lors de l'inauguration, plus de cinq mille animaux ont été massacrés.

144

Une femme qui portait un long tablier marchait dans leur direction. Elle ouvrit un grand sac. En quelques secondes, une marée de chats apparut autour d'eux. Ils semblaient sortir des murs. Ils sautaient de corniches cachées dans les murs de pierre. Ils se précipitèrent vers la femme et se regroupèrent en miaulant bruyamment. La femme sourit et sortit des sacs en papier remplis de viande rouge crue et de pâtes. Elle les posa à terre, laissant quelques centimètres entre chacun d'entre eux, et les chats se répartirent. Ginny les entendait mâcher leur nourriture et ronronner bruyamment. Quelques instants plus tard, lorsqu'ils eurent fini de manger, ils entourèrent la femme et se frottèrent contre ses chevilles.

Ginny et le groupe traversèrent un chemin qui les mena sur le Forum, un endroit très ancien qui semblait s'être trouvé sur le passage d'une boule de bowling géante. Certaines colonnes, pourtant abîmées et fissurées, tenaient toujours debout. D'autres n'étaient plus que de petites protubérances dans le sol, telles d'étranges petites souches d'arbre en pierre. D'antiques bâtiments s'élevaient par-dessus d'autres bâtiments encore plus anciens, maintenant disparus. Le groupe se scinda pour partir explorer le Forum. Ginny décida de demander son chemin au guide, qui ne semblait pas vraiment savoir qui était avec lui.

– Je cherche les vierges vestales, dit Ginny. Leur temple doit se trouver par ici.

– Les vierges ! s'exclama-t-il en levant les mains en l'air, ravi. Viens avec moi.

Ils se faufilèrent à travers un labyrinthe de murs, de chemins et de colonnes jusqu'à deux bassins en pierre visiblement anciens, mais que l'on avait remplis de terre pour y planter des fleurs. Sur l'un des côtés se trouvait une rangée de statues sur de gros piédestaux carrés. Toutes des femmes, vêtues de longues toges romaines. La plupart d'entre elles n'avaient pas de tête, d'autres quasiment plus de corps. Il y avait huit statues, séparées par quelques socles vides. De l'autre côté, il ne restait que des piédestaux vides ou en ruine. Ils étaient séparés de la foule par une petite barrière en métal, plus dissuasive qu'infranchissable, juste une requête de ne pas toucher.

– Les vierges, dit-il fièrement. Charmant.

Ginny s'appuya contre la barrière et observa les statues. Elle ressentit cet étrange sentiment de culpabilité qui la prenait lorsqu'elle contemplait quelque chose de très ancien et de prestigieux mais qu'elle ne ressentait rien. L'histoire des vierges était intéressante, mais ce n'était qu'un tas de statues cassées.

Quand on y pensait… c'était un peu déroutant que tante Peg l'ait envoyée regarder une rangée de vierges célèbres. Qu'était-ce censé signifier ?

Bizarrement, cela lui fit penser à Keith. Un souvenir douloureux. Elle posa son sac avec détermination. (Le sac à dos pouvait se décomposer en plusieurs sacs plus petits. Il lui avait fallu la moitié de la matinée pour découvrir comment, et elle était persuadée qu'elle ne parviendrait jamais à le reconstituer. Elle détestait ce sac.)

Elle fouilla à l'intérieur. Elle avait quelques euros. Un élastique. La clé de sa chambre chez Ortensia. La lettre suivante. Son masque pour l'avion. Rien qui puisse ressembler à une offrande appropriée pour des statues antiques. Tout ça commençait vraiment à l'ennuyer. Il faisait trop chaud. Le symbolisme était un peu trop évident. Et tout cet exercice était stupide.

Finalement, elle trouva une pièce américaine au fond du sac. Voilà qui ferait une offrande convenable. Elle la lança doucement dans l'herbe entre deux statues, puis sortit la lettre. De minuscules gâteaux étaient peints sur l'enveloppe.

— OK, dit-elle en l'ouvrant. Et maintenant ?

✉.6

Chère Virginia,

Désolée. S'il y a une occasion pour t'appeler par ton vrai prénom, c'est bien maintenant. (Ça fait partie de ces choses qui ne sont vraiment pas drôles… n'est-ce pas?)

Alors te voilà là, debout au milieu d'une cour remplie de trucs cassés, probablement entourée de touristes. (Tu n'es pas une touriste, Ginger… tu es en quête. Tu es une quête… une quêteuse. Oh! je ferais mieux d'arrêter, non?)

Bref, qu'est-ce qu'on peut retenir de tout ça, Gin? Qu'est-ce que nos copines les vestales ont à nous dire?

Eh bien, tout d'abord, que les filles célibataires sont puissantes. Et que dans certaines situations, sortir avec quelqu'un peut nous désavantager. Cela dit, vu qu'une poignée de vestales a tout risqué pour un peu d'amour, on sait aussi que…

… parfois, ça en vaut la peine.

Tu vois, Gin, j'ai un problème. L'idée d'être une femme célibataire, avec une vocation plus noble, comme les vestales, m'a toujours beaucoup plu. Selon moi, les grands artistes ne veulent pas

148

connaître le confort. Ils veulent se battre – seuls contre le reste du monde. Alors moi aussi, je voulais me battre.

Quand je commençais à me sentir trop bien quelque part, je sentais qu'il fallait que je parte. C'est ce que j'ai fait dans plusieurs situations différentes. Je démissionnais chaque fois qu'un boulot me plaisait trop. Je rompais avec des mecs quand les choses devenaient trop sérieuses. J'ai quitté New York parce que je m'y sentais trop bien. Je n'avançais plus. Je sais que ça a dû être dur quand je suis partie sans aucune explication… mais j'ai toujours fait comme ça. Je m'enfuyais comme un voleur dans la nuit, peut-être parce que je savais que ce que je faisais était mal.

En même temps, j'ai toujours ce truc avec Vesta… cet amour du foyer. Une partie de moi voulait connaître ça. J'aime l'idée qu'une déesse garde le feu et bénisse la maison. Je suis une masse de contradictions.

Un autre de ses symboles était le pain ou n'importe quelle pâtisserie. Le pain représentait la vie aux yeux des Romains. Lors de la fête de Vesta, on parait les animaux de guirlandes de gâteaux. Des guirlandes de gâteaux ! (Au diable les fleurs ! Peux-tu imaginer quelque chose de mieux qu'une guirlande de gâteaux ? Pas moi.) Alors, reprenons cette idée et célébrons Vesta avec du gâteau. Mais faisons ça à la romaine.

Je veux que tu invites un Romain à manger du gâteau avec toi. (Ou une fille, si tu préfères. Mais bonne chance, dans ce cas, car les Romaines sont de vraies tigresses.)

Donc, disons un Romain, car ces garçons sont parmi les créatures les plus amusantes de la terre. Tu es une très belle fille, Gin, et un Romain te le dira d'une façon bien spéciale.

À moins que les choses aient beaucoup changé, Gin, je crois que ça ne va pas être facile pour toi. Tu as toujours été si timide. Ça m'inquiétait car je craignais que les gens ne voient pas quelle merveille était, quelle merveille est ma nièce Virginia Blackstone! Mais ne crains rien. Les Romains t'aideront. S'il existe une ville où inviter un garçon à sortir, c'est ici.

Sors tes griffes, tigresse. Ils vont manger du gâteau.

Je t'embrasse,
Ton sac à problèmes de tante.

Des garçons et des gâteaux

Voilà qui tournait au scénario cauchemardesque. En plus d'être blessant, c'était insultant.

Elle était sortie du Colisée en suivant le groupe de touristes et avait marché à leurs côtés pendant presque une heure, en ressassant le dernier ordre de tante Peg : va voir de vieilles vierges ! Maintenant, invite un inconnu à sortir avec toi, espèce de timide attardée !

Elle ne voulait pas inviter un garçon à sortir. Oui, elle était timide. (Merci de le lui rappeler.) En plus, le type qui lui plaisait vivait à Londres, et il la croyait folle. Une blessure. Du sel. Parfait.

Le groupe s'arrêta sur une grande place bondée, avec des gens attroupés autour d'une fontaine, visiblement très ancienne, sculptée en forme de navire en train de couler. Certains y plongeaient les mains et en buvaient l'eau. Soudain, le groupe se dispersa. Ginny n'avait plus qu'à se débrouiller toute seule.

Elle avait soif. Son instinct lui soufflait de ne pas boire l'eau d'une fontaine, surtout si ancienne, mais beaucoup de gens ne s'en privaient pas. En plus, elle avait vraiment besoin de boire. Elle prit sa bouteille vide dans son sac, se fraya un passage jusqu'au bord de la fontaine et s'approcha d'un jet. Elle but une longue gorgée et fut récompensée par la fraîcheur de l'eau, apparemment potable. Elle rinça sa bouteille et la remplit.

Quand elle se retourna, elle vit trois petites filles courir dans sa direction. Bizarrement, l'une tenait un journal. Elles étaient toutes extrêmement belles, avec de longs cheveux très foncés et des yeux vert vif. La plus grande, qui ne devait pas avoir plus de dix ans, se rapprocha de Ginny et commença à agiter son journal et à secouer les pages. Quelques secondes plus tard, un type grand et mince qui tenait un livre énorme bondit de là où il était assis et se mit à courir vers elle à son tour, en criant quelque chose en italien. Involontairement, Ginny fit un pas en arrière et entendit un petit cri. Elle sentit son pied entrer en contact avec un autre pied plus petit et son sac à dos se cogner contre un petit visage sans défense. Elle se rendit compte que les petites filles l'encerclaient, comme pour danser autour d'elle, et que le moindre de ses mouvements risquait de les renverser. Alors elle se tint immobile et commença à s'excuser, même si elle se doutait bien que les petites ne comprenaient sûrement pas un mot de ce qu'elle disait.

Le type était presque arrivé à leur hauteur et agitait son gros livre à la couverture rigide comme pour se frayer un chemin à travers des feuillages invisibles. Les petites avec leur journal furent effrayées, ce qui peut se comprendre, par cet homme avec son gros livre et s'éloignèrent immédiatement de Ginny. Le type s'arrêta après quelques pas trébuchants, juste au niveau de Ginny. Il hocha la tête, l'air satisfait.

Ginny n'avait toujours pas fait un geste. Elle le regardait, les yeux écarquillés.

– Elles s'apprêtaient à te faire les poches, dit-il.

Il parlait un anglais très clair, malgré son accent italien.

– Ces petites filles ? demanda-t-elle.

– Oui. Crois-moi. Je vois ça tout le temps. Ce sont des gitanes.

– Des gitanes ?

– Tu vas bien ? Elles ne t'ont rien pris ?

Ginny toucha son sac. Alarmée, elle se rendit compte que sa fermeture Éclair était à moitié ouverte. Elle l'ouvrit et vérifia le contenu du sac. Bizarrement, elle s'assura d'abord que la lettre était toujours là, puis elle chercha son argent. Tout était là.

– Non, répondit-elle.

– Tant mieux. (Il hocha la tête.) Ok. Parfait.

Il retourna s'asseoir au bord de la fontaine. Ginny l'observa. Il n'avait pas l'air italien. Il avait des cheveux brun doré, presque blonds. Il avait les yeux clairs et très étroits.

Si elle devait offrir un gâteau à quelqu'un, c'était bien à celui qui avait empêché qu'elle se fasse voler, même s'il n'avait fait que la défendre de petites filles en agitant un livre.

Elle s'approcha lentement de lui. Il releva les yeux de son livre.

– Je me demandais…, commença Ginny. Euh, d'abord, merci. Tu veux…

«Tu veux» était une construction un peu trop forte. Ça revenait à demander: «Veux-tu faire ça avec moi?» Elle devait juste lui offrir un gâteau. Tout le monde aime les gâteaux.

– Je veux dire, se corrigea-t-elle, aimerais-tu manger un gâteau?

– Un gâteau? répéta-t-il.

Il cligna lentement des yeux. Peut-être à cause de Ginny, peut-être à cause du soleil. Ses yeux étaient peut-être fatigués. Puis il regarda l'eau remuante de la fontaine. Ginny fit de même. Tout pour ne pas le regarder pendant ce silence douloureux, durant lequel il devait se demander comment dire à cette drôle d'Américaine de le laisser tranquille.

– Pas de gâteau, répondit-il finalement. Mais un café.

Café… Gâteau… presque pareil. Elle avait invité un garçon, et il avait accepté. Ça tenait du miracle. Elle se retint tout juste de sauter de joie.

Ils n'eurent pas de mal à trouver un café: il y en avait partout. Il se dirigea vers le long comptoir de marbre et se retourna avec nonchalance, prêt à prendre la commande de Ginny pour la répéter au serveur en tablier.

— D'habitude, je prends un *latte*.

— Tu veux un verre de lait ? Non, tu veux dire un *caffè latte*. Tu veux t'asseoir ?

Elle sortit quelques euros.

— Ça coûte plus cher si tu t'assois, expliqua-t-il. C'est ridicule, mais nous sommes italiens.

Ça coûtait beaucoup plus cher. Ginny dut lui donner presque dix dollars en euros et, en échange, on leur présenta deux petits verres nichés dans une petite armature en métal avec une poignée.

Ils s'assirent à l'une des tables en marbre et le garçon commença à parler. Il s'appelait Beppe. Il avait vingt ans. Il était étudiant et voulait devenir enseignant. Il avait trois grandes sœurs. Il aimait les voitures, des groupes anglais dont Ginny n'avait jamais entendu parler. Il avait fait du surf en Grèce. Il ne posa pas beaucoup de questions à Ginny, chose dont elle se remettrait facilement.

— Il fait chaud, dit-il. Tu devrais t'acheter une glace. Tu en as déjà mangé une ?

Il fut horrifié quand elle lui répondit par la négative.

— Allez, dit-il en se levant. On y va. C'est ridicule.

Beppe la guida dans quelques petites rues, de plus en plus bondées et colorées. Les motos et les scooters n'avaient pas le droit d'y circuler, mais ne se gênaient pas pour autant. Les gens se poussaient tranquillement, à deux doigts d'une mort certaine, criant parfois une insulte ou gesticulant si les véhicules les frôlaient.

Il s'arrêta finalement devant une petite boutique sans prétention. Une fois à l'intérieur, cependant, Ginny vit que sa taille ne reflétait pas le choix des produits. Il y avait des douzaines de glaces colorées dans un présentoir en verre. Deux hommes derrière le comptoir leur servirent rapidement deux portions gargantuesques avec une cuiller plate. Beppe lui traduisit les parfums. Il y avait des parfums ordinaires, comme fraise ou chocolat, mais aussi gingembre et cannelle, crème au miel sauvage, réglisse. Il y en avait au riz, et au moins une demi-douzaine à la liqueur ou au vin.

— Comment es-tu venue ici? lui demanda-t-il tandis qu'elle choisissait son parfum.

— En avion.

— Tu es venue en voyage organisé, dit-il.

Ce n'était pas une question. Il en avait l'air certain.

— Non. Je suis toute seule.

— Tu es venue à Rome toute seule? Sans personne? Sans amis?

— Toute seule.

— Ma sœur vit dans le Trastevere, dit-il soudain, en hochant la tête, comme si elle savait ce que ça signifiait.

— Qu'est-ce que c'est?

— Le Trastevere? Le meilleur quartier de Rome. Ma sœur va t'adorer. Tu vas adorer ma sœur. Choisis ta glace, et ensuite on ira la voir.

La sœur de Beppe

Le Trastevere ne pouvait pas être un endroit réel. On aurait dit que Disney avait attaqué ce coin de Rome à grand renfort de peinture pastel et créé le quartier le plus mignon, le plus pittoresque qui soit. Il semblait entièrement constitué de recoins. Il y avait des volets aux fenêtres, des jardinières luxuriantes, des panneaux faits main décorés à la perfection. Des fils à linge étaient tendus d'un immeuble à l'autre, couverts de draps blancs et de chemises. Tout autour de Ginny, des gens les photographiaient.

– Je sais, dit Beppe en regardant les photographes. C'est ridicule. Où est ton appareil photo ? Tu veux prendre une photo, toi aussi ?

– Je n'en ai pas.

– Pourquoi n'as-tu pas d'appareil photo ? Tous les Américains en ont.

– Je ne sais pas, mentit-elle. Je n'en ai pas, c'est tout.

Ils firent encore quelques pas et s'arrêtèrent devant un immeuble orange au toit vert clair. Il sortit des clés de sa poche et ouvrit une porte en bois sculptée.

L'intérieur du bâtiment ne ressemblait en rien à l'extérieur. En fait, on se serait cru dans l'ancien appartement de tante Peg à New York : carrelage ébréché, boîtes aux lettres en métal cabossées. Elle monta trois étages derrière Beppe, jusqu'à un couloir sombre et étouffant. Il la fit entrer dans un appartement très propre, plutôt dépouillé. Il n'y avait qu'une seule pièce, soigneusement divisée en plusieurs recoins par des paravents et les meubles.

Beppe ouvrit une grande fenêtre au-dessus de la table de la cuisine, par laquelle ils avaient une belle vue sur la rue et la chambre de la voisine, juste en face. Elle était affalée sur son lit, en train de lire un magazine. Une grosse mouche entra par la fenêtre.

– Où est ta sœur ? demanda Ginny en regardant la pièce vide.

– Ma sœur est médecin, expliqua-t-il. Elle est très occupée, tout le temps. Moi je suis l'étudiant, le paresseux de la famille.

Ce n'était pas vraiment une réponse, mais il y avait de nombreuses photos dans la pièce, et Beppe figurait sur plusieurs d'entre elles. Une grande fille aux cheveux couleur miel se tenait à ses côtés, et faisait la grimace. Elle avait l'air débordée.

– C'est ta sœur ? demanda-t-elle en montrant la fille.

– Oui. Elle est médecin… pour les enfants. Je ne sais pas comment on dit en anglais.

Il ouvrit un placard sous l'évier et sortit une bouteille de vin.

– C'est ça l'Italie! s'exclama-t-il. On boit du vin, ici. On va en prendre un peu pour patienter.

Il remplit deux verres à moitié. C'était le même genre de verres que ceux qu'elle avait à la maison. Elle sirota son vin. Il était tiède, et soudain elle se sentit exténuée mais aussi très satisfaite. Beppe parlait avec les mains, lui touchait la main, l'épaule, les cheveux. Sa peau était moite. Elle regarda par la fenêtre l'immeuble bleu clair de l'autre côté de la rue. La femme s'était levée de son lit et ajustait son store en les regardant avec un intérêt lointain, comme si elle surveillait quelque chose au four.

– Pourquoi est-ce que tu te coiffes comme ça? demanda-t-il en prenant une tresse et en faisant la grimace.

– Je me coiffe toujours comme ça.

Il enleva l'élastique, mais les cheveux de Ginny, trop habitués (et sans doute encore un peu humides) refusèrent de se défaire.

La première pensée de Ginny, quand il commença à l'embrasser, fut qu'il faisait bien trop chaud pour ça. Elle regrettait qu'il n'y ait pas l'air conditionné. Et tout ça était si maladroit, à la table de cuisine, penchés sur leurs chaises. Mais c'était un baiser. Un véritable baiser, sans aucune équivoque. Elle n'était pas sûre de vouloir l'embrasser, mais, pour une raison quelconque, ce moment lui paraissait important, comme si c'était ce qu'elle avait à faire. Elle sortait avec un Italien à Rome. Miriam serait fière d'elle, et Keith... qui sait? Peut-être qu'il serait jaloux.

Puis elle se rendit compte qu'elle était en train de glisser de sa chaise pour s'étendre par terre. Elle ne tombait pas vraiment, elle était plutôt «guidée par Beppe pour avoir plus de place».

Là, elle ne fut pas d'accord.

– Il y a un problème, dit-il. Qu'est-ce qu'il y a?

– Je dois y aller, dit-elle simplement.

– Pourquoi?

– Parce que, répondit-elle. Il faut que j'y aille.

Elle voyait à son expression perplexe qu'il n'avait rien voulu faire de mal. Il ne semblait pas comprendre.

– Où est ta sœur? demanda-t-elle.

Il rit, mais pas méchamment. Comme si elle n'était pas très fine. Ça la mit en colère.

– Allez, dit-il, d'un ton conciliant. On va se rasseoir. Je suis désolé. J'aurais dû être plus clair. Ma sœur ne vient pas souvent ici.

Il recommença. Il lui faisait des petits bisous dans le cou. Ginny tourna la tête pour regarder par la fenêtre, mais la femme avait perdu tout intérêt pour la scène et était partie.

Beppe cherchait les boutons de son short.

– Écoute, dit-elle en le repoussant. Beppe...

Il n'arrêtait pas pour autant.

– Non, dit-elle en se relevant. Arrête.

– Ok. Je laisse les boutons tranquilles.

Elle se leva.

– Les Américaines, dit-il d'un ton méprisant.
Toutes les mêmes.

Sa tête tambourinait lorsqu'elle se rua dans
l'escalier. Une fois dans la rue, ses baskets se
remirent à couiner à cause de l'humidité. Ce
bruit résonnait tellement dans la rue étroite que
les gens attablés à la terrasse d'un petit café rele-
vèrent la tête pour la regarder passer.

Bizarrement, même si le vin l'avait un peu
étourdie, il semblait avoir renforcé son sens de
l'orientation. Sûre d'elle, elle retourna à la station
de métro et réussit à retourner au Colisée.

Les barrières étaient toujours ouvertes, alors
Ginny entra, se frayant un chemin à travers les
murs à moitié effondrés, jusqu'aux Vestales.

Elle attrapa le bouton que Beppe avait voulu
défaire et l'arracha. Elle se pencha par-dessus
la barrière métallique qui séparait le public des
sculptures et le jeta par terre, entre les deux statues les mieux conservées.

– Voilà, dit-elle. D'une vierge à l'autre.

✉.7

Chère Ginny,

Va à la gare. Prends un train de nuit pour Paris.

Du moins, j'aimerais que tu prennes un train de nuit pour Paris. Ils sont vraiment sympas. Mais si c'est la journée, prends un train de jour. Bref, PRENDS UN TRAIN.

Pourquoi Paris? Paris n'a pas besoin de raisons. Paris est sa propre raison.

Séjourne sur la rive gauche, à Montparnasse. Cet endroit est peut-être le quartier d'artistes le plus célèbre au monde. <u>Tout le monde vivait</u>, travaillait, jouait ici. Il y avait les peintres, comme Pablo Picasso, Degas, Marc Chagall, Man Ray, Marcel Duchamp et Salvador Dalí. Des écrivains, aussi, comme Hemingway, Fitzgerald, James Joyce, Jean-Paul Sartre et Gertrude Stein. Il y avait des acteurs, des musiciens, des danseurs... trop nombreux pour qu'on puisse les nommer. Il suffit de dire que si tu avais vécu là au début du XXe siècle et que tu avais décidé de lancer des cailloux dans la rue, tu aurais forcément touché une personne célèbre et extrêmement influente qui a influé sur le cours de l'histoire de l'art.

162

Mais tu n'aurais pas voulu leur lancer des pierres.

Bref, vas-y.

J'insiste pour que tu te rendes au Louvre dès ton arrivée. Là-bas tu pourras découvrir ta prochaine tâche, dans l'ambiance adéquate.

Je t'embrasse,

Ta tante en cavale.

Les couchettes en planches de surf

Il restait quelques places disponibles dans le prochain train pour Paris, à la grande surprise de l'homme qui vendit son billet à Ginny. Il semblait sincèrement s'inquiéter de sa précipitation et de la raison pour laquelle elle voulait quitter Rome aussi vite.

Dans son compartiment (les couchettes), il y avait six personnes. Le chef semblait être une Allemande d'âge mûr, aux cheveux en brosse couleur acier, munie d'une impressionnante réserve d'oranges. Elle les mangeait les unes après les autres, projetant du jus dans toute la cabine en les épluchant, remplissant l'air d'une odeur d'agrume. Après chaque orange, elle s'essuyait les mains sur le tissu gris de ses accoudoirs. Quelque chose dans ce geste lui conférait une sorte d'autorité.

Sous ses ordres se trouvaient trois voyageurs endormis et un homme en costume léger avec un accent qui pouvait venir d'absolument partout. Ginny le surnomma M. Europe Générique.

Il passa tout le trajet à faire des mots croisés. Il toussait sèchement chaque fois que l'Allemande à côté de lui pelait une autre orange et enlevait ses bras pour ne pas avoir de pulpe sur ses manches lorsqu'elle s'essuyait les mains.

Ginny sortit son cahier.

5 juillet
21 h 56, dans le train

Chère Miriam,
Hier soir, j'ai dû m'enfuir pour échapper à un Italien qui voulait m'enlever mon pantalon. Et maintenant je suis dans un train à destination de Paris. Je ne saurais plus confirmer mon iden-tité, Mir. Je croyais être Ginny Blackstone, mais apparemment je vis la vie de quelqu'un d'autre. Quelqu'un de cool.
Pour ce qui est de l'Italien, ce n'était pas par-ticulièrement sexy ni effrayant. Plutôt bizarre. Il m'a menti pour m'amener dans l'appartement de sa sœur, et j'y suis allée parce que je suis stupide. Puis je me suis enfuie et j'ai erré dans Rome.
Ça me rappelle quelque chose. Je souffre tou-jours de ce que tu appelles mon foutu magnétisme. Je croyais m'en être débarrassée ici, mais on dirait bien que des types effrayants apparaissent de nulle part en ma présence. Je les attire. Je suis le pôle Nord, et eux les explorateurs de l'amour.
Comme ce type avec le sac Radio Shack qui traînait devant les toilettes des filles, au deuxième

étage du centre commercial et qui m'a assuré à plusieurs reprises que j'étais le portrait craché d'Angelina Jolie. (Ce qui est vrai, si on enlève mon corps et mon visage.)

Et n'oublions pas Gabe Watkins, le première année, qui m'a dédié de nombreuses pages de son blog et a pris une photo de moi avec son portable, avant de photocopier un montage de lui et moi en costume d'Arwen et Aragorn du Seigneur des Anneaux.

Bref, je voulais juste que tu le saches. Tu es dans le New Jersey, et moi dans ce train qui traverse l'Europe. Je me rends compte que ça doit te sembler terriblement excitant, mais parfois c'est vraiment tristounet. Comme maintenant. Je n'ai rien à faire dans ce train (même si t'écrire n'est pas rien). Je suis toute seule depuis quelques jours, et ce n'est pas toujours très agréable.

OK. J'arrête de me plaindre. Tu sais que tu me manques, et je te promets de poster cette lettre le plus vite possible.

Je t'embrasse, Gin.

Après quelques heures de voyage, la femme dit quelque chose à propos des lits dans deux langues différentes, et tout le monde se leva. Il y eut beaucoup de remue-ménage, et Ginny fut expulsée du compartiment. Quand elle revint, il y avait six étagères. Comme M. Europe Générique était étendu sur l'une d'entre elles, Ginny en déduisit que c'était des lits.

Les gens mirent un moment à décider lequel choisir. Ginny s'installa en hauteur. Puis l'Allemande éteignit la lumière. Certains allumèrent leur lampe personnelle encastrée dans la cloison. Mais Ginny n'avait rien à faire ni à lire, alors elle resta étendue dans le noir, à fixer le plafond.

Elle n'allait jamais réussir à dormir sur cette planche de surf accrochée à la cloison. D'autant que l'Allemande n'arrêtait pas d'ouvrir la fenêtre, et M. Europe Générique de la refermer à moitié. Puis l'une des voyageuses dit quelque chose en espagnol et demanda: «Ça ne vous dérange pas?» en anglais en montrant la fenêtre du doigt. Personne ne comprit ce qu'elle voulait, alors, quand elle la ferma en entier, personne ne protesta. Mais l'Allemande la rouvrit aussitôt, et ce manège dura toute la nuit.

Le jour se leva brusquement, et les passagers commencèrent à sortir du compartiment, leur brosse à dents à la main. Ginny se retourna et balança ses jambes par-dessus la planche de surf, touchant le sol avec précaution. Quand elle revint, après s'être lavée dans des toilettes sombres et exiguës, les lits s'étaient miraculeusement transformés en sièges. Une heure plus tard, le train s'arrêta et elle se retrouva dans une gare immense, puis sortit sur un grand boulevard ensoleillé.

Les panneaux indiquant les rues étaient de petites plaques bleues fixées à d'énormes bâtiments blancs, souvent dissimulées par des branches d'arbre, ou perdues au milieu d'autres panneaux, ou tout simplement impossibles à trouver. Les rues ne cessaient de tourner. Mais elle n'eut aucun mal à trouver un hôtel dans le quartier que tante Peg lui avait recommandé. C'était un immeuble massif, une sorte d'ancien hôpital ou d'auberge de jeunesse. Une femme aux cheveux noirs et bouclés travaillait derrière un bureau et, après avoir fait la leçon à Ginny pour n'avoir pas réservé, en pleine saison, lui dit qu'il ne restait plus de chambre individuelle, mais qu'il y avait de la place dans les dortoirs.

— Vous avez des draps ? demanda la femme.

— Non…

— Trois euros.

Ginny lui tendit l'argent et la femme lui donna un gros sac blanc en coton rêche.

— Les dortoirs vont bientôt fermer, mais vous pouvez monter vos draps. Vous pouvez revenir à six heures. La porte ferme tous les soirs à dix heures. Si vous n'êtes pas là, vous serez enfermée dehors. Je vous conseille de prendre votre sac avec vous.

Ginny monta son baluchon à l'étage et se rendit dans sa chambre au bout du couloir, comme on le lui avait indiqué. La porte était entrouverte et, quand elle l'ouvrit, elle découvrit une grande chambre avec des lits superposés d'allure militaire. Le sol était recouvert d'un carrelage couleur mastic. On venait d'y passer la serpillière et il était encore humide. Il flottait une forte odeur de désinfectant.

Ses camarades de chambre étaient encore là et rassemblaient leurs affaires pour la journée. Elles firent un signe de tête à Ginny et échangèrent quelques mots de bienvenue, puis reprirent leur conversation. Ginny conclut rapidement qu'elles venaient du même lycée, au Minnesota, parce qu'elles connaissaient toutes le prénom des autres et parlaient des cours qu'elles allaient suivre ensemble. Elles n'arrêtaient pas de dire des trucs du genre : «Oh, mon Dieu, tu imagines ça au Minnesota?» ou «Je veux en rapporter au Minnesota.»

Ginny posa ses draps sur l'un des lits vides, à l'autre bout de la pièce. Elle s'attarda quelques instants, ajustant le drap-housse sur la garniture en plastique qui faisait office de matelas. Elle n'était pas très à l'aise avec les inconnus, mais aujourd'hui elle sentait que ça pourrait changer. Si les filles avaient paru intéressées, elle aurait engagé la conversation. Elle pourrait peut-être se joindre à elles, et elles iraient quelque part ensemble.

Voilà. C'est ce qu'elle voulait. Elle et les filles du Minnesota pourraient visiter Paris ensemble. Elles voudraient sans doute aller en boîte ou quelque chose de ce genre. Ginny n'était jamais allée en boîte, mais elle savait grâce à son livre de français que c'était ce qui se faisait en Europe. Alors si les filles du Minnesota voulaient y aller, elle irait aussi. Elles deviendraient vite bonnes amies.

Mais les filles avaient d'autres projets et partirent sans elle. Une voix perçante sortit du haut-parleur et annonça en français et en anglais que tout le monde devait sortir ou aller au diable. Ginny prit son sac et repartit, seule.

Une fois dans la rue, elle trouva rapidement une station de métro, indiquée par un de ces célèbres panneaux en métal vert et, faute d'un autre plan, descendit. La carte du métro de Paris était une cousine plus grande et plus complexe que celle de Londres. Mais le Louvre était facile à trouver. Un arrêt s'appelait « Louvre ». C'était un signe.

Son livre de français l'avait prévenue que le Louvre était grand, mais elle n'était pas préparée à quelque chose d'aussi gigantesque. Elle fit la queue pendant deux heures pour entrer dans la grande pyramide en verre. Elle se sentit en sécurité à l'intérieur. Ici, c'était normal d'être un touriste. Où qu'elle posât le regard, des gens déchiffraient les plans du musée, lisaient des guides, cherchaient dans leurs sacs à dos. Pour une fois, elle se sentit parfaitement à sa place.

Il y avait trois ailes : Denon, Sully et Richelieu. Elle déposa son sac à la consigne, choisit Sully au hasard et s'engouffra dans ses profondeurs. Elle se retrouva dans une reconstitution de caveau de pierre, qui la mena à la section sur l'Égypte. Elle déambula dans des pièces remplies de momies, de tombes décorées et de hiéroglyphes.

Elle avait toujours aimé l'histoire égyptienne, surtout quand elle était petite, parce qu'elle était allée au Metropolitan Museum avec tante Peg et qu'elles avaient joué à : « Si tu devais choisir ce que tu allais emporter avec toi après ta mort, que prendrais-tu ? »

La liste de Ginny débutait toujours par un canot gonflable. Elle n'en avait pas, mais elle l'imaginait à la perfection : bleu avec des rayures jaunes et des poignées. Elle était convaincue qu'elle en aurait besoin, quel que soit le paradis où elle irait.

Les Égyptiens avaient emporté des trucs vraiment bizarres au pays des morts. Des tables en forme de chiens. De minuscules petites poupées bleues censées être des serviteurs. De gros masques de leurs propres visages.

Elle tourna à un angle et traversa le couloir vers les sculptures romaines.

Elle se retrouva à son point de départ, dans le caveau en pierre. Ça paraissait impossible, et pourtant. Elle essaya une nouvelle fois, en suivant les panneaux et les cartes. Cette fois, elle atterrit dans la salle des sarcophages. Au troisième essai, elle crut être parvenue aux statues romaines, mais en fait elle se retrouva au milieu des vases funéraires et des tombes.

C'était comme si elle se promenait dans une fête foraine.

Finalement, elle dut suivre un groupe pour sortir du royaume des morts. Elle le suivit jusqu'aux statues romaines. Des enfants français étaient assis aux pieds de personnages nus, les yeux en l'air. Aucun ne les montrait du doigt ni ne riait.

Elle continua dans une interminable succession de pièces jusqu'à ce qu'elle repère un panneau sur lequel figuraient une petite image de *Mona Lisa* et une flèche. Elle suivit les flèches et traversa encore au moins une douzaine de salles.

L'une des choses que tante Peg avait instillées en elle, c'était la capacité de se sentir bien au milieu des tableaux. Ginny ne prétendait pas en savoir beaucoup sur la peinture (au contraire). Elle ne connaissait pas grand-chose à l'histoire de l'art, aux techniques, et ne comprenait pas pourquoi tout le monde tombait en extase si un artiste décidait soudain de n'utiliser que du bleu... Tante Peg lui avait expliqué que ces choses-là étaient importantes pour certaines personnes, mais ce dont il fallait vraiment se souvenir, c'est que ce n'était que des tableaux. Il n'y avait pas de bonne ou de mauvaise façon de les contempler, et aucune raison de se sentir intimidée.

En déambulant dans les galeries, elle sentit qu'elle se détendait. L'ordre régnait ici, et elle se trouvait en phase avec cet endroit étrange. Elle n'avait pas l'impression d'être seule, même si elle était loin de chez elle. On aurait dit que tout le monde essayait de capturer quelque chose. Les étudiants en art étaient installés de toutes parts avec leurs grands cartons à dessin, observant attentivement une œuvre ou une décoration au plafond, essayant de reproduire ce qu'ils voyaient. Beaucoup de gens prenaient les tableaux en photo ou, plus bizarre encore, les filmaient.

«Tante Peg adorerait ça», pensa-t-elle.

Elle était tellement occupée à les regarder qu'elle ne remarqua même pas qu'elle avait dépassé *La Joconde*, dissimulée par la foule. En tout cas, le moment de s'arrêter semblait arrivé. Elle s'assit sur un banc au milieu d'une galerie italienne aux murs rouge foncé et sortit la lettre suivante.

✉.8

Chère Gin,

J'étais donc là, Gin, fuyant les passions de Rome pour la douce romance de Paris.

Même si je pensais déjà être fauchée, j'avais toujours un peu d'argent. Mais j'avais quasiment tout dépensé à Rome.

Je passais tous les jours devant un café. Une délicieuse odeur de pain frais s'en échappait toujours, mais le café tombait en ruine. La peinture s'effritait, les tables étaient ordinaires et affreuses. Mais c'était bon marché. Alors j'y suis allée et j'ai mangé l'un des meilleurs repas de ma vie. Comme il n'y avait personne, le patron s'est assis à ma table et nous avons discuté. Il m'a dit qu'il allait fermer le café pendant un mois car tous les Français partent un mois en vacances pendant l'été. (Un autre truc cool chez les Français.)

J'ai eu une idée.

En échange d'un peu d'argent pour m'acheter à manger, et s'il me laissait dormir dans le café, je referais la décoration pour lui. De fond en comble. Pour le prix de quelques croque-monsieur, d'une centaine de tasses de café et d'un peu de peinture, il aurait un café entièrement décoré par une femme qui resterait là vingt-quatre heures sur vingt-quatre, sept jours sur sept. Il ne pouvait pas refuser cette offre, et il a accepté.

Le reste du mois, j'ai vécu dans le café. Je me suis débrouillée pour trouver des couvertures et des oreillers, et je me suis installé un petit nid derrière le bar. J'allais faire mes courses au marché et je cuisinais dans la petite cuisine. Qu'il fasse jour ou qu'il fasse nuit, ça m'était bien égal: je peignais tout le temps, dès que j'en avais envie. Je dormais dans les effluves de peinture. Je rêvais aux décorations. La peau sous mon pouce gauche était toujours tachée de bleu. J'ai fait des rideaux avec des tabliers dénichés dans une brocante. J'ai acheté de vieilles assiettes, je les ai cassées dans la cour de derrière puis les ai recollées en mosaïques.

Tout Paris était dans cette petite pièce, à part quelques magasins, et quelques promenades, à l'occasion, quand il faisait nuit ou qu'il pleuvait. «Voilà, me disais-je, c'est ça Paris.»

Rappelle-toi que c'est dans cette ville que les paysans ont pris le pouvoir et décapité les riches et la famille royale. Elle s'enorgueillit des artistes sans le sou qui ont vécu ici autrefois: tous les peintres, les écrivains, les poètes, les chanteurs qui ont fait la renommée des bars et des cafés. Pense aux Misérables, *pense au Moulin Rouge! (Enfin, sans la tuberculose.) Mari a vécu dans les rues de Paris pendant TROIS ANS! Elle dansait dans les bars, peignait sur le trottoir et dormait là où elle pouvait.

Alors, voilà ta mission : cherche le café. Je veux que tu trouves mon café, grâce à ce que je t'en ai dit et à ce que tu sais de moi.

Et, bien entendu, quand tu l'auras trouvé, mange quelque chose de délicieux pour moi parce que je suis ton adorée...

artiste de tante affamée.

Ginny regarda la montre de l'homme assis à côté d'elle et, voyant qu'il était presque six heures, elle décida de partir. Le mot «sortie» étant inscrit sur tous les panneaux, elle n'eut qu'à les suivre.

Sortie, sortie, sortie…

Et soudain, elle se retrouva devant un Virgin Megastore, en face d'une publicité pour *Star Wars: La Menace fantôme*.

Est-ce que «sortie» signifiait «vers Jar Jar»[1]? Et pourquoi y avait-il un Virgin Megastore au Louvre?

Après avoir passé dix minutes à essayer en vain de s'échapper, elle trouva finalement la sortie. La Seine se trouvait juste là, enjambée par des douzaines de ponts, et elle décida de traverser. Tout était plus petit et resserré sur l'autre rive. Elle savait que c'était la rive gauche. Le quartier étudiant. Elle regarda autour d'elle et passa le pont.

Paris ressemblait en tout point aux photos qu'elle avait vues. Les gens portaient de longues baguettes. Des couples marchaient main dans la main dans les rues étroites. Et bientôt, la lune

1. Personnage du film *Star Wars* (NDLT)

ronde se leva dans le ciel bleu électrique et, sur la tour Eiffel, des milliers de petites lumières se mirent à scintiller. L'air était chaud et, alors que Ginny s'appuyait sur le parapet du Pont-Neuf pour regarder un bateau-restaurant glisser sur la Seine, elle se dit que cette nuit parisienne était parfaite. Mais elle ne se sentait pas parfaite. Elle se sentait seule, et elle ne trouva qu'une chose à faire : retourner à l'hôtel.

« *Les Petits Chiens* »

Ce soir-là, Ginny était assise dans le grand hall vide, à l'une des longues tables aux chaises dépareillées, où se trouvaient les ordinateurs de l'hôtel. Tous les sièges étaient occupés. Les gens étaient penchés, concentrés, et lisaient leurs courriels, composaient des blogs épiques, complètement indifférents à la présence des autres.

Une odeur de cendre froide baignait la pièce, venant de la femme de l'accueil qui ne cessait de fumer. Au-dessus de la tête de Ginny, sur le mur, s'étendaient de vieilles cartes du monde entier marquées de cicatrices blanches en forme d'étoiles et de petites fissures là où elles avaient été pliées de trop nombreuses fois. Des étoiles blanches dans le monde entier, sur les océans. Des trous en Chine, au Brésil, en Bulgarie. Il y avait même un trou minuscule au New Jersey, mais bien plus proche de l'océan que de là où elle vivait.

Pour la première fois depuis qu'elle avait quitté les États-Unis, elle avait accès au monde extérieur. Elle pouvait écrire à qui elle voulait, du moins si elle bafouait les règles. Un minuscule reste de volonté l'empêchait de parler à Miriam. Pas de communication électronique avec les États-Unis. Il n'y avait aucune ambiguïté sur ce point.

En revanche, rien dans la règle ne mentionnait l'Angleterre. Et même si elle n'avait pas l'adresse électronique de Keith, elle se disait qu'il ne serait pas impossible de la trouver. Elle était douée pour trouver des renseignements. Elle était le limier d'Internet.

Trouver Keith s'avéra d'une simplicité enfantine. Elle le traqua sur le site de Goldsmiths. Mais il lui fallut une heure entière pour formuler ce qu'elle voulait lui dire, et environ vingt-six versions différentes. Finalement, le résultat fut le suivant :

« Hé, je voulais juste te faire coucou. Je suis à Paris en ce moment. »

Elle le relut juste après l'avoir envoyé et regretta immédiatement le « Hé ». Pourquoi « Hé, je voulais juste te faire coucou » ? Pourquoi pas juste « Salut » ? Pourquoi ne lui avait-elle pas dit qu'il lui manquait ? Pourquoi n'avait-elle rien trouvé de mignon, d'intelligent et d'attirant ? Personne ne répondrait à un message comme celui-là, car il était débile.

Et pourtant, si. Une réponse apparut dans sa boîte.

« Paris ? Où ça ? »

Un courant d'excitation la traversa. Elle attrapa ses doigts et les tapota pour les calmer. Alors comme ça, l'approche simple avait fonctionné. Parfait. Elle allait continuer sur sa lancée.

« L'UFC. Un hôtel à Montparnasse. »

Devait-elle lui demander s'il était toujours fou de rage ? À moins que ce ne soit elle qui soit folle ? Il valait peut-être mieux laisser ce sujet de côté. S'en tenir aux informations. Elle attendit une demi-heure. Cette fois, pas de réponse. L'excitation était passée.

Elle remonta dans le dortoir, où ses camarades de chambre étaient toutes regroupées dans un coin de la pièce. Elles lui sourirent quand elle arriva et, même si elle voyait bien qu'elles n'avaient rien contre elle, elle sentit aussi qu'elles avaient espéré qu'elle ne reviendrait pas. C'était normal. Elles étaient toutes amies. Elles voulaient un peu d'intimité. Elle essaya de se préparer aussi rapidement et discrètement que possible, puis grimpa sur le lit qui grinçait fortement et essaya de dormir.

Ginny fut réveillée en sursaut par les haut-parleurs annonçant que le petit déjeuner n'était servi que jusqu'à huit heures et demie et que tout le monde devait être parti à neuf heures précises.

Le contingent du Minnesota venait juste de se réveiller. Elles sortaient des objets de leurs sacs (des sacs bien plus cool et à la mode que son monstre vert et violet). Elle réalisa qu'elle n'avait rien, à part du shampooing et du dentifrice. Ni savon, ni serviette. Elle n'y avait jamais pensé. Elle fouilla dans son sac à la recherche de quelque chose qui pourrait faire office de serviette, se rabattant finalement sur sa polaire.

La salle de bains était petite, avec trois cabines de douche et quatre lavabos. Même si elle était plutôt propre, une odeur de moisi s'élevait des profondeurs du bâtiment. Elle fit la queue avec les autres, appuyée contre le mur. Elle remarqua que tout l'effectif du Minnesota la regardait dans le miroir. Leurs yeux allaient et venaient entre sa serviette en polaire et le tatouage sur son épaule. Pour la première fois de sa vie, elle eut l'impression d'être un peu plus dangereuse que les gens qui l'entouraient. Un sentiment intéressant, mais dont elle aurait sans doute profité plus pleinement si ç'avait été vrai.

Elle n'avait même plus de vêtements propres. Tout était malodorant, humide et froissé. Elle se demanda pourquoi elle n'avait pas pensé à faire une lessive chez Richard. Maintenant elle n'avait plus qu'à trouver quelque chose de passable à mettre sur son corps encore humide.

Une fois dans la rue, elle se rendit compte qu'elle n'avait aucune idée de la façon dont il fallait s'y prendre. Une petite promenade dans le quartier suffit à lui faire comprendre qu'à Paris, il n'y avait que des cafés. Des cafés partout. Des cafés, des rues sinueuses et de grands boulevards. Elle passa une heure à tourner dans le quartier, observant le pain et les pâtisseries dans la vitrine des magasins, enjambant des petits chiens, se faufilant entre des gens absorbés par leurs conversations téléphoniques et, finalement, à ne rien faire d'utile. Évidemment, Paris était glorieuse et ensoleillée. Mais son sac était lourd, et elle avait une tâche impossible à accomplir.

Elle décida de prendre un risque. Elle retourna à l'hôtel et poussa la lourde porte en fer forgé. Elle était ouverte. Le bruit du matériel de nettoyage résonnait dans le couloir, sur le sol en marbre du hall. Il y avait une forte odeur de fumée.

Elle s'approcha lentement de l'accueil. La femme était toujours là. (Ginny commençait à se demander s'il lui arrivait de dormir.) Elle buvait dans un gros bol bleu et regardait *Oprah* en version française. En voyant Ginny, elle écrasa sa cigarette avec fureur.

– C'est fermé, cria-t-elle. Vous n'avez rien à faire là.

– J'ai juste une question, commença Ginny.

– Non. Il y a des règles, ici.

– Je cherche juste un café.

– Je ne suis pas un guide !

Le mot « guide » était particulièrement accentué et indigné.

– Non, dit rapidement Ginny. Ma tante était peintre. C'est elle qui l'a décoré.

La femme se calma un peu. Elle se retourna vers *Oprah*.

– Comment il s'appelle ?

– Je ne sais pas.

– Elle ne vous a pas dit son nom ?

Ginny décida d'ignorer cette question.

– Il y a beaucoup de décorations dans ce café. Et il paraît qu'il est dans le coin.

– Il y a beaucoup de cafés dans le coin. Je ne peux pas vous aider à trouver quelque chose dont je ne connais pas le nom.

– OK, dit Ginny en rebroussant chemin. Merci.

– Attendez, attendez…

La femme rappela Ginny d'un geste.

Elle répondit à trois coups de téléphone et alluma une cigarette avant de lui expliquer pourquoi elle l'avait rappelée.

– Bon. Allez voir Michel Piénette. Il vend des légumes sur le marché. À des cuisiniers. Il connaît tous les cafés. Expliquez-lui tout ça.

Elle écrivit son nom en capitales au dos d'une des cartes de l'hôtel : MICHEL PIÉNETTE.

La femme ne lui avait pas expliqué comment se rendre au marché, mais il était facile à trouver. Ginny le distingua au loin lorsqu'elle sortit dans la rue.

Elle se retrouva une fois encore devant une scène tout droit sortie de son livre de français. Après avoir montré la carte à quelques personnes, elle finit par trouver Michel Piénette derrière une pyramide de tomates. Il fumait un gros cigare et criait après un client. Une petite queue attendait de subir le même traitement. Ginny prit place derrière un homme en habit de chef.

— Excusez-moi, lui demanda-t-elle. Vous parlez anglais ?

— Un peu.

— Et lui ?

Elle désigna l'homme au cigare.

— Michel ? Non. Et il n'est pas très aimable. Mais il vend de bons légumes. Qu'est-ce que vous voulez ?

— Je dois lui demander des renseignements sur un café. Mais je ne connais pas son nom.

— Michel saura. Mais je vais demander pour vous. Décrivez-le.

— Beaucoup de couleurs, probablement un collage. Peut-être avec des… détritus.

— Des détritus ?

— Euh, des genres de détritus.

— Je vais lui demander.

L'homme attendit patiemment son tour, puis traduisit la question de Ginny. Michel Piénette hocha vigoureusement la tête et mâchonna son cigare.

— *Les Petits Chiens*, grogna-t-il. *Les Petits Chiens*.

C'était absurde. L'homme avait l'air de penser la même chose et questionna une nouvelle fois le marchand, ce qui provoqua une petite explosion de colère. M. Piénette tourna sur lui-même et arracha une tête de laitue des mains d'un autre client en hurlant quelque chose par-dessus son épaule.

— Il dit que le café s'appelle *Les Petits Chiens*, dit l'homme en blanc. Je crois qu'on commence à l'ennuyer. Je ne vais peut-être pas avoir mes aubergines maintenant.

– Il sait où il se trouve ?

Oui, mais la question ne fit qu'accentuer sa colère. Il montra d'un doigt boudiné une allée à gauche du marché.

– Par là, dit l'homme. Mais s'il vous plaît, j'ai vraiment besoin d'aubergines.

– Merci, dit Ginny en s'éloignant rapidement. Désolée…

L'allée ne lui inspirait rien de bon. Elle était étroite, et les bâtiments qui la longeaient étaient blanc cassé, avec de petites portes en retrait. Rien ne ressemblait à un restaurant. En plus, des motos n'arrêtaient pas d'arriver derrière elle – en fait, elles roulaient carrément sur le trottoir – pour contourner les voitures garées. Alors elle avait de grandes chances de se faire tuer dans cette ruelle. Peut-être était-ce ce que Michel Piénette avait voulu.

Mais la rue s'élargit légèrement, et quelques boutiques apparurent, ainsi que de minuscules pâtisseries. Et enfin elle le vit, un restaurant si petit qu'il ne pouvait guère accueillir plus de quatre tables. Un grand arbre s'élevait devant lui, le dissimulant presque à la vue. Ce furent les rideaux confectionnés avec de petits tabliers qui lui firent comprendre qu'elle avait trouvé le café. La devanture était couverte d'articles de magazines encadrés, certains accompagnés de photos. Tout semblait vide à l'intérieur, et il n'y avait pas de lumière. Mais quand elle poussa la porte, elle était ouverte.

Dès qu'elle entra, elle comprit pourquoi cet endroit s'appelait *Les Petits Chiens*. Les murs étaient dédiés aux petits chiens de Paris. Tante Peg avait effectué un collage délirant de centaines de photos de magazines autour desquelles elle avait peint en noir et en rose vif. Puis, en blanc, elle avait dessiné des caniches. Chaque table et chaque chaise étaient peintes dans des couleurs différentes. On aurait dit qu'elle avait trouvé des centaines de teintes différentes. Du violet avec du jaune soleil. Du citron avec du rose bonbon. Du rouge pompier avec du bleu marine. Elle repéra du orange romain avec du bordeaux profond.

La tête d'un homme jaillit de derrière le comptoir, la faisant sursauter. Le français qu'il aboya lui parut vaguement familier, mais il parlait trop vite pour qu'elle puisse le comprendre. Elle secoua la tête d'un air désespéré.

— Nous ne servons pas encore, dit-il en anglais.

C'était étrange que les gens sachent tous faire ça. Tous.

— Oh… d'accord.

— Pas avant le dîner. Et il vous faut une réservation. Ce soir, c'est impossible. Peut-être la semaine prochaine.

— Ce n'est pas ça, dit Ginny. Je suis là pour regarder les décorations.

— Vous écrivez un article ?

— C'est ma tante qui les a faites.

L'homme se releva un peu. À présent, elle pouvait voir ses épaules.

– Votre tante ?

Elle hocha la tête.

– Votre tante, c'est Margaret ?

– Oui.

L'atmosphère changea rapidement. Soudain, l'homme entier apparut, et Ginny se retrouva assise de force sur un siège.

– Je suis Paul ! dit-il en retournant derrière le bar d'où il sortit un petit gobelet et une bouteille de liqueur jaunâtre. Fantastique ! Je vais vous offrir un verre.

Après l'autre soirée, Ginny n'avait pas très envie de boire.

– Je n'ai pas vraiment…

– Non, non. Du Lillet. Très bon. Léger. Et un petit morceau d'orange.

Plouf. Un quartier d'orange tomba dans son verre. Il le lui tendit et observa Ginny prendre une gorgée avec précaution. C'était bon. Un petit goût de fleurs.

– Je vais être honnête avec vous, dit-il en se servant un verre avant de s'asseoir en face d'elle. Je ne savais pas quoi penser de votre tante. Elle m'a montré ces trucs qu'elle dessinait. Des petits chiens. Mais attendez ! Quelque chose à manger. Venez avec moi.

Il lui fit signe de le suivre dans la cuisine, juste derrière le bar, qui faisait la taille d'un placard. Là, tandis qu'il remplissait une assiette de poulet froid, de laitue et de fromages, il lui expliqua que les drôles de peintures de tante Peg avaient transformé une gargote de quatre tables sur le déclin en un restaurant très convoité avec une longue liste d'attente.

– C'était bizarre, dit-il. Cette femme que je ne connaissais pas, qui me proposait de s'installer dans mon restaurant. D'y dormir. De le refaire à neuf, de le couvrir de photos de chiens. J'aurais dû la jeter dehors !

– Pourquoi ne l'avez-vous pas fait ?

– Pourquoi ?

Il releva les yeux sur les murs aux décorations si gaies.

– Je ne sais pas pourquoi. Elle avait l'air si sûre d'elle. Elle était particulière. Elle avait un charme féminin… Ne vous offensez pas, vous comprenez. Elle avait une vision, et quand elle en parlait, on y croyait. Et elle avait raison. Elle était très étrange, mais elle voyait juste.

« Très étrange, mais elle voyait juste. » C'était peut-être la meilleure description de sa tante que Ginny avait jamais entendue.

Après avoir mangé son déjeuner et de la tarte aux pommes avec de la crème, Ginny se fit poliment jeter dehors pour que Paul puisse se préparer pour la soirée.

– Dis bonjour à ta tante de ma part ! dit-il joyeusement. Et revenez ! Revenez souvent !

– D'accord, dit Ginny.

Son sourire faiblit légèrement. Elle n'avait aucune raison de le corriger à propos de tante Peg.

Dans son esprit, elle était encore très vivante, et elle ne voyait pas pourquoi elle ne pourrait pas demeurer ainsi.

Elle retourna à l'hôtel, déprimée, très énervée contre la foule de fin d'après-midi et par le poids de son sac. Paris ne l'enchantait pas du tout à cet instant précis. C'était grand, bruyant et bondé, et il y avait trop de bazar. Les rues étaient trop petites. Les gens qui parlaient au téléphone ne faisaient attention à rien.

Quelque chose dans la réaction de Paul l'avait complètement déprimée. Elle voulait retourner dans son lit grinçant, dans ce dortoir où les autres filles l'ignoraient. Elle voulait retourner là-bas et pleurer. S'allonger toute la nuit et ne rien faire. De toute façon, elle n'avait rien à faire. Elle ne vivait pas ici. Elle ne connaissait personne.

Elle poussa violemment la porte en fer forgé et remarqua à peine le léger sourire que lui adressa la femme à l'accueil. En fait, elle faillit ne pas reconnaître la voix qui l'appela, en provenance des ordinateurs.

– Oh ! La cinglée !

Une nuit en ville

— Où t'étais passée? lui dit Keith. Je suis resté assis là pendant deux heures. Est-ce que tu sais combien de chiens ont essayé de...? Laisse tomber.

Ginny était trop étonnée pour parler. C'était vraiment lui. Grand, mince, les cheveux roux à la fois décoiffés et parfaits, les gants de vélo. Il sentait juste un peu moins bon que d'habitude.

— Salut, Keith, reprit-il. Comment vas-tu? Oh, j'ai pas à me plaindre.

— Pourquoi tu es là? Enfin...

— Grâce à l'un des tickets que tu as achetés. Je les ai apportés au bureau des relations internationales, tu te rappelles? Un étudiant français en théâtre en a pris un. Son école organise un festival et l'un des spectacles est tombé à l'eau, alors ils nous ont demandé de venir au dernier moment. J'ai emballé les décors. J'ai conduit jusqu'ici. Apparemment, le destin veut nous réunir.

— Oh!

Elle passait d'un pied à l'autre. Elle cligna des yeux. Il était toujours là.

— Je vois que tu es sous le choc, dit-il. Pourquoi ta folle de tante t'a-t-elle envoyée ici ?

— Il fallait que j'aille dans un café.

— Un café ? Maintenant qu'on en parle, je meurs de faim. On ne joue pas ce soir. On pourrait aller manger un morceau. À moins, bien sûr, que tu ne doives acheter toutes les places de l'Opéra.

Même si elle avait passé presque tout l'après-midi à manger, elle ne refusa pas. Elle et Keith passèrent les heures qui suivirent à marcher. Keith s'arrêtait pratiquement à tous les camions de crêpes qu'il voyait (et il y en avait beaucoup) et commandait une énorme crêpe remplie de tout et n'importe quoi. Il mangeait en marchant, lui parlant du spectacle. La grande nouvelle, par contre, c'était que David et Fiona s'étaient remis ensemble, à sa grande déception.

La nuit tomba, et ils marchaient toujours. Ils se promenèrent le long du fleuve, devant de nombreux ponts. Ils traversèrent et se retrouvèrent dans un petit quartier où ils regardèrent les gens à la terrasse des cafés, qui leur rendirent leur regard. Puis ils passèrent devant une haute barrière et ce qui ressemblait à un parc.

— Un cimetière ! s'exclama Keith. Un cimetière.

Quand Ginny se retourna, elle le vit sauter, attraper le haut de la barrière et la passer avec facilité, malgré le sac de Ginny sur son dos. Il lui sourit, derrière les barreaux.

– On y va! dit-il en désignant la sombre étendue de monuments et d'arbres.

– Comment ça, on y va?

– C'est un cimetière parisien. Ce sont les
meilleurs. Cinq étoiles.

– Pourquoi ça?

– Viens jeter un coup d'œil, au moins.

– On n'est pas censés être là.

– On est des touristes! On n'en sait rien. Allez,
viens!

– On ne peut pas!

– J'ai ton sac, dit-il en lui tournant le dos.

Elle n'avait pas le choix.

– Si je viens, promets-moi qu'on jettera juste
un coup d'œil et qu'on s'en ira.

– Je te le promets.

Ginny eut plus de mal à passer la barrière. Elle
ne pouvait poser ses pieds nulle part. Elle sauta à
plusieurs reprises en essayant d'attraper le sommet. Finalement elle réussit, mais elle ne savait
pas comment descendre. Keith la persuada finalement de passer les jambes de l'autre côté, sans
quoi elle allait se faire prendre. Il parvint presque
à la rattraper lorsqu'elle se laissa tomber, et fut
d'une grande aide pour la relever.

– Voilà, dit-il. C'est mieux comme ça. Viens!

Il disparut en courant entre les arbres et les
statues. Ginny le suivit, hésitante, et le trouva
perché sur un monument en forme d'énorme
livre.

– Assieds-toi, dit-il.

Elle s'assit avec précaution sur la page oppo-
sée. Keith leva les pieds en l'air et regarda autour
de lui, l'air satisfait.

– Mon ami Iggy et moi on est venu dans ce
cimetière, une fois…, commença-t-il, puis il s'arrêta. Au sujet de ce truc en Écosse, le jouet. Tu es
toujours furieuse ?

Elle aurait préféré qu'il n'en parle pas.

– Oublie ça.

– Non. Je veux savoir. Je sais que je n'aurais pas
dû le prendre. Les vieilles habitudes sont dures à
éradiquer.

– Ce n'est pas une habitude. Se ronger les
ongles, c'est une habitude. Voler, c'est un crime.

– Tu m'as déjà sorti ce discours. Et je le sais
bien. Je pensais juste que ça te plairait.

Il secoua la tête, et se releva.

– Attends, dit Ginny. Je sais, je… c'était un
vol. Et c'était Mari. Et Mari était plus ou moins
le gourou de ma tante. Et moi je ne vole pas.
Je ne dis pas que tu es une mauvaise personne,
ou…

Keith passa sur une autre tombe, une pierre
plate. Il se mit à sauter dans tous les sens en battant des bras.

– Qu'est-ce que tu fais ? demanda Ginny.

– Je danse sur la tombe de ce type. On dit toujours que quelqu'un danse sur notre tombe, mais
personne ne le fait jamais.

Quand il eut terminé, il revint et se tint devant
elle.

— Tu sais ce que tu ne m'as pas dit ? demanda-t-il. Tu ne m'as pas dit de quoi ta tante était morte. Je me rends bien compte que ce n'est pas le meilleur endroit pour te poser cette question, mais…

— Un cancer du cerveau, répondit rapidement Ginny, en enfouissant son menton entre ses mains.

— Ah ! désolé.

— Ce n'est rien.

— Ça a duré longtemps ?

— Je ne crois pas.

— Tu ne crois pas ?

— On n'était pas au courant. On ne l'a découvert qu'après.

Il se rassit sur l'autre page du livre, puis se tourna pour mieux le regarder.

— C'est quoi, à ton avis ? dit-il. Tourne-toi.

Ginny se retourna à contrecœur et regarda le livre.

— Quoi ?

— C'est du Shakespeare, en français. *Roméo et Juliette*, carrément. Et si je ne m'abuse… (Il observa les lignes pendant un moment.) Je crois que c'est la scène de la crypte, quand ils meurent tous les deux. Je ne sais pas si c'est romantique ou juste morbide.

Il toucha les lettres gravées avec son doigt.

— Pourquoi m'as-tu demandé comment elle était morte ?

— Je ne sais pas, dit-il en levant les yeux au ciel.

Ça me semblait une bonne question. Je me disais que ç'avait dû être... euh... long. On dirait que tout était prévu, avec les lettres, l'argent...

– Tu veux seulement être avec moi à cause de l'argent ?

Il se redressa, croisa les jambes et la regarda droit dans les yeux.

– Qu'est-ce que ça veut dire, au juste ? Tu crois que c'est tout ce qui m'intéresse ?

– Je ne sais pas. C'est pour ça que je t'ai posé la question.

– L'argent, c'était cool, dit-il. Tu m'as plu parce que tu étais cinglée. Et tu es jolie. Et joliment saine pour une cinglée.

En entendant le mot «jolie» (deux fois, d'ailleurs), elle plongea les yeux sur les gravures. Keith se rapprocha et lui leva le menton. Il la regarda longuement, puis glissa la main derrière son cou. Ginny sentit ses yeux se fermer, une sorte de bien-être envahir tout son corps, puis l'impression d'être guidée dans les plis du livre à côté d'elle. Mais cette fois, ce n'était pas comme avec Beppe. Ce n'était pas bizarre, ni malvenu. C'était juste chaud.

Elle ne savait pas combien de temps s'était écoulé avant qu'elle ne remarque qu'une lumière essayait de se glisser sous ses paupières. Une lumière forte, dirigée droit sur eux.

– Ça sent pas bon, dit Keith, les lèvres toujours collées sur celles de Ginny.

Une vague de panique traversa Ginny. Elle se redressa et défroissa son T-shirt. Une silhouette d'homme se tenait au pied du monument. Comme sa lampe torche était braquée sur eux, ils ne pouvaient pas voir qui il était ni à quoi il ressemblait. Il leur parla rapidement en français.

Keith se gratta la tête.

L'homme pointa la lumière sur le sol. Quand ses yeux se furent remis de l'aveuglement, elle vit qu'il portait un uniforme. Il leur fit signe de descendre. Keith fit un sourire à Ginny et se laissa glisser à terre, visiblement ravi de la tournure des événements.

Ginny ne pouvait pas bouger. Elle essaya de plonger ses doigts dans la pierre, de s'accrocher aux lettres gravées. Ses genoux, à moitié pliés, étaient coincés. Peut-être que le policier n'allait pas la voir… peut-être qu'il était idiot ou presque aveugle, et qu'il la prendrait pour une partie de la sculpture.

– Viens ! s'écria Keith, bien trop joyeusement à son goût.

Il la prit par le coude, la guida et remit son sac à dos.

L'homme leur fit suivre un petit chemin, l'éclairant avec sa lampe torche. Il n'essaya pas de leur parler. Il les mena jusqu'à une petite maison ronde, où il prit un talkie-walkie.

– Oh, mon Dieu, dit-elle en enfouissant le visage dans la poitrine de Keith pour ne plus rien voir. Oh, mon Dieu. On s'est fait arrêter en France.

— On n'a plus qu'à espérer, dit-il.

Du français rapide. Elle entendit le talkie-walkie atterrir sur la table et des pages qu'on tournait. Le cliquetis des clés. Un bruit électronique provenant d'une sorte de détecteur. Puis ils se remirent à marcher. Elle ne savait pas où, car elle avait décidé de garder les yeux fermés et de rester collée à Keith.

Ils allaient appeler le New Jersey – peut-être même qu'ils allaient directement la mettre dans l'avion pour la renvoyer chez elle. Ou alors l'envoyer dans une prison parisienne remplie de prostituées françaises avec des cigarettes, des bas résille et des accordéons.

Un craquement. Du mouvement. Elle se serra contre Keith, coinçant ses doigts sous son bras.

Ils s'arrêtèrent.

— Tu peux ouvrir les yeux maintenant, dit-il, en retirant doucement ses doigts de son bras. Et j'aimerais vraiment reprendre mon bras, si ça ne te dérange pas.

Le meilleur hôtel de Paris

Ils étaient sur le trottoir, et elle lui tenait toujours le bras, juste un peu moins fort.

– On ne nous a pas arrêtés ?

– Non, dit-il. Nous sommes à Paris. Tu crois qu'ils arrêtent les gens parce qu'ils s'embrassent ? Tu étais inquiète ?

– Un peu !

– Pourquoi ?

Il avait l'air sincèrement perplexe.

– Parce qu'on s'est fait arrêter par un policier français pour indécence publique ou sacrilège ou je ne sais quoi encore ! On aurait pu être expulsés.

– Ou le gardien aurait pu nous demander de sortir.

Ils marchèrent dans la rue, devant les magasins fermés. Une horloge digitale devant l'un d'entre eux indiquait qu'il était onze heures passées.

– Oh, mon Dieu ! s'exclama-t-elle. J'ai manqué le couvre-feu. Je suis à la rue.

– Oh, ma chère... (Il sortit un ticket de métro de sa poche.) Bon, eh bien bonne nuit !

– Tu m'abandonnes?

– Allez, dit-il en lui passant joyeusement le bras autour des épaules. Est-ce que j'oserais te faire ça?

– Probablement.

– Viens avec moi si tu veux. Il y a un peu de place par terre.

Le train que Keith devait prendre était un RER et ne fonctionnait qu'à partir du matin. Il mit les mains dans les poches et sourit.

– Alors, on fait quoi maintenant? demanda Ginny.

– On marche jusqu'à ce qu'on trouve un endroit où s'asseoir. Et si on s'y sent bien, alors on s'allongera.

– Dans la rue?

– De préférence pas dans la rue. Plutôt sur un banc. Peut-être dans l'herbe. Quoique… nous sommes à Paris. Va savoir ce que ces millions de petits chiens ont fait dans l'herbe. Donc un banc. Les gares sont plutôt bien. Je sais que tu as dit que tu n'étais pas riche, mais ce serait le moment idéal d'utiliser ta réserve secrète d'argent pour nous offrir une chambre au Ritz.

– Ma tante était complètement fauchée ici, dit-elle, sur la défensive. Elle dormait par terre dans un café, derrière le bar.

– Je plaisantais. Relax.

Ils marchèrent en silence jusqu'à ce qu'ils parviennent à l'un des grands parcs de Paris – un vrai parc cette fois.

– Tu sais où je crois que nous sommes ? demanda Keith. Aux Tuileries.

En temps normal, elle aurait été terrifiée de s'introduire dans un parc la nuit, mais après avoir été prise par la police dans un cimetière sombre, les larges allées et les fontaines blanches éclairées par la lune ne l'effrayaient guère. Ils avaient du mal à voir où ils allaient, mais ils suivaient le crissement de leurs pas sur le gravier.

L'allée s'élargit en un vaste cercle. Au centre, une fontaine. Tout autour, des bancs.

– Nous y voilà, dit Keith. Notre hôtel. Je vais demander au chasseur de monter nos bagages.

Il laissa tomber le sac de Ginny sur l'un des bancs et s'allongea, la tête sur l'une des extrémités du sac.

– Des oreillers en duvet. Gage de qualité.

Ginny s'allongea dans l'autre sens. Elle fixa les silhouettes sombres des arbres au-dessus d'eux. On aurait dit des mains tendues vers le ciel.

– Keith ?

– Oui.

– Non rien, je vérifiais.

– Toujours là, cinglée.

Elle sourit.

– Tu crois qu'on va se faire agresser et assassiner ?

– J'espère que non.

Elle aurait voulu lui demander autre chose, mais avant qu'elle puisse y penser, elle s'endormit.

Ginny entendit un bruissement au-dessus d'elle, mais elle n'avait pas envie de bouger. Elle dut se forcer à ouvrir les yeux. Elle regarda sa montre. Il était dix heures. Elle tendit le bras pour secouer l'épaule de Keith. Il avait les bras croisés sur sa poitrine, et semblait si bien qu'elle hésitait à le réveiller.

Elle se releva et regarda autour d'elle. Des gens se promenaient dans le parc. Personne ne semblait faire attention à eux. Elle se frotta les yeux, essayant de se débarrasser des marques du sommeil. Elle vérifia ses tresses, qui paraissaient plus ou moins intactes. Outre le fait qu'elle se sentait un peu collante (quelque chose à quoi on devait s'attendre après avoir dormi sur un banc, même si elle ne savait pas vraiment pourquoi), elle était plutôt en forme. La véritable propreté était devenue une réalité si lointaine pour elle que toutes ses idées sur le sujet s'en trouvaient changées.

Autour d'eux, des gens promenaient leur chien ou marchaient, tout simplement. Personne ne semblait se soucier qu'ils aient dormi sur un banc.

Keith s'étira et s'assit lentement.

– Bien, dit-il. Où est le petit déj'?

Ils trouvèrent un petit café avec des tonnes de pâtisseries en vitrine. Ils se retrouvèrent assis devant trois tasses d'expresso (pour Keith), un café au lait et une corbeille de pains au chocolat.

Quand il n'engloutissait pas des viennoiseries, Keith parlait du spectacle.

— On finit bientôt ici. Après on part directement pour l'Écosse. Oh, mince alors, ce n'est pas
le moment.

Il se leva.

— Écoute, je suis désolé… mais je dois y aller.
J'ai une représentation cet après-midi. Laisse-
moi un message. Tiens-moi au courant.

Il lui prit la main et sortit un stylo de sa
poche.

— Tu devrais le garder, dit-il en écrivant
quelque chose sur le dos de sa main. Mon adresse
msn.

— OK, dit-elle, incapable de cacher sa déception.

Il prit son sac et sortit. Son corps lui pesait.
Elle était à nouveau seule. Elle ne savait même
pas si elle retournerait en Angleterre et reverrait
Keith.

Instinctivement, elle ouvrit la poche frontale
de son sac et sortit les enveloppes. L'élastique
était de plus en plus distendu.

Le dessin sur l'enveloppe numéro 9 avait été
réalisé à l'encre noire. Il représentait une fille
en jupe avec des tresses dans le coin en bas à
gauche. Son ombre, longue, dessinait une diagonale sur toute l'enveloppe.

Elle sortit son carnet.

7 juillet
10 h 14, table d'un café, Paris

Mir,
Keith était là. À PARIS. Et il m'a TROUVÉE. *Je sais que ça paraît impossible, mais c'est vrai, et l'explication n'a rien de magique. Mais ce qui compte, c'est qu'on est sorti ensemble dans un cimetière et qu'on a dormi sur un banc dans un parc.*

Oublie. Impossible de t'expliquer ça par écrit. Il faudra que je te le raconte de vive voix, avec des gestes. Ce qui est sûr, c'est que je suis folle de lui, et qu'il vient de passer la porte du café et que je ne le reverrai peut-être jamais… et je sais que ça ferait génial à la fin d'un film, mais, dans la vraie vie, ça craint.

Je veux le suivre. Je veux aller à son spectacle et m'allonger sur le trottoir pour qu'il puisse me piétiner. Ok? Je suis complètement pathétique. Tu devrais être contente.

Je sais que je n'ai pas le droit de pleurnicher. Je sais que tu es toujours dans le New Jersey. Sache que je pense à toi soixante-quinze pour cent du temps.

Je t'embrasse,
Gin

✉.9

Chère Ginny,

Tu sais pourquoi j'aime autant les Pays-Bas ?

Parce que certaines parties de ce pays ne devraient même pas _exister_.

Histoire vraie. Ils repoussent toujours la mer, et créent de nouveaux territoires en drainant et en déplaçant de la terre. L'eau coule dans tout le pays, et des canaux traversent Amsterdam. C'est un miracle que la ville continue de flotter.

Il fallait être drôlement intelligent pour y arriver. Et faire preuve de beaucoup de détermination.

Pas étonnant que les Hollandais aient changé l'histoire de la peinture. En 1600, ils peignaient des tableaux qui ressemblaient à des photographies. Ils capturaient la lumière et le mouvement de façon totalement inédite.

Il y a aussi des gens qui aiment s'asseoir, fumer, boire du café et tremper des frites dans de la mayonnaise.

Après avoir terminé de repeindre le café, j'ai eu l'impression d'en avoir fini avec Paris. Ce qui est ridicule, quand on y pense. On ne peut jamais épuiser les ressources de Paris. Je crois que j'étais restée trop longtemps au même endroit. (On peut se sentir un peu à l'étroit, à force de dormir par terre derrière un bar.)

Un bon ami à moi, Charlie, que j'avais connu à New York, est né à Amsterdam et vit dans une maison au bord du canal à Jordaan, l'un des quartiers les plus magnifiques de toute l'Europe. J'ai décidé que j'avais besoin de voir un visage ami, alors je suis partie. Je veux que tu y ailles aussi. Charlie te fera découvrir la véritable Amsterdam. Il vit au 60, Westerstraat.

Il y a une autre tâche. Tu dois aller au Rijksmuseum, l'un des plus grands musées d'Amsterdam. L'une des plus belles peintures au monde, La Ronde de nuit, de Rembrandt, y est exposée. Trouve Piet et pose-lui des questions.

Je t'embrasse,
Ta tante en cavale.

Charlie et La Pomme

Amsterdam était humide.

D'abord, la gare centrale était en plein milieu d'une sorte d'anse, entourée d'eau, ce qui, selon Ginny, n'était pas très indiqué pour une gare. Un canal la séparait de l'avenue principale, bondée. Ginny se fraya un chemin jusqu'à cette avenue. De là, d'innombrables petits ponts traversaient les canaux qui s'étendaient en toile d'araignée et coupaient chaque rue.

En plus, il pleuvait, une pluie lente et régulière qu'elle voyait à peine, mais qui la trempa en seulement quelques minutes.

À Paris, tout était large, avec de grands immeubles blancs, aussi parfaits que des pièces montées, des palais et des bâtiments ressemblant à des palais, même si ça n'en était probablement pas. En comparaison, Amsterdam ressemblait à un petit village. Tout était en brique rouge ou en pierre, et bas. Et la ville entière grouillait: une véritable ruche. Des voyageurs, des cyclistes, des gens, des voitures, des bateaux... Tous se frayant un chemin à travers le brouillard.

Westerstraat n'était pas très loin de la gare. (D'après la carte gratuite qu'elle avait récupérée à la gare. La règle disait qu'elle ne pouvait pas en emporter, mais pas qu'elle ne pouvait pas en prendre une, une fois sur place. Elle n'arrivait pas à croire qu'elle n'y avait pas pensé plus tôt.) À sa grande surprise, elle trouva l'adresse sans difficulté. (Voilà tout l'intérêt des cartes.)

La maison longeait le canal. Elle avait de grandes fenêtres sans stores ni rideaux pour dissimuler ce qui se passait à l'intérieur. Trois petits carlins se poursuivaient par terre, et elle aperçut d'immenses peintures à l'huile abstraites accrochées aux murs, une pièce pleine de meubles et de tapis épais, et des tasses de café sur une table basse. Avec un peu de chance, Charlie était chez lui, et elle allait pouvoir se sécher et se réchauffer.

En frappant à la porte, elle se voyait déjà changer de vêtements. Les chaussettes d'abord, puis son pantalon. Sa chemise était encore à peu près sèche sous sa polaire.

Un jeune Japonais ouvrit la porte et dit quelque chose en hollandais.

— Désolée, dit-elle doucement. Anglais ?

— Je suis américain, dit-il en souriant. Que puis-je faire pour vous ?

— Vous êtes Charlie ?

— Non, je suis Thomas.

— Je cherche Charlie. Il est là ?

— Charlie ?

Ginny vérifia l'adresse sur la lettre, puis regarda le numéro au-dessus de la porte. Tout concordait. Mais, pour en être certaine, elle tendit le papier à Thomas.

– Il est là?

– C'est la bonne adresse, mais aucun Charlie ne vit ici.

Ginny ne savait pas comment traiter cette information. Elle restait là, comme une idiote, dans l'embrasure de la porte.

– Nous avons emménagé le mois dernier, dit-il. Peut-être que Charlie vivait là auparavant.

– Oui, dit Ginny en hochant la tête. Bon, merci.

– Désolé.

– Oh, non. (Elle se reprit pour ne pas donner l'impression d'être sur le point d'éclater en sanglots.) Ce n'est pas un problème.

Ginny n'avait jamais rien vécu de plus sinistre que de quitter Westerstraat sans destination particulière, sous ce qui se transformait rapidement en grosse averse. Le ciel gris semblait reposer à quelques centimètres du sommet des maisons, et chaque fois qu'elle se poussait pour éviter un vélo, un autre semblait foncer droit sur elle. Son sac trempé était de plus en plus lourd, et de petits ruisseaux coulaient sur son visage et ses yeux. Elle fut bientôt tellement trempée qu'elle ne s'en souciait même plus. Elle ne serait plus jamais sèche. C'était un état permanent.

L'intérêt de son séjour à Amsterdam venait de s'évanouir, à part la visite au musée. La sagesse que Charlie aurait dû lui transmettre avait disparu.

Les hôtels ne manquaient pas aux alentours. Plutôt sommaires, leurs panneaux ressemblaient plus à ceux d'un magasin de skate-boards que d'un endroit où séjourner. Elle en essaya quelques-uns, mais ils étaient tous complets. Finalement, elle entra dans un hôtel appelé *La Pomme*.

Il y avait un petit café au rez-de-chaussée de l'hôtel, avec plusieurs vieux canapés et des décorations de jardin : des cupidon en plâtre, des mangeoires pour oiseaux remplies de bonbons, des flamants roses. Un album de reggae passait, et l'odeur douceâtre de l'encens bon marché imprégnait la pièce. Une longue bande de vert, jaune et noir – les couleurs du drapeau jamaïcain – traversait le mur où étaient accrochés, tout de traviole, de nombreux posters de Bob Marley.

On se serait cru dans le casier d'un drogué.

Le café faisait aussi office de bureau d'accueil. Ils avaient de la place, à condition que Ginny accepte de payer deux nuits immédiatement.

– Chambre 14, lui dit le type, en griffonnant quelque chose sur une carte. Troisième étage.

Ginny n'avait jamais vu d'escalier aussi raide de toute sa vie – il y avait environ un million de marches. Quand elle arriva au sommet, elle était complètement essoufflée. Les numéros de chambre étaient inscrits sur des feuilles de marijuana peintes sur les portes. Une fois devant la porte de la chambre 14, elle se rendit compte qu'on ne lui avait pas donné de clé. Elle comprit rapidement pourquoi : il n'y avait pas de serrure.

Elle fut d'abord frappée par la forte odeur de moisi et l'intuition désagréable que, si elle touchait le tapis, elle se rendrait compte qu'il était humide. Il y avait trop de lits dans la chambre, tous couverts d'une housse en plastique. Une fille était assise sur l'un d'entre eux et rangeait des affaires dans son sac. Elle le mit sur son dos et se dirigea rapidement vers la porte.

– Assure-toi qu'ils te rendent ta caution, dit-elle en sortant. Ils essaieront de la garder.

Une inspection rapide en disait long. Les clients précédents avaient laissé des commentaires sur les murs, des petits messages sinistres du genre : « on m'a volé mon passeport juste ici » (avec une petite flèche), « Bienvenue au motel de l'Enfer, merci pour la lèpre ! » et un philosophe : « Restez défoncés et tout ira bien. »

Tout était cassé, soit en partie, soit complètement. La fenêtre ne s'ouvrait pas en entier, et ne se fermait pas non plus. Il n'y avait pas d'ampoule au plafonnier. Les lits étaient comme ces tables de restaurant branlantes, avec des morceaux de carton sous les pieds pour les stabiliser. De drôles d'objets faisaient office de pieds, et l'un des lits superposés s'était carrément effondré. Au-dessus de lui, quelqu'un avait écrit en lettres énormes : « SUITE NUPTIALE ».

Elle entra dans la salle de bains et en ressortit aussitôt, avant que son cerveau ne puisse intégrer les horreurs qui s'y trouvaient.

Le meilleur lit semblait être celui où l'on avait volé le passeport. Il avait ses quatre pieds d'origine, et le matelas semblait relativement propre. Du moins elle ne voyait aucune tache à travers le plastique (ce qui n'était pas le cas sur les autres lits). Elle jeta rapidement le drap pour ne pas y regarder de plus près.

Le casier au bout de son lit n'avait pas de serrure, et l'un des gonds était cassé. Elle l'ouvrit.

Il y avait quelque chose à l'intérieur.

Cette chose aurait pu être un sandwich dans une autre vie, ou un animal, ou une main humaine… mais maintenant elle était de nature indéterminée et putride.

Une minute plus tard, Ginny dévalait l'escalier et se retrouvait de nouveau dans la rue.

Sans domicile, déracinée et malade

Il n'y avait rien d'autre à faire que de manger.

Elle entra dans une petite épicerie et observa les rangées de chips et de bonbons. Elle choisit un énorme sac de gaufres collées les unes aux autres par du sirop. De la nourriture réconfortante. Elle l'acheta, s'assit sur un banc et regarda les péniches et les vélos. Des odeurs dégoûtantes lui montaient au nez, dont elle ne pouvait se débarrasser. Une sensation désagréable l'envahit, une impression de contamination permanente.

Tout semblait sale. Le monde ne serait plus jamais propre. Elle fourra le sachet dans son sac, sans même l'avoir ouvert, et partit à la recherche d'un hôtel.

Amsterdam était bondée. Ginny entra dans chaque endroit qui lui paraissait un peu plus sûr que *La Pomme*. Les seuls qui avaient encore de la place étaient trop chers pour elle. À sept heures, elle commença à désespérer. Elle s'était éloignée du centre-ville.

Elle trouva une petite maison au bord du canal en pierre couleur sable, avec des rideaux blancs et des fleurs sur le rebord des fenêtres. Le genre de maison où pourrait vivre une gentille vieille dame. Elle l'aurait dépassée si elle n'avait vu un panneau bleu électrique qui disait : « HET KLEINE HUIS HOSTEL ET HOTEL AMSTERDAM ».

C'était son dernier essai. Si ça ne marchait pas, elle retournerait à la gare, sachant qu'elle avait fait son possible. Même si elle ne savait pas où elle irait après ça.

À cause de son sac à dos, elle dut passer en diagonale dans le couloir étroit qui menait à un hall ressemblant lui aussi à un couloir. Il y avait une fenêtre, derrière laquelle se trouvait un comptoir, et encore derrière une cuisine propre. Un homme en sortit pour l'aider et s'excusa de ne plus avoir de chambre libre. Il venait juste de donner la dernière.

– Vous n'avez nulle part où aller ?

C'était une voix américaine. Elle se tourna et vit un homme dans l'escalier, un guide à la main.

– Tout est plein.

– Vous êtes toute seule ?

Elle hocha la tête.

– On ne peut pas vous renvoyer sous la pluie sans nulle part où aller. Attendez.

Il remonta les escaliers. Ginny ne savait pas pourquoi elle devait attendre, mais elle s'exécuta. Il revint quelques instants plus tard, un grand sourire aux lèvres.

— Ok, dit-il. C'est arrangé. Phil peut venir dans notre chambre, et vous pouvez partager la chambre d'Olivia. Au fait, nous sommes les Knapp. Nous venons de l'Indiana. Comment vous appelez-vous ?

— Ginny Blackstone.

— Eh bien, bonjour, Ginny.

Il tendit la main, qu'elle serra.

— Venez faire la connaissance de la famille ! Vous êtes avec nous maintenant !

La nouvelle camarade de chambre de Ginny, Olivia Knapp (« Ses initiales sont OK ! lui avait dit M. Knapp. Alors appelle-la OK, ok ? »), était une grande fille aux cheveux blond doré et courts. Elle avait de grands yeux bleus de biche et un bronzage parfait. Tous les membres de la famille se ressemblaient : cheveux courts, minces, habillés exactement de la façon recommandée par les guides, avec des vêtements discrets, faciles à entretenir et adaptés à tous les temps.

La chambre qu'elle devait partager avec Olivia était à des années-lumière de celle qu'elle avait abandonnée le matin même. Elle était très petite, mais propre et décorée dans un style doux et féminin, avec du papier peint rayé rose et crème et un vase rempli de tulipes rouges sur le rebord de la fenêtre. Mieux encore, les lits avaient d'épais édredons blancs qui sentaient encore la lessive.

Olivia ne parlait pas beaucoup. Elle avait jeté ses affaires sur son lit et avait rapidement défait son sac. (Le sac idéal des guides de voyage. Chaque centimètre était exploité. Rien de superflu.) Elle remplit deux tiroirs de la commode et hocha la tête en direction de Ginny pour lui indiquer que les deux autres étaient pour elle. Elle trouvait peut-être bizarre que ses parents aient adopté une parfaite inconnue pour cinq jours, mais elle n'en montra aucun signe. En fait, Ginny eut rapidement l'impression que ce genre de choses leur arrivait très souvent et qu'ils ne le remarquaient même plus. Olivia s'étendit sur son lit, mit ses écouteurs et tendit les jambes vers le plafond. Elle ne bougea plus jusqu'à ce que Mme Knapp vienne les chercher pour le dîner.

Même si elle n'avait pas mangé de la journée, Ginny n'avait pas envie de nourriture. Les Knapp essayèrent de la persuader pendant quelques minutes, mais elle s'en sortit finalement avec l'excuse : « J'ai beaucoup voyagé et j'ai besoin de dormir. »

Quand ils furent partis, elle se rendit compte qu'elle ne savait pas vraiment pourquoi elle n'était pas allée avec eux. Une partie d'elle voulait simplement rester dans cette petite chambre. Elle ouvrit son sac et sortit ses vêtements trempés (leur résistance à l'eau avait ses limites). Elle les disposa sur sa table de nuit.

Elle passa dans la salle de bains et prit une longue douche chaude. (Du savon ! Des serviettes !) Elle fit attention à ne pas frotter son tatouage qui commençait un peu à s'effacer.

Elle s'assit sur son lit, savourant la sensation de chaleur et de propreté, et se demanda ce qu'elle allait faire maintenant. Elle regarda la pièce. Elle pouvait essayer de laver quelques vêtements dans le lavabo. (Elle n'avait rien lavé depuis Londres, ce qui commençait à être problématique.) Elle pouvait sortir. Mais, à ce moment-là, elle les vit : Olivia avait des livres, des magazines et de la musique, juste là, sur son lit.

Olivia avait disposé ses affaires avec précaution sur son lit, si bien que Ginny hésitait à toucher quoi que ce soit. Et ce n'était pas son genre d'utiliser quelque chose qui ne lui appartenait pas sans demander la permission.

Mais quel mal y avait-il à feuilleter un livre et à écouter un peu de musique, quelques minutes, d'autant plus qu'elle n'avait rien lu ni écouté en presque trois semaines ?

La tentation était trop forte.

Elle ferma la porte à clé et examina attentivement la disposition exacte de chaque objet. Elle essaya de la graver dans son esprit. Les magazines étaient alignés avec la troisième rayure rose du papier peint à partir du pied du lit. Les écouteurs étaient posés en forme de stéthoscope, l'écouteur droit un peu plus bas que le gauche.

Les goûts musicaux d'Olivia semblaient un peu plus intéressants que celle-ci ne semblait l'être. Ginny écouta tout, le folk comme l'électro… Elle feuilleta les magazines brillants avec avidité. Tout était si nouveau, si frais. D'habitude, elle ne lisait pas ce genre de magazines mais, à ce moment précis, elle était ravie de regarder les publicités pour du rouge à lèvres et les plus beaux bikinis à franges.

Elle entendit gratter à la porte. Puis frapper. Prise de panique, elle arracha les écouteurs de ses oreilles et tomba du lit en essayant de les remettre à l'endroit où elle les avait pris. Écouteur droit au-dessus du gauche ? Non... Qu'importe... Elle les jeta sur le lit avec les magazines. Elle eut tout juste le temps d'enlever les mains du lit d'Olivia avant que la porte s'ouvre.

– Qu'est-ce que tu fais par terre ?

– Oh, je... je suis tombée du lit. Je dormais. J'ai sursauté. Tu es rentrée tôt... ou quelle heure est-il ?

– Mes parents se sont mis à parler à des gens, dit Olivia, sans enthousiasme.

Elle regarda ses affaires sur le lit. Elle ne montra aucun signe de méfiance, mais son regard s'y attarda quelques instants. Ginny se releva en tirant sur sa couverture et remonta dans son lit.

– Bon, OK...

– Personne ne m'appelle comme ça, dit sèchement Olivia.

– Oh...

– Tu as mis des vêtements partout.

– Ils sont trempés, dit Ginny, prise par une soudaine vague de culpabilité. J'essaie de les faire sécher.

Olivia ne répondit pas. Elle prit son iPod, le retourna et l'examina attentivement. Puis elle le mit dans la poche de devant de son sac et referma bruyamment la fermeture Éclair. On aurait dit le bourdonnement furieux d'une abeille géante. Puis elle disparut dans la salle de bains. Ginny se tourna vers le mur et ferma les yeux.

La vie avec les Knapp

— Tout le monde debout !

Ginny dut fournir un effort considérable pour décoller ses paupières. Elle avait dormi si paisiblement, et la lumière filtrant des petits rideaux était si douce ! Et son lit avait beau être étroit, il était tellement propre et confortable !

Une main lui secouait la jambe.

— Debout, mademoiselle Virginia !

En face d'elle, Olivia sauta du lit avec une obéissance robotique. Ginny releva les yeux et vit Mme Knapp penchée au-dessus d'elle, avec une tasse de voyage en plastique. Elle posa un papier sur l'oreiller à côté de la tête de Ginny.

— Programme du jour ! Plein de choses à faire ! Bon pied, bon œil !

Elle ouvrit les rideaux et alluma la lumière. Ginny cligna des yeux et regarda le papier. En haut de la page, elle lut : « Jour 1 : journée musées 1. » Il y avait une liste d'activités et d'horaires qui commençait à six heures du matin (réveil) et finissait à dix heures du soir (coucher). Entre les deux, il devait bien y avoir une dizaine d'activités différentes.

– On se retrouve en bas dans une demi-heure ? gazouilla Mme Knapp.

– Ouais, dit Olivia, dans la petite salle de bains.

Une heure plus tard, ils attendaient sur la place en face du Rijksmuseum – apparemment, le plus grand musée d'Amsterdam – l'heure de l'ouverture. Ginny essaya d'assimiler la grandeur du bâtiment et d'ignorer le fait que les Knapp parlaient de comédies musicales et qu'il y avait de grandes chances qu'ils se mettent à danser. Heureusement, le musée ouvrit avant que ce cauchemar devienne réalité.

Les Knapp avaient une idée très précise de la façon avec laquelle ils allaient aborder la plus grande collection néerlandaise d'art et d'histoire : ils allaient frapper de façon planifiée.

Dès qu'ils furent à l'intérieur, ils demandèrent à la personne au bureau d'information d'encercler les choses vraiment importantes qu'ils devaient voir. Puis ils partirent, guide à la main. Ils se ruèrent au milieu de quatre cents ans d'histoire néerlandaise, s'attardèrent devant quelques poteries blanc et bleu. Quand ils parvinrent à l'aile consacrée à l'art, cela devint un véritable jeu de piste. La mission était de trouver les peintures indiquées sur leur guide, de les examiner, puis de courir aussi vite que possible à la suivante.

Heureusement, le troisième arrêt était *La Ronde de nuit* de Rembrandt. Ce n'était pas difficile de la trouver car, partout, des panneaux la signalaient (et, contrairement à ceux du Louvre, les panneaux semblaient dire la vérité). En plus, la peinture était gigantesque. Elle prenait une grande partie du mur, s'étendant presque jusqu'au plafond. Plus impressionnant encore, les personnages de la peinture étaient grandeur nature, même si Ginny avait du mal à déterminer ce qu'ils faisaient. On aurait dit un rassemblement de nobles avec des chapeaux et des fraises autour du cou, et des soldats avec d'énormes drapeaux, et quelques musiciens pour faire bonne mesure. Une grande partie du tableau était sombre, les silhouettes dans l'ombre. Mais une grande traînée de lumière la traversait au milieu, illuminant un personnage, divisant la toile en trois parties triangulaires.

(« En cas de doute, lui disait toujours tante Peg, cherche les triangles dans les peintures. » Ginny ne savait pas pourquoi c'était aussi important mais, ce qui était sûr, c'est qu'il y avait des triangles partout.)

— Plutôt bien, dit M. Knapp. Ok. Ensuite il y a une peinture appelée *Les Faisans morts*…

— Je peux rester là et vous retrouver plus tard ? demanda Ginny.

— Mais il y a tant d'œuvres à voir, dit Mme Knapp.

— Je sais, mais… j'aimerais vraiment regarder celle-là.

Les Knapp ne comprenaient pas du tout. M. Knapp regarda son guide avec toutes les peintures encerclées.

– D'accord… On se retrouve dans l'entrée dans une heure.

Une heure. Ça semblait suffisant pour trouver Piet. C'était quoi, Piet ? Sans doute une personne, puisqu'elle était censée lui demander quelque chose. Ok. Qui était Piet ?

Elle examina d'abord tous les titres des tableaux. Pas de Piet. Elle s'assit sur un banc au milieu de la pièce et regarda la foule qui se pressait devant *La Ronde de nuit*. De toute évidence, personne ne savait quand elle viendrait, Piet ne pouvait donc pas venir ici spécialement pour la rencontrer. Elle traversa toutes les salles adjacentes et lut tous les titres. Elle passa la tête au coin des pièces, vérifia dans les toilettes. Pas de Piet.

Elle n'avait plus qu'à abandonner et rejoindre les Knapp, qui avaient absorbé tout le musée, à leur grande satisfaction. Ils se dirigèrent vers le musée Van Gogh. Mme Knapp n'avait prévu qu'une heure pour la visite, mais c'était déjà trop. Ils étaient exténués, face à ces œuvres tourbillonnantes et hallucinatoires. M. Knapp dit que c'était « quelque chose » et murmura :

– Mais qu'est-ce qu'il avait en tête ?

Ils durent prendre le tramway pour se rendre au prochain musée, la Maison de Rembrandt, qui était (comme son nom l'indique), la maison de Rembrandt, sombre et grinçante. Ensuite vint le Musée maritime (de quatorze heures trente à quinze heures trente ; des bateaux, des ancres). Ils avaient une heure, de quatre à cinq, pour visiter la maison d'Anne Frank. Là aussi, M. Knapp fut impressionné, mais ça ne ralentit en rien leur allure effrénée, puisqu'ils devaient rentrer à l'hôtel pour «l'heure des Knapp» (de dix-sept heures trente à dix-huit heures trente). De retour à l'hôtel, Olivia s'effondra sur son lit, se frotta vigoureusement les jambes, se colla les écouteurs dans les oreilles et s'endormit. Ginny s'étendit elle aussi et, pourtant exténuée, ne parvint pas à se reposer. Juste au moment où elle se sentait glisser dans le sommeil, la porte s'ouvrit et ils repartirent.

Ils dînèrent au *Hard Rock Café*, et discutèrent pendant tout le repas de la fabuleuse petite amie de Phil. Ils n'avaient jamais été séparés auparavant, et Phil alla l'appeler à la fin du repas. Quand il fut parti, M. et Mme Knapp changèrent de sujet pour parler des courses d'Olivia. Courir, c'était le truc d'Olivia. Elle courait au lycée, et elle venait de terminer sa première année à la fac. Elle faisait des études d'infirmière mais, surtout, elle courait. Pendant les vacances, Olivia comptait bien courir un peu. Celle-ci ne dit rien. Elle se contenta de manger sa salade au poulet grillé et d'observer la salle de gauche à droite.

Après ça, ils durent se dépêcher pour attraper un bateau-mouche pour une croisière pendant laquelle les Knapp reprirent quelques airs du *Fantôme de l'opéra*. (En particulier la scène du bateau.) Ils n'étaient pas aussi bruyants que le matin, ils chantaient doucement. Et ensuite, Dieu merci, la journée se termina.

Contacts de différentes sortes

Les trois jours qui suivirent, Ginny se conforma au programme exténuant des Knapp. Chaque matin, au lever du jour, on frappait, on la secouait, on la saluait de façon fort malvenue, et on déposait une page imprimée sur son oreiller. Chaque partie d'Amsterdam était divisée en petites cases. Les musées. Le palais. L'usine Heineken. Chaque quartier. Chaque parc. Chaque canal. Tous les soirs, elle écoutait M. Knapp dire quelque chose du genre : « Vous savez, même en disposant d'un mois entier, on ne pourrait rendre justice à cette ville. »

Ginny faillit pleurer de joie quand elle réalisa que la journée numéro 5, dans la visite Knapp d'Amsterdam, était un jour libre. Phil disparut après le petit déjeuner et, à huit heures, Olivia enfilait déjà sa tenue de course haute technologie. Ginny s'assit sur le lit et la regarda, essayant de se convaincre de ne pas se recoucher et de ne pas dormir toute la journée. Elle devait toujours trouver ce mystérieux Piet, et aussi envoyer un courriel. Elle voulait le faire depuis des jours, mais n'avait jamais réussi à s'échapper assez longtemps.

– Qu'est-ce que tu fais aujourd'hui ? demanda Olivia.

Ginny sursauta et releva les yeux.

– Je vais… envoyer quelques e-mails.

– Moi aussi, après mon footing. Il y a un grand café Internet à quelques rues d'ici. Je vais y aller plus tard. On peut partager un forfait à la journée si tu veux. Ça nous coûtera moins cher.

Olivia lui indiqua l'adresse du café Internet et Ginny quitta la chambre, après avoir pris une longue douche et s'être correctement tressé les cheveux.

Après avoir envoyé un message à Keith, Ginny alluma msn messenger et passa environ une heure à surfer. On aurait dit… une drogue… encore mieux que le magazine et la musique. Elle fut presque effrayée de voir à quel point les mêmes sites stupides lui manquaient.

Il y eut un bip quand Keith se connecta.

«Alors, c'est comment a'dam ? »

«Adam ? »

«Amsterdam, idiote. »

Soudain, Miriam se connecta elle aussi.

«Oh mon Dieu tu es là ?

Ginny faillit pousser un cri. Elle posa immédiatement les doigts sur le clavier pour répondre, mais les retira aussitôt, comme si elle s'était brûlée.

Elle ne pouvait pas communiquer avec les États-Unis par Internet.

« Pourquoi tu ne réponds pas ? »

« Tu ne peux pas m'écrire, c'est ça ? »

« Oh, mon Dieu. »

« Ok. »

« Si tu es là, déconnecte-toi et reconnecte-toi immédiatement. »

Elle essaya, mais l'ordinateur était lent. Elle poussa un grognement de frustration. Quand elle revint, quelques messages de Keith apparurent rapidement :

« Salut. »

« Je t'ai offensée ? »

« T'es passée où ? »

« Je dois y aller de toute façon. »

« Non, je suis là », écrit-elle.

Mais c'était trop tard. Il s'était déjà déconnecté.

Miriam était toujours là, elle, criant par messages interposés :

« Je touche l'écran. Tu me manques tellement. »

Ginny sentit les larmes lui monter aux yeux. C'était tellement stupide. Sa meilleure amie était juste là, et Keith était parti.

Elle posa ses doigts sur le clavier. Elle se mit à taper rapidement, une ligne après l'autre.

« Je ne suis pas censée faire ça, mais je n'y tiens plus. »

« Tu me manques aussi. »

«Tout est si compliqué. »

«Tu vas bien ? »

«Oui. »

«J'ai reçu tes lettres. Où est Keith ? Tu l'aimes ? »

«Je crois qu'il est toujours à Paris. C'est Keith. »

«Qu'est-ce que ça veut dire ça ? J'ai tellement envie de venir te rejoindre. »

«Ça veut dire que je ne le reverrai probablement jamais. »

«Pourquoi pas ? »

Ginny sursauta quand Olivia s'assit soudain à côté d'elle.

– Terminé ? demanda-t-elle.

– Euh…

Olivia avait l'air impatiente, et la culpabilité de Ginny revint aussitôt.

«Je dois y aller. Tu me manques. »

«Tu me manques aussi. »

Quelques minutes plus tard, après avoir laissé l'ordinateur à Olivia, elle se retrouva dans la rue. Ce contact soudain l'avait laissée ahurie, et elle eut du mal à se remettre en route. Les vélos, les touristes et les gens, portable à l'oreille, devaient la contourner.

Elle avait encore quelque chose à faire. Où était Piet ? Qui était Piet ? Piet était quelque part au musée, alors elle y retourna, à l'immense Rijksmuseum.

Qu'avait-elle manqué ? Qu'y avait-il d'autre ? Des peintures ? Des gens. Des noms.

Et des gardiens.

Des gardiens. Des gens qui regardaient les tableaux toute la journée. Le gardien de cette salle était un vieil homme à l'air sage avec une barbe blanche. Ginny s'approcha de lui.

— Excusez-moi. Vous parlez anglais ?

— Bien sûr.

— Vous êtes Piet ?

— Piet ? répéta-t-il. Il est aux natures mortes du xviiie. À trois salles de là.

Ginny courut presque dans le couloir. Il y avait un jeune gardien avec un petit bouc au coin de la salle, en train de jouer avec la boucle de sa ceinture. Quand elle lui demanda s'il était Piet, il plissa les yeux et hocha la tête.

— Je peux vous poser une question sur *La Ronde de nuit* ?

— Quoi ?

— Juste… Vous pouvez m'en parler ? Vous le surveillez ?

— Parfois, dit-il en l'observant d'un air méfiant.

— Est-ce qu'une femme vous a déjà posé des questions sur lui ?

— De nombreuses personnes me posent des questions. Qu'est-ce que vous voulez ?

— N'importe quoi. Qu'est-ce que vous en pensez ?

— Ça fait partie de ma vie, c'est tout, dit-il en haussant les épaules. Je le vois tous les jours. Je n'y pense pas.

Ça ne pouvait pas être ça. C'était Piet. C'était *La Ronde de nuit*. Mais Piet se contenta de se gratter les lèvres et d'observer la salle, déjà détaché de la conversation.

– Bon. Merci.

De retour à *Het Kleine Huis*, Ginny fouilla dans son sac et essaya de décider quels vêtements étaient les plus propres, ce qui n'était pas une mince affaire.

– J'ai de grandes nouvelles, s'écria Mme Knapp en entrant dans la chambre sans frapper, ce qui fit sursauter Ginny. Une grande chose pour notre dernière journée ensemble ! Une balade à vélo ! À Delft ! C'est notre cadeau !

– Delft ? demanda Ginny.

– C'est une autre grande ville. Alors il faut bien se reposer ce soir ! On va se lever tôt ! Tu diras la bonne nouvelle à Olivia !

Bang. La porte se referma. Elle était partie.

La vie secrète d'Olivia Knapp

Tôt le lendemain, ils se retrouvèrent tous dans un tramway, dans la banlieue d'Amsterdam. Ginny aimait le tramway. C'était comme un train d'enfant devenu grand échappé dans les rues. Elle regarda par la fenêtre et vit les Pays-Bas défiler sous ses yeux : les maisons anciennes, les canaux et les gens en chaussures de marche.

Il y avait une chose que les Knapp n'avaient pas dite à Ginny mais qu'elle ressentait très fortement (une véritable sensation, comme si elle pénétrait physiquement l'arrière de son crâne) : c'est que même s'ils l'aimaient bien, ils étaient heureux qu'elle ne soit pas leur fille. Ou plutôt, si tel était le cas, les choses auraient été différentes. Elle se serait levée à six heures du matin comme un robot, automatiquement. Elle n'aurait pas traîné les pieds dans leur course effrénée d'un endroit à un autre. Elle aurait chanté des airs de comédie musicale. Elle aurait aimé courir ou au moins penser à courir. Et surtout, elle aurait montré plus d'enthousiasme à l'idée de faire une balade à vélo de vingt kilomètres. Elle le savait parce qu'ils n'arrêtaient pas de lui demander : «Tu n'es pas excitée, Ginny ? Une balade à vélo ! Ce n'est pas génial ? Tu n'es pas excitée ?»

Ginny leur répondit qu'elle était tout excitée, mais elle n'arrêtait pas de bâiller et l'expression de son visage devait parler d'elle-même : elle n'aimait pas le vélo. En fait, elle détestait ça. Ça n'avait pas toujours été le cas. Elle et Miriam étaient allées partout sur leurs vélos lorsqu'elles étaient petites, mais tout s'était terminé quand elles avaient douze ans. Le vélo de Ginny avait décidé de ne pas s'arrêter alors qu'elle descendait une colline et elle avait dû tourner de toutes ses forces et freiner avec ses pieds pour ne pas se faire renverser.

Elle s'efforça de ne pas y penser quand on la fit monter sur un vélo bien trop grand pour elle. Le gérant leur dit que c'était parce qu'elle était «une grosse – je veux dire une grande – fille». Si bien que tous les autres avaient des vélos à leur taille et qu'elle se vit attribuer le vélo pour grande fille qui restait.

Et elle n'était pas si grande que ça, d'ailleurs. Olivia la dépassait.

De toute évidence, ce n'était pas son jour.

Le trajet jusqu'à Delft était relativement facile, même pour elle, puisque les Pays-Bas sont aussi plats qu'une planche. Elle ne vacilla sur son vélo qu'une fois ou deux seulement, lorsqu'elle accéléra pour mettre de la distance entre elle et les

Knapp qui chantaient toutes les chansons parlant de vélo ou de promenade qui leur passaient par la tête.

Delft se révéla être une ville magnifique, une version miniature d'Amsterdam. C'était un de ces endroits tellement cool que Ginny savait que les formalités ou la malchance ne lui permettraient jamais d'y vivre. Les autorités ne le permettraient pas.

Il y avait des sabots de bois dans la première boutique devant laquelle ils passèrent. Mme Knapp était ravie. Ginny voulait juste s'asseoir, alors elle traversa la rue (enfin, le canal) pour aller se reposer sur un banc. À sa grande surprise, Olivia la suivit.

— Tu écrivais à qui hier ? demanda-t-elle.

Ce fut peut-être le choc qu'elle reçut en découvrant qu'Olivia avait une personnalité qui expliqua la suite.

— Mon petit ami, répondit Ginny. J'écrivais à mon petit ami, Keith.

OK. Donc, elle mentait, en quelque sorte. Elle ne savait même pas pourquoi. Peut-être juste pour s'entendre prononcer ces mots à voix haute. Keith… mon petit ami.

— C'est bien ce que je pensais, dit Olivia. C'est ce que je faisais moi aussi. Je ne peux pas téléphoner, comme Phil.

— Pourquoi tu ne peux pas appeler ton petit ami ?

— Non, dit Olivia en secouant la tête. Ce n'est pas ça.

– Pas quoi ?

– C'est juste… J'ai une petite amie.

De l'autre côté du canal, M. et Mme Knapp leur faisaient de grands gestes et leur montraient leurs pieds. Ils portaient tous les deux des sabots aux couleurs vives.

– Mes parents seraient fous s'ils savaient, dit-elle d'un air méditatif. Ils iraient immédiatement se pendre. Ils remarquent tout sauf ce qui se trouve sous leur nez.

– Oh…

– Ça te dégoûte ?

– Non, répondit rapidement Ginny. Je trouve ça bien. Tu sais. Que tu sois gay. C'est bien.

– Pas de quoi en faire tout un plat.

– Non, se corrigea Ginny, c'est vrai.

M. Knapp entama une petite danse. Olivia poussa un soupir. Elles restèrent assises quelques instants, silencieuses, à regarder ce spectacle embarrassant. Puis les Knapp disparurent dans une autre boutique.

– Je crois que Phil s'en doute, reprit Olivia d'un air solennel. Il n'arrête pas de me poser des questions sur Michelle. C'est un beau salaud… Enfin, c'est mon frère. Mais quand même. N'en parle à personne.

– Je ne dirai rien.

Après sa soudaine confession, Olivia redevint Olivia, avec ses regards distants et sa manie de se frotter les jambes.

– Je crois qu'ils achètent du fromage, dit-elle

après quelques instants, puis elle se releva et passa le pont.

Ginny demeura parfaitement immobile quelques minutes et regarda les bateaux qui se balançaient sur le canal. Le plus étonnant, ce n'était pas qu'Olivia soit lesbienne. C'était qu'Olivia ait des sentiments et des choses à dire et qu'elle se soit confiée. Il y avait quelque chose sous ce regard inexpressif.

Olivia avait aussi mis le doigt sur quelque chose… pas sur le fromage, mais sur le fait de ne pas voir ce qu'on a sous le nez. Comme Piet : il voyait *La Ronde de nuit* tous les jours mais ne le regardait jamais vraiment. Qu'y avait-il en face d'elle ? Des bateaux. De l'eau. De vieux bâtiments le long du canal. Son vélo trop grand qu'elle devrait conduire tout le trajet de retour, ce qui lui coûterait probablement la vie.

Que faisait-elle ? Il n'y avait aucun message caché. Tante Peg s'était plantée, sur ce coup-là. Il n'y avait pas de Charlie. Piet ne servait à rien. Et maintenant elle en était réduite à essayer d'écha-fauder une théorie sur le sens de tout ça – une théorie basée sur rien d'autre que des bribes de conversation.

Elle devait l'admettre : Amsterdam était un fiasco.

Pour leur dernière soirée en ville, les Knapp avaient décidé d'aller dans un restaurant situé dans un immeuble médiéval qui ressemblait à un petit château. Il y avait des torches sur les murs de pierre et des armures dans les coins. Olivia semblait vidée par sa confession et passa tout le repas à fixer une de ces armures, sans parler une seule fois.

— Bon, dit Mme Knapp en sortant une feuille de papier qu'elle posa sur la table. Je t'ai fait une petite note, Ginny. On va dire vingt euros pour le repas de ce soir, pour faciliter les choses.

Elle écrivit quelque chose au bas de la page puis tendit le papier à Ginny. Tout le long du séjour, les Knapp s'étaient servis de leur carte bancaire pour tout payer. Ginny savait bien qu'elle allait devoir contribuer à un moment ou à un autre. Ce moment était venu, sous la forme d'une liste scrupuleuse indiquant tous les billets et chaque repas, plus sa participation aux frais d'hôtel.

Ça ne dérangeait pas Ginny de payer sa part, mais elle trouvait ça bizarre qu'on lui donne ce papier en plein milieu du repas, avec les quatre Knapp braquant leur regard sur elle. Elle se sentit trop gênée ne serait-ce que pour le regarder. Elle le posa sur ses genoux et le couvrit avec le bord de la nappe.

— Merci, dit-elle. Il faudra que j'aille retirer du liquide.

— Prends ton temps, s'exclama M. Knapp. Demain matin.

« Alors pourquoi, se demanda Ginny, me l'avez-vous donné maintenant ? »

De retour à l'hôtel, elle lut la liste et se rendit compte qu'elle n'avait prêté aucune attention à ce que lui coûtait son séjour. Ils ne demandaient pas le montant réel pour cette chambre (il s'avéra qu'ils avaient la plus jolie chambre de l'hôtel, qui coûtait beaucoup plus cher que les autres), mais ça revenait quand même à deux cents euros pour les cinq jours. Avec le nombre effrayant de visites (toutes les entrées ajoutées les unes aux autres), les restaurants, le café Internet, elle avait dépensé presque cinq cents euros. Elle était quasiment sûre d'avoir cette somme sur son compte, mais une pointe de doute lui fit passer une nuit agitée. Elle se leva avant tout le monde et sortit pour aller s'en assurer.

Le distributeur lui donna son argent, à son grand soulagement, mais refusa de lui indiquer le solde de son compte. Il se contenta de recracher une poignée de billets violets, puis la congédia d'un message en néerlandais. Pour ce qu'elle en savait, ça pouvait aussi bien signifier : « Va te faire voir, touriste ! »

Elle s'assit sur le trottoir et sortit l'enveloppe suivante. À l'intérieur, une carte postale avec des tourbillons peints à l'aquarelle. On aurait dit le ciel, mais il y avait deux soleils, l'un contenant un un, l'autre un zéro.

Lettre 10.

– Très bien, dit-elle. Et maintenant ?

✉.10

Chère Ginny,

Inutile d'ignorer le sujet, Gin. Nous n'en avons pas parlé jusque-là, et il est grand temps de le faire. Je suis tombée malade. Je suis malade. Et ça va empirer. Ça ne me plaît pas, mais c'est la vérité, et il vaut toujours mieux regarder les choses en face. De grands mots venant de moi, mais ils sont appropriés.

Quand je me suis arrêtée avant d'entrer dans l'Empire State Building, ce matin de novembre, il y avait une raison. Ce n'était pas seulement parce que je me sentais moralement indignée à l'idée d'y travailler. J'avais oublié le numéro du bureau où je devais aller. Je l'avais laissé à la maison.

L'autre version était bien mieux... je me suis arrêtée net, j'ai fait demi-tour, je suis partie. C'est romantique. Ce n'est pas la même chose si je dis que mon cerveau avait buggé, que j'avais oublié mon Post-it et que j'ai dû rebrousser chemin.

Quand je regarde en arrière, Gin, je me dis que c'est là que ça a commencé. J'ai toujours été un peu tête en l'air, je l'admets, mais il y avait vraiment un schéma qui se répétait. De temps à autre, j'oubliais de petites choses. Mes docteurs me disent que mon problème est plutôt récent, mais les docteurs n'ont pas toujours raison. Je crois que je savais que le temps allait bientôt me manquer.

Quand j'étais à Amsterdam avec Charlie, j'ai vraiment compris que quelque chose n'allait pas chez moi. Je ne savais pas exactement quoi. Je croyais que j'avais un problème aux yeux. C'était la qualité de la lumière. Parfois, les choses me semblaient vraiment sombres. Je voyais de petites taches noires, des points qui empiétaient sur mon champ de vision. Mais j'avais trop la trouille pour aller consulter un médecin. Je me suis dit que ce n'était rien et j'ai décidé de continuer à avancer. Ma prochaine étape était une colonie d'artistes au Danemark.

Donc, ta prochaine instruction est de prendre un avion pour Copenhague, immédiatement. C'est un voyage assez court. Envoie un courriel à knud@aagor.net avec les informations sur ton vol. Quelqu'un viendra te chercher à l'aéroport.

Je t'embrasse
TTEC

Le bateau viking

Elle était à l'aéroport de Copenhague, les yeux fixés sur la porte, essayant de décider s'il s'agissait (a) des toilettes (b) des toilettes pour femmes. Sur la porte était inscrit un simple H.

Était-elle un H ?

Qu'est-ce que ça pouvait bien vouloir dire ? Hélicoptères ?

Elle se retourna, désespérée, manquant perdre l'équilibre et tomber à cause de son sac.

L'aéroport de Copenhague était élégant et bien agencé, avec des plaques brillantes sur les murs, des bandes au sol et de grosses colonnes, le tout en métal. Tous les aéroports étaient des endroits aseptisés, mais celui-ci ressemblait à une table d'opération. En regardant à travers les grandes vitres, Ginny vit que le ciel était gris acier.

Elle attendait quelqu'un qu'elle ne connaissait pas et qui ne la connaissait pas. Elle savait simplement qu'il ou elle écrivait en anglais, en capitales, et lui avait demandé d'«ATTENDRE À CÔTÉ DES SIRÈNES ». Après avoir déambulé, fait de nombreux demi-cercles (l'aéroport formait une grande courbe) et demandé son chemin à de nombreuses personnes, elle trouva la statue de deux sirènes regardant par-dessus la balustrade, au premier étage. Elle attendait là depuis quarante-cinq minutes, elle avait une terrible envie d'aller aux toilettes et elle commençait sérieusement à se demander si c'était une sorte de test.

Juste au moment où elle allait se précipiter vers la salle H, elle remarqua un homme grand avec de longs cheveux bruns, qui se dirigeait vers elle. Il n'avait pas l'air très vieux, mais sa grosse barbe brune lui donnait un air mature et imposant. Sa tenue – un jean, un T-shirt de Nirvana et une veste en cuir – était normale, à part une ceinture en métal à laquelle pendaient plusieurs objets, comme des porte-bonheur, dont une grosse dent d'animal et ce qui ressemblait à un énorme sifflet. Et il venait droit sur elle. Elle regarda autour d'elle, mais se doutait bien qu'il ne se dirigeait pas vers le groupe de touristes japonais qui s'approchait d'elle sous un petit drapeau bleu.

– Toi! s'écria-t-il. Virginia! C'est ça?

– Oui, répondit Ginny.

– Je le savais. Je m'appelle Knud! Bienvenue au Danemark!

– Vous parlez anglais?

– Bien sûr que je parle anglais! Tous les Danois parlent anglais! Bien sûr! Et un bon anglais!

– C'est vrai, acquiesça Ginny.

Knud mettait un point d'exclamation après chacune de ses phrases. Il parlait anglais très fort.

– Oui! Je sais! Allez!

Knud possédait une moto BMW bleue qui avait dû coûter très cher, avec un side-car. Il lui expliqua que le side-car lui servait à transporter tous ses outils et ses matériaux (sans préciser leur nature). Il était certain que son énorme sac à dos y tiendrait avec elle (dans le side-car), et il avait raison. Quelques instants plus tard, elle se trouvait dans l'habitacle, au ras du sol, roulant dans les rues d'une autre ville européenne qui (elle avait honte de l'admettre, elle avait l'impression de se défiler) ressemblait beaucoup à celle qu'elle venait de quitter.

Il gara sa moto dans une rue aux maisons de toutes les couleurs, collées les unes aux autres, au bord d'un canal. Ginny dut se détacher avant de sortir du véhicule avec précaution. Elle se dirigea vers les maisons, mais Knud la rappela:

– Par ici, Virginia!

Son sac sur le dos, il descendait des marches en béton qui menaient au canal. Il avança sur le trottoir qui bordait l'eau, dépassant plusieurs emplacements nettement délimités où plusieurs péniches étaient amarrées. Il s'arrêta devant l'une d'entre elles. C'était une petite maison à part entière qui ressemblait à une cabane en bois. Il y avait des jardinières remplies de fleurs rouges aux fenêtres et une énorme tête de dragon en bois s'élançait de la pointe du navire. Knud ouvrit la porte et invita Ginny à entrer.

La maison de Knud se composait d'une seule grande pièce, en bois rouge à l'odeur agréable, minutieusement sculpté, qui représentait de petites têtes de dragon, des spirales, des gargouilles. Au bout de la pièce se trouvait un grand futon dans un cadre en longues branches. La plus grande partie de la pièce était occupée par un établi en bois avec des outils de gravure et des morceaux de fer forgé. Un petit espace était dédié à la cuisine. Knud s'y dirigea aussitôt, sortant plusieurs boîtes en plastique du minuscule réfrigérateur.

– Tu dois avoir faim ! Je vais te préparer de la bonne nourriture danoise. Tu vas voir. Assieds-toi.

Ginny s'assit à la table. Il se mit à ouvrir les boîtes qui contenaient différentes sortes de poissons. Du poisson rose. Du poisson blanc. Du poisson couvert de petites herbes vertes. Il prit une tranche de pain noir sur laquelle il empila ces ingrédients.

– De bonnes choses ! Toutes biologiques, bien sûr ! Fraîches ! Nous prenons soin de la terre, ici ! Tu aimes le hareng fumé ? Tu vas aimer. Bien sûr que tu vas aimer !

Il déposa le lourd sandwich devant Ginny.

– Je travaille le fer. Même si j'ai fait certaines de ces gravures sur bois. Toutes mes œuvres se basent sur l'art danois traditionnel. Je suis un Viking ! Mange !

Elle essaya de saisir l'énorme sandwich.

– Bon. Tu te demandes sûrement comment je connais ta tante. Oui, Peg est venue ici, il y a trois ans, je crois. Pour le festival d'art. Je l'aimais beaucoup. Elle avait beaucoup d'esprit. Un jour, elle m'a dit… Quelle heure est-il ? Cinq heures ?

Ginny avait le sentiment que ce n'était pas ça, la grande déclaration de tante Peg au Danemark.

Knud lui fit signe de continuer de manger puis sortit par la petite porte à côté de sa cuisinière à deux feux. Ginny mangea son sandwich et regarda de l'autre côté du canal la rangée de magasins dans la rue en face. Puis elle se pencha sur une plaque en métal posée sur la table. Knud y gravait des formes compliquées. Elle n'arrivait pas à croire qu'un si solide gaillard puisse réaliser un travail aussi délicat.

Quand elle releva les yeux, les magasins qu'elle avait vus quelques instants plus tôt avaient disparu et avaient été remplacés par une église, qui elle-même commençait à disparaître. Le sol se balançait doucement sous ses pieds, et son cerveau mit du temps à assimiler que toute la maison bougeait. Elle alla à la fenêtre et s'aperçut qu'ils avaient quitté leur place le long du quai et avançaient rapidement sur le canal.

Knud ouvrit brusquement la porte. Il se tenait dans une petite cabine où se trouvaient les instruments de navigation.

– Tu as aimé le poisson ?

– C'était très bon ! Où allons-nous ?

– Vers le nord ! Tu devrais te détendre ! Ça va prendre un peu de temps !

Il referma la porte.

Ginny ouvrit celle par laquelle ils étaient entrés et ne trouva que quelques centimètres de pont et une barrière lui arrivant au mollet qui la séparait des eaux bouillonnantes. L'eau éclaboussait ses jambes. Knud conduisait rapidement sa maison, maintenant qu'ils étaient parvenus dans une plus grande étendue d'eau. Ils passèrent sous un pont immense. Ginny regardait la ligne d'eau argentée qui séparait le Danemark de la Suède, à l'avant du bateau.

Elle se dirigeait donc vers le nord. Dans une maison.

– Je vis seul, lui dit Knud, et je travaille seul, mais je ne suis jamais vraiment seul. Je fais le travail de mes ancêtres. Je revis l'histoire entière de mon pays et de mon peuple.

Ils naviguaient depuis deux heures environ, peut-être plus. Knud avait finalement amarré sa péniche à un quai, le long d'une autoroute, à côté d'un champ avec des éoliennes haute technologie. C'était un artisan folklorique. Il étudiait et faisait revivre des techniques qui avaient plus de mille ans, en n'utilisant que des matériaux authentiques. Il se faisait parfois des blessures authentiquement anciennes.

Il ne lui avait toujours pas expliqué pourquoi il l'avait conduite vers le nord dans sa péniche pour s'amarrer au bord d'une autoroute. En guise d'explication, il prépara d'autres sandwichs, lui vantant une nouvelle fois la qualité et la fraîcheur de tous ses ingrédients. Ils s'assirent à côté de la péniche pour les manger.

— Peg, dit-il. J'ai appris qu'elle était morte.

Ginny hocha la tête et observa les éoliennes dont les pales tournaient à toute allure.

— Je suis désolé, dit-il en posant sa lourde main sur son épaule. Elle était très spéciale. Et c'est pour ça que tu es là, j'imagine ?

— Elle m'a demandé de venir vous rendre visite.

— Ça me fait plaisir. Et je crois savoir pourquoi. Oui. Je crois savoir.

Il lui montra les éoliennes.

— Tu vois ça ? C'est de l'art ! Magnifique. Et utile. L'art peut être utile. Elles exploitent l'air et produisent de l'énergie propre.

Ils regardèrent tous les deux les éoliennes tourner pendant quelques instants.

— Tu es venue à un moment particulier, Virginia. Ce n'est pas un hasard. C'est bientôt la Saint-Jean. Regarde. Regarde ma montre.

Il tendit son poignet devant elle, révélant ce que beaucoup auraient pris pour une horloge murale.

— Tu vois ? Il est presque onze heures du soir. Et regarde. Regarde le soleil. Peg est venue pour le soleil. C'est ce qu'elle m'a dit.

— Comment la connaissiez-vous ?

— Elle séjournait avec une amie à moi dans un endroit appelé Christiania. C'est une colonie d'artistes à Copenhague.

— Elle y est restée longtemps ?

— Non, je ne crois pas. Elle était venue voir le soleil de minuit. Elle était venue découvrir cet endroit extrême. Tu sais, nous passons une grande partie de l'année dans l'obscurité, Virginia. Et ensuite, nous sommes baignés par la lumière, une lumière continuelle. Le soleil s'élève dans le ciel et ne redescend jamais. Elle tenait vraiment à voir ça. Alors je l'ai amenée ici.

— Pourquoi ici ?

— Pour lui montrer nos éoliennes, bien sûr ! dit-il en riant. Elle les a adorées, évidemment. Elle voyait là un paysage magnifique. Quand on vient ici, on comprend que le monde n'est pas un endroit si terrible. Avec ça, nous essayons de créer un avenir meilleur où nous ne polluerons plus. Nous baignons dans la lumière. Nous faisons des champs des endroits superbes.

Ils restèrent assis là quelques instants, à regarder le soleil qui refusait de se coucher. Finalement, il lui conseilla d'aller se reposer dans la péniche. Elle pensait que la lumière et l'étrangeté de l'endroit l'empêcheraient de dormir, mais le doux balancement du bateau eut rapidement raison d'elle. Puis elle sentit qu'une énorme main la secouait.

— Virginia. Je suis désolé. Mais je dois bientôt partir.

Ginny s'assit. C'était le matin, et ils étaient revenus à Copenhague, à leur point de départ. Quelques instants plus tard, elle regardait Knud disparaître sur sa moto.

– Tu y arriveras, Virginia, avait-il dit en posant la main sur son épaule. Et maintenant, je dois y aller. Bonne chance.

Sur ce, elle se retrouva dans les rues de Copenhague, à nouveau seule.

L'Hippopotame

Au moins, cette fois, elle s'était préparée.

Au cas où elle se retrouverait confrontée à une nouvelle Amsterdam, elle avait repéré quelques endroits sur Internet. L'hôtel le plus recommandé sur tous les sites était *La Plage de l'hippopotame*. Il avait reçu cinq sacs à dos, cinq baignoires, cinq chapeaux et deux pouces levés dans la plupart des sites, ce qui en faisait le Ritz des auberges de jeunesse.

L'Hippopotame ne semblait pas si grand que ça. Un immeuble gris, sans prétention, avec quelques tables abritées par un parasol sur la terrasse. La seule chose inhabituelle était une énorme tête rose d'hippopotame au-dessus de la porte, la gueule grande ouverte. Les gens l'avaient remplie de toutes sortes d'objets : des bouteilles de bière vides, un ballon de plage à moitié dégonflé, un drapeau canadien, une casquette de baseball, un petit requin en plastique.

Le hall était décoré avec des palmiers en papier et des guirlandes de fleurs en soie. Un faux bar hawaïen faisait office de bureau d'accueil. Les meubles semblaient tout droit sortis des années 1980, avec des couleurs vives et des motifs géométriques. Des guirlandes de lanternes chinoises étaient pendues dans toute la pièce.

L'homme derrière le bureau avait une épaisse barbe blanche et une chemise hawaïenne orange vif.

— Il vous reste un lit ? demanda-t-elle.

— Ah ! Une jolie fille avec des cheveux en bretzel. Bienvenue dans le meilleur hôtel du Danemark. Tout le monde adore cet endroit. Tu vas adorer. Pas vrai ?

Il avait adressé la question à un groupe de quatre personnes qui venaient d'entrer avec des sacs d'épicerie. Il y avait deux garçons blonds, une fille aux cheveux bruns et courts et un Indien. Ils hochèrent la tête et sourirent en posant leurs sacs pleins de pain, de tranches de viande sous vide et de fromage sur la table.

— Celle-là, c'est une coquine, ça se voit. Regardez ses tresses. Je vais la mettre avec vous. Vous pourrez la surveiller pour moi. Mais revenons aux choses sérieuses. Un lit pour une semaine, ça fait neuf cent vingt-quatre couronnes.

Ginny s'immobilisa. Elle n'avait aucune idée de ce qu'était une couronne ni de comment elle allait pouvoir s'en procurer neuf cent vingt-quatre.

— Je n'ai que des euros.

— On est au Danemark ! beugla-t-il. On utilise

des couronnes ici. Mais je prendrai des euros s'il le faut. Cent soixante, s'il te plaît.

Ginny lui tendit l'argent, tout en se sentant coupable de ne pas avoir su qu'il fallait faire du change. Pendant ce temps, Hippo fouilla dans un petit réfrigérateur sous le bar et en sortit une bouteille de Budweiser qu'il lui tendit en échange des billets.

– À l'Hippopotame, tout le monde reçoit une bière fraîche. Voilà la tienne. Assieds-toi et bois-la.

C'était gentil, mais Hippo semblait attendre une obéissance totale à ses règles d'hospitalité. Ginny prit la bière avec hésitation (même si elle commençait à comprendre que partager de l'alcool était le moyen universel de faire connaissance en Europe). La bouteille était très humide, l'étiquette se désintégra sous sa main et se colla à sa paume. Ses nouveaux camarades de chambre installés à la table lui firent signe de les rejoindre et lui proposèrent de partager leurs achats avec eux.

– J'arrive d'Amsterdam, leur dit-elle en cherchant dans son sac ce qui pourrait faire office de cadeau. J'ai tous ces gâteaux, si vous voulez.

Les yeux de la fille s'allumèrent.

– Des gaufres ?

– Ouais, des gaufres. Mange-les toutes. J'en ai déjà mangé des tonnes.

Elle posa le paquet sur la table. Quatre paires d'yeux l'observèrent respectueusement.

– C'est un messager, dit l'un des garçons blonds. Elle fait partie des élus.

252

Lors des présentations, elle apprit que les deux blonds s'appelaient Emmett et Bennett. Ils étaient frères et se ressemblaient comme deux gouttes d'eau : cheveux blondis par le soleil, yeux bleu pâle. Emmett s'habillait comme un surfeur, mais Bennett portait une chemise non repassée. Carrie faisait environ la même taille que Ginny, avec des cheveux bruns coupés court. Nigel était indo-anglo-australien. Ils étudiaient tous à Melbourne et faisaient le tour de l'Europe depuis cinq semaines avec des pass ferroviaires.

Après manger, ils accompagnèrent Ginny dans la chambre, peinte elle aussi avec des couleurs vives : des murs jaunes avec des cercles roses et orange sur le haut, une moquette bleue et des lits superposés en métal rouge.

– Style 1983, dit Bennett.

C'était gai, cela dit, et visiblement bien entretenu. Ils lui expliquèrent que tout le monde devait participer au ménage. Alors, chaque jour, pendant quinze minutes, tout le monde avait une tâche à accomplir. Un tableau d'affichage dans le couloir donnait la liste des tâches, et le premier levé héritait de la plus facile, même si aucune n'était très compliquée. Il n'y avait pas de couvre-feu ni d'heure de départ imposée. En plus, une plage artificielle avait été aménagée, à l'arrière ; elle descendait vers l'eau.

Une nouvelle fois, Ginny se retrouvait dans un groupe. Mais une chose était claire : ce n'était pas les Knapp. Leur politique était la suivante :

ils se levaient quand ils en avaient envie et ils ne savaient pas combien de temps ils allaient rester. Ils sortaient tous les soirs. Ils pensaient quitter bientôt Copenhague mais ignoraient encore où ils iraient ensuite. Ce soir, ils avaient un programme auquel Ginny devait participer. Mais d'abord, ils voulaient faire la sieste, manger plus de gaufres et donner un surnom à Ginny. Ce serait Bretzel.

Elle arriverait à vivre avec. Elle grimpa dans son lit, se laissa tomber sur le matelas peu épais et s'endormit.

Le royaume magique

L'atmosphère était électrique quand Ginny se réveilla.

– On y va ! s'écria Emmett en claquant et en se frottant les mains.

– Ne pose pas de questions, dit Carrie en roulant des yeux. C'est une longue histoire. Viens. Ces crétins veulent aller dans un endroit ridicule.

Il ne faisait toujours pas nuit. Le soleil restait haut dans le ciel, n'acceptant de descendre qu'au niveau du crépuscule, mais refusant de disparaître.

Ses nouveaux amis lui expliquèrent que Copenhague était le Disneyland de la bière. Et ce soir, ils allaient au Magic Mountain de Copenhague.

Ils arrivèrent dans un grand hall ouvert. Ils trouvèrent des places à l'une des longues tables de pique-nique, et Emmett fit signe à la serveuse de leur apporter cinq verres de ce qu'elle portait sur son plateau. La femme déposa cinq énormes chopes sur la table. Carrie en passa une à Ginny, qui dut la prendre à deux mains. Elle la renifla, puis en but une gorgée. Elle n'aimait pas beaucoup la bière, mais celle-ci était plutôt bonne. Les autres se jetèrent joyeusement sur leur verre.

Tout se passa bien pendant une demi-heure. Elle avait même l'impression d'être entrée dans un poster de la salle d'allemand du lycée, un sentiment absurde puisqu'elle se trouvait au Danemark. Et elle était persuadée que les deux pays étaient bien différents.

Soudain, des lumières s'allumèrent au fond de la salle, et Ginny s'aperçut qu'il y avait une scène. Un homme en veste violette scintillante apparut, un micro à la main, et se mit à parler en danois pendant quelques minutes. Tout le monde paraissait très excité, à part Ginny qui ne comprenait strictement rien.

– Et maintenant, dit-il en anglais, il nous faut quelques volontaires.

Tout à coup, les amis de Ginny se levèrent et se mirent à sauter dans tous les sens. Ce qui ne manqua pas de galvaniser les deux hommes d'affaires japonais qui partageaient leur table. Eux aussi se levèrent et se mirent à crier. Ginny, la seule personne assise, regarda les douzaines de chopes vides abandonnées sur leur moitié de table.

Le présentateur ne put que remarquer l'émeute internationale qui avait explosé dans ce coin de la salle, et il les montra du doigt d'un air solennel.

– Deux personnes, s'il vous plaît.

Après quelques hochements de tête, on décida immédiatement qu'une personne de chaque groupe serait choisie, puisque la tablée entière avait fait un effort. Les Japonais s'engagèrent dans une discussion sérieuse, ainsi que les amis de Ginny. Elle saisit quelques bribes de conversation.

– Toi.

– Non, toi.

– C'était ton idée.

– Attendez, dit Carrie. Et si on envoyait Bretzel ?

Ginny releva immédiatement la tête.

– Pour quoi faire ?

Bennett sourit.

– Du full-contact karaoké.

– Quoi ?

– Allez ! hurla Emmett. Bretzel… Bretzel… Bretzel… !

Les trois autres reprirent en chœur. Puis, les Japonais qui avaient déjà choisi leur représentant se joignirent à eux. Quelques personnes des tables voisines s'y mirent elles aussi et, en quelques secondes, tout ce coin de la salle criait son surnom. Avec des accents différents, à pleins poumons, tous en rythme.

Sans l'avoir vraiment décidé, Ginny se retrouva debout.

– Euh…, fit-elle nerveusement. Je n'ai pas vraiment…

– Splendide, s'écria Emmett en la guidant dans l'allée entre les tables. Un des deux Japonais posa sa veste et la rejoignit.

— Ito, dit-il.

Du moins c'est ce qu'elle crut entendre. Il marmonnait en japonais, si bien qu'elle n'en était pas sûre. Ito se mit sur le côté pour la laisser passer, même si elle n'avait pas vraiment envie d'y aller en premier. Le présentateur lui faisait de grands signes, et la foule applaudissait à tout rompre alors qu'elle s'approchait de la scène. Ito semblait ravi, défaisant son nœud de cravate et faisant de petits bonds, saluant la foule pour qu'elle continue d'applaudir. Ginny accepta tranquillement la main du présentateur et monta sur scène. Elle tenta de rester dans un coin, mais il la mena fermement au bord de la scène, où Ito lui passa le bras sur les épaules pour l'empêcher de partir.

Le présentateur criait en danois. Le seul mot que Ginny comprit était Abba. Il sortit (de sa poche, apparemment) deux perruques : une pour homme, hirsute, et une autre, longue et blonde, qu'il posa sur la tête de Ginny, tandis qu'Ito prenait la première et se la mettait de travers. Quelqu'un du bar jeta un boa noir sur scène. Ito l'attrapa en premier, mais le présentateur le lui reprit et le posa sur les épaules de Ginny.

La salle s'obscurcit. Ginny n'arrivait pas à savoir si on avait vraiment baissé les lumières ou si les lourdes mèches blondes de la perruque lui obscurcissaient la vue. Ses tresses ressortaient sur le devant, comme deux tentacules mutants. Elle essaya calmement de les dissimuler.

— Que diriez-vous d'un petit *Dancing Queen* ?

hurla le présentateur, en anglais. Ou d'un *Mama Mia* ?

La foule était ravie, surtout le contingent australo-japonais. Des moniteurs apparurent au bord de la scène. Des paysages de montagne et des couples en promenade passèrent à l'écran.

Puis elle entendit le premier accord. C'est à ce moment-là qu'elle comprit. Ils allaient la faire chanter.

Ginny ne chantait pas. Surtout pas depuis qu'elle avait passé cinq jours avec les Knapp. Elle ne chantait jamais. Elle ne montait pas sur scène non plus.

Ito commença, se saisissant maladroitement du micro. Même s'il souriait, Ginny ressentit en lui une pointe d'esprit de compétition : il voulait gagner. La foule l'encourageait, tapait des pieds par terre et tapait dans ses mains. Ginny essaya de reculer, mais le présentateur n'arrêtait pas de la pousser en avant. C'était bien le dernier endroit où elle voulait être. Elle n'allait pas faire ça. Pas question.

Et pourtant, elle se trouvait là, sur une scène à Copenhague, sous trois kilos de cheveux blonds synthétiques. Elle était en train de faire ça alors même que son cerveau essayait de la convaincre du contraire. En fait, elle se trouvait devant le micro à présent, et des centaines de visages impatients la regardaient. Et puis elle entendit ce bruit.

Elle chantait.

Le plus étonnant, alors qu'elle entendait sa voix résonner dans le bar immense, c'est qu'elle chantait presque juste. D'une voix un peu à l'agonie, peut-être. Elle continua jusqu'à ne plus avoir de souffle, les yeux fermés, laissant sortit un flot continu jusqu'à ce que sa voix se casse.

— Maintenant, nous allons élire le vainqueur !

Cet homme ne pouvait pas s'empêcher de hurler. C'était peut-être un truc danois.

Il prit le bras d'Ito et le leva en l'air, puis demanda d'un signe de tête à la foule de donner son avis. Il y eut beaucoup de bruit. Puis il s'approcha de Ginny et lui prit le bras.

Elle fut acclamée comme une reine quand elle retourna à sa table et Ito n'arrêtait pas de lui faire des courbettes. Visiblement, les Japonais voyageaient sans aucune limitation de dépenses, et ils leur firent comprendre qu'ils payaient pour tout le groupe. Ils commandèrent immédiatement des sandwichs. La bière coulait à flots. Ginny réussit à boire un quart de sa chope. Carrie en descendit deux. Emmett, Bennett et Nigel en burent trois chacun. Ginny ne comprenait pas pourquoi ils n'étaient toujours pas morts. En fait, ils avaient l'air d'aller parfaitement bien.

À deux heures du matin, leurs nouveaux bienfaiteurs montraient les premiers signes d'un coma imminent. Ils sortirent une carte de crédit et en quelques minutes, ils se retrouvèrent tous dans la rue. Après des adieux, des mercis et beaucoup de courbettes, Ginny et les Australiens se dirigèrent vers le métro, mais un des Japonais les arrêta.

– Non, non, marmonna-t-il, en secouant lentement la tête. Tax-i. Tax-i.

Il fouilla dans sa poche et sortit une poignée de billets en euros soigneusement pliés. Il les fourra dans la main de Ginny. Elle essaya de les lui rendre, mais il fit preuve d'une détermination féroce. On aurait dit une agression à l'envers, et Ginny préféra ne pas insister. L'autre homme fit signe à des taxis, et une petite rangée de véhicules s'arrêta devant eux. Ginny et ses amis entrèrent dans une énorme Volvo bleue. Nigel monta à l'avant, et Emmett, Bennett, Ginny et Carrie se pressèrent sur la grande banquette arrière en cuir.

– Je sais où nous habitons, dit Emmett en s'appuyant contre la porte, pensif. Mais je ne sais pas comment y aller.

Nigel dit quelque chose qu'il venait de lire dans un guide au chauffeur, dans un danois hésitant, avec un fort accent australien. Le chauffeur se retourna.

– Tourner en rond ? Qu'est-ce que vous voulez dire ? Vous voulez que je tourne en rond ? C'est ça que vous voulez me dire ?

Carrie posa la tête sur l'épaule de Ginny et s'endormit aussitôt.

Bennett essaya de faire la navigation, coincé au milieu de la banquette arrière, pouvant à peine regarder par la vitre. Dès qu'il apercevait quelque chose qu'il croyait reconnaître, il disait au chauffeur de tourner. Malheureusement, il reconnaissait tout. La pharmacie. Le bar. La petite boutique avec les fleurs aux fenêtres. La grosse église. Le panneau bleu. Le chauffeur suivit ses instructions pendant une demi-heure environ puis s'arrêta.

– Dites-moi où vous séjournez.

– *La Plage de l'hippopotame*, dit Bennett.

– L'Hippopotame ? Je connais. Bien sûr que je connais. Vous auriez dû me le dire tout de suite.

Il fit demi-tour, conduisant rapidement.

– Je commence à reconnaître, dit Bennett en bâillant à s'en décrocher la mâchoire.

Ils arrivèrent à l'hôtel en moins de cinq minutes. La course revenait à quatre cents couronnes. Ginny ne savait pas combien d'argent elle avait. Quoi qu'il en soit, on le lui avait donné pour payer le taxi, et ce chauffeur avait eu le mérite de les supporter.

– Voilà, dit-elle en lui tendant l'argent. Gardez la monnaie.

Elle le vit compter tandis que Carrie, tout endormie, sortait du véhicule. Il se tourna et lui fit un grand sourire. Elle eut l'impression qu'elle venait de lui donner le pourboire de l'année.

Hippo était toujours debout quand ils entrèrent dans le hall. Il jouait au Risk avec deux types à l'air concentré.

– Vous voyez ? dit-il avec un grand sourire. Celle avec les bretzels. Je vous avais bien dit qu'elle attirerait les ennuis.

✉.11

Chère Ginny,
Je n'ai jamais eu de mémoire pour les citations.
J'ai toujours essayé de m'en souvenir, mais ça ne
marche jamais. Par exemple, récemment, j'ai lu
une citation du maître du zen, Lao-tseu : « Une
empreinte est faite par une chaussure, mais ce
n'est pas la chaussure elle-même. »

Quatorze mots. On pourrait croire que j'aurais
pu m'en souvenir. J'ai essayé. Ça a duré quatre
minutes environ, et puis ça s'est transformé en :
« Aucune chaussure ne doit être jugée par son
empreinte, car le pied possède une empreinte
propre. »

C'est ça qui s'était gravé dans mon esprit. Et ça,
ça n'avait aucun sens. Aucun sens du tout.

Sauf dans ton cas, Gin. Ça pourrait marcher
pour toi. Parce que ce que je t'ai fait faire (ou plutôt ce que tu as choisi de faire, tu es maîtresse de
ta propre vie), c'est de marcher dans mes pas au
cours de ce voyage invraisemblable. Tu es dans mes
chaussures, mais tes pieds t'appartiennent. Je ne
sais pas où ils te mèneront.

263

Est-ce que tu comprends? C'était significatif quand j'y ai pensé. Je me suis dit que tu trouverais ça très intelligent.

Je te demande ça parce que ce que je veux faire maintenant, c'est retracer le chemin que j'ai emprunté en quittant Copenhague. Je suis partie car le festival était fini et que je ne savais pas quoi faire de moi.

Parfois, Gin, la vie t'abandonne sans aucun indice, sans panneau de direction, sans signe. Quand ça se produit, tu n'as plus qu'à choisir une direction et courir aussi vite que possible. Puisqu'on ne peut pas aller beaucoup plus au nord qu'en Scandinavie, j'ai décidé de me diriger vers le sud. Et j'ai avancé sans m'arrêter.

J'ai pris un train jusqu'à la côte dans un brouillard humide, puis jusqu'en Allemagne, et je suis _descendue_. À travers les montagnes, la Forêt-Noire. Je suis descendue dans plusieurs villes, mais, chaque fois, je ne pouvais pas aller plus loin que la porte de la gare. Alors je faisais demi-tour et prenais un autre train vers le sud. Puis je suis arrivée en Italie et j'ai pris la direction de la mer. J'avais une idée géniale: _j'allais me rendre à Venise et y noyer mon chagrin_. Mais il y avait une grève des éboueurs à Venise, la ville sentait le poisson pourri _et, en plus_, il pleuvait. Alors je suis allée au bord de l'eau et me suis demandé: «_Et maintenant? Je pars à gauche vers la Slovénie, je m'enfuis en Hongrie et je me bourre de pâtisseries jusqu'à exploser?_»

C'est alors que j'ai vu le bateau, et je suis montée à bord.

Il n'y a rien de tel qu'une longue et lente traversée pour s'éclaircir les idées, Gin. Un bon vieux ferry qui prend son temps et vous laisse cuire au soleil en s'éloignant de la côte italienne. J'ai passé vingt-quatre heures sur ce bateau, assise seule dans un transat sur le pont, à penser à tout ce que j'avais fait ces derniers mois. Et après vingt-quatre heures, alors que nous arrivions dans les îles grecques, tout s'est éclairci, Gin. J'ai tout compris. Aussi clairement que je voyais l'île de Corfou qui se rapprochait de nous. J'ai compris que j'avais trouvé ma destination il y a bien longtemps, et que j'avais oublié de m'arrêter. Mon avenir était derrière moi.

Alors essaie, toi aussi, Gin. Pars immédiatement. Je dis bien <u>immédiatement</u>. Dès que tu auras lu cette lettre. Monte dans le train. Descends vers le sud, <u>sans t'arrêter</u>. Suis les routes jaune brique jusqu'en Grèce, vers la chaleur de l'eau, le berceau de l'art, de la philosophie et du yaourt.

Quand tu seras sur le bateau, pousse un cri pour moi.

Je t'embrasse,
Ta tante en cavale.

P.-S. Oh! va d'abord à l'épicerie. Achète de quoi manger. C'est une règle à suivre dans chaque moment de la vie.

Le gang de l'enveloppe bleue

Le lendemain, à midi, ils se reposaient tous sur la plage de l'Hippopotame. Ginny était assise sur le sable froid et sentait les planches de bois qui soutenaient la plage sous ses doigts. Le ciel était gris, et les bâtiments alentour étaient des maisons typiquement danoises et des bureaux vieux de sept cents ans, mais tout le monde se comportait comme à Palm Beach pendant les vacances de Pâques. Certains dormaient sur le sable en maillot de bain, d'autres jouaient au volley-ball.

Elle versa un peu de sable dans la onzième enveloppe vide, y glissa la lettre et la referma sans y penser. Puis elle se tourna vers ses compagnons.

– Je dois aller en Grèce. Un endroit qui s'appelle Corfou. Et je dois partir maintenant.

Emmett la regarda.

– Pourquoi dois-tu aller en Grèce ? Et pourquoi maintenant ?

C'était une question plutôt raisonnable, qui avait attiré l'attention des autres.

— J'ai toutes ces lettres, dit-elle en leur montrant l'enveloppe pleine de sable. Ma tante me les a écrites. C'est une sorte de jeu. C'est elle qui m'a envoyée ici. Les lettres me disent où je dois aller et ce que je dois faire et, quand je l'ai fait, je peux ouvrir la suivante.

— Tu plaisantes, dit Carrie. Ta tante est géniale ! Où est-elle ? Chez elle ou ici ?

— Elle est… partie. Enfin, elle est morte. Mais ça va… Enfin…

Elle haussa la tête pour montrer que la question ne lui posait pas de problème.

— Et il y en a beaucoup ? demanda Bennett.

— Treize. C'est la onzième. Presque la fin.

— Et tu ne sais pas où tu vas aller ni ce que tu vas faire avant de les ouvrir ?

— Non.

Cette révélation eut un effet considérable et parut consoler l'idée, dans leur esprit, que Ginny était quelqu'un de très spécial. C'était un sentiment inhabituel, et plutôt agréable.

— Bon, dit Carrie, on peut venir avec toi ?

— Venir ?

— En Grèce. Avec toi !

— Vous voulez venir avec moi ?

— Ça doit être bien, la Grèce. De toute façon on voulait partir. Ça nous ferait du bien, un peu de soleil. On a des pass pour le train. Pourquoi pas ?

Et ainsi, l'affaire fut réglée. Dix minutes plus tard, ils enlevaient le sable de leurs vêtements et rentraient chercher leurs affaires. Vingt minutes plus tard, ils étaient sur Internet, dans le salon de l'Hippopotame, pour réserver leurs billets de train. Comme Bennett, Emmett, Nigel et Carrie avaient tous des pass, ils devaient prendre certains trains à des horaires particuliers. Et comme ils étaient quatre, leurs besoins passaient avant ceux de Ginny. Ils devraient traverser l'Allemagne, une petite partie de l'Autriche, puis l'Italie jusqu'à Venise. Ils mettraient vingt-cinq heures.

Une demi-heure plus tard, ils étaient dans un supermarché, remplissant un panier avec des fruits, de l'eau minérale, des petits fromages enfermés dans de la cire, des cookies… tout ce qui leur passait par la tête et qui pourrait les nourrir durant les vingt-cinq heures de train. Et une heure et demie plus tard, ils quittaient Copenhague pour une autre ville danoise, Rødbyhavn, un nom que Ginny ne voulait même pas essayer de prononcer. Elle semblait ne consister qu'en un grand terminal pour ferries, dans un grand immeuble venteux. Ils prirent un petit ferry jusqu'à Puttgarden, en Allemagne, et la traversée ne dura que quelques minutes. À Puttgarden, ils attendirent sur un quai désolé qu'un train élégant les accepte. Ils s'installèrent dans un compartiment prévu pour quatre personnes.

Tout ce que vit Ginny de l'Allemagne fut un *Pizza Hut* à Hambourg où elle se brûla le palais en voulant manger trop vite. À Francfort, elle et Carrie se perdirent en essayant de trouver les toilettes pour femmes. Nigel renversa accidentellement une vieille dame alors qu'il courait pour attraper le train à destination de Munich.

Le reste, c'était juste le train. Dans un état d'hébétude, elle se rappelait avoir regardé le ciel bleu vif contre des montagnes grises aux pointes blanches dans le lointain. Puis des kilomètres et des kilomètres de champs verts et de fleurs violettes. Trois averses soudaines. Des stations-service. De petites maisons colorées qui semblaient tout droit sorties d'une comédie musicale. Des rangées de maisons grises.

Après douze heures de voyage, elle se dit que si elle restait assise une minute de plus, courbée en avant avec la veste de Carrie sous la tête, elle resterait bossue toute sa vie. Quelque part au nord de l'Italie, l'air conditionné cessa de fonctionner. Ils essayèrent bravement d'ouvrir la fenêtre, en vain. Il ne fallut pas longtemps pour que la température monte dans le compartiment, et une légère odeur fétide apparut rapidement. Le train ralentit. Il y eut quelques annonces les informant d'une grève. On leur demanda de patienter. L'odeur se fit de plus en plus nauséabonde.

Ils s'arrêtèrent pendant une demi-heure, et quand le train redémarra, le conducteur demanda que personne n'utilise les toilettes.

Ils arrivèrent à Venise avec seulement un quart d'heure devant eux, sans aucune idée de l'endroit où ils se trouvaient. Ils se débrouillèrent grâce aux panneaux et essayèrent de trouver la sortie. Puis ils s'entassèrent dans un taxi clandestin et filèrent à près de cent cinquante à l'heure dans les rues désertes. Une forte brise venue de l'océan entrait par la fenêtre ouverte, frappant le visage de Ginny et lui faisant monter les larmes aux yeux.

Et, quelques instants plus tard, ils montaient sur un gros bateau rouge.

Ils n'avaient pas de couchettes. Ils avaient le droit de s'asseoir dans les fauteuils du salon (tous pris), sur un transat sur le pont (idem), ou sur le pont lui-même où presque toutes les places étaient déjà prises. Ils durent faire deux fois le tour du bateau avant de trouver un petit espace sur le pont entre un canot de sauvetage et un mur. Ginny s'y étendit, heureuse d'être à l'air libre.

Elle se réveilla, sentant le soleil de midi sur son visage. La chaleur pénétrait à travers ses paupières closes. Elle sentait un coup de soleil inégalement réparti sur sa figure. Elle se leva et s'étira, puis s'approcha des rambardes du pont.

Le bateau qu'ils avaient pris appartenait à la ligne «grande vitesse», mais il n'avait rien de rapide. Il fendait l'eau assez lentement pour que les oiseaux de mer puissent se poser sur le pont, se reposer puis repartir. La mer était bleu turquoise – le genre de couleur qu'elle n'aurait jamais imaginée possible. Ginny sortit les enveloppes restantes et les tint fermement (même s'il n'y avait quasiment pas de vent.) L'élastique ne servait plus à rien. Il pendouillait autour des deux dernières. Ginny se saisit de la douzième enveloppe et mit l'élastique autour de son poignet.

Le dessin sur le dessus de l'enveloppe l'avait toujours intriguée. Il ressemblait à une sorte de dragon violet de dos. À présent, elle comprenait ce qu'il était censé représenter. C'était une île. Certes, un drôle de dessin pour une île, indistinct et d'une couleur vraiment incongrue. Mais c'était tout de même une île.

Elle l'ouvrit.

✉.12

Ginny,
Harrods est le genre de magasin qu'on ne trouve qu'en Angleterre. C'est un vieil immeuble magnifique. Traditionnel. Il est organisé très bizarrement, et c'est plus ou moins impossible d'y trouver quoi que ce soit. Mais si tu cherches bien, tu peux tout y trouver.

Y compris Richard Murphy.

Tu vois, Gin, quand je suis arrivée à Londres, j'étais encore en pleine montée d'adrénaline. Mais après quelques jours, je me suis rendu compte que je n'avais pas de maison, pas de travail et que j'étais fauchée, ce qui n'est pas une combinaison des plus heureuses.

Tu me connais… Quand j'ai le moral à zéro, j'aime essayer des choses magnifiques et extrêmement chères. Alors je suis allée chez Harrods. J'ai passé la journée à me faire maquiller au département beauté, à essayer des robes qui coûtaient des milliers de livres et du parfum. Après environ huit heures occupées ainsi, j'ai soudain réalisé que j'étais une adulte en train d'errer sans but, comme une petite fille, dans un grand magasin. Une petite fille qui s'était enfuie de chez elle sur un coup de tête. J'avais fait quelque chose de potentiellement désastreux.

À ce moment-là, j'étais dans le département alimentation. J'ai vu un homme grand en train de remplir un panier avec environ cinquante pots de miel africain extrêmement coûteux. Je me suis demandé : «*Qui donc fait ce genre de choses ?*» Alors je lui ai posé la question. Il m'a dit qu'il préparait les paniers pour les vacances de Sting. J'ai fait une blague complètement nulle sur les abeilles et les piqûres[1]... et je me suis mise à pleurer. En pensant à ma vie stupide, à ma situation et au miel africain de Sting.

Inutile de dire qu'il était complètement ahuri. Mais il réagit bien, me fit asseoir et me demanda ce qui n'allait pas. Je lui expliquai que j'étais une Américaine idiote, perdue et sans abri. Il s'avéra qu'il possédait une chambre libre qu'il s'apprêtait à mettre en location. Il me proposa un deal : je pouvais y vivre gratuitement jusqu'à ce que j'aie un peu d'argent.

Comme tu n'es pas idiote, tu dois avoir compris que ce type était Richard. J'ai emménagé chez lui le jour même.

Je suis sûre de savoir ce que tu penses à ce moment précis. Tu penses : «*Bon, tante Peg. N'importe quel type tirerait profit d'une crétine qui joue la demoiselle en détresse.*» Et tu as raison. C'est vrai que je prenais un risque. Mais dès que je l'ai rencontré,

---

1. En anglais *to sting* signifie « piquer » (NDLT)

j'ai eu confiance en lui. Il n'a rien à voir avec les imbéciles heureux avec qui je traîne d'habitude. Richard est raisonnable. Il aime avoir une vie et un boulot stables. Il ne comprend pas pourquoi tous les murs ne sont pas peints en blanc. C'est quelqu'un sur qui on peut compter. D'ailleurs, il ne m'a jamais réclamé le moindre sou.

Il ne me fallut pas longtemps pour craquer pour lui. Et même s'il tentait d'être subtil, je savais qu'il m'aimait bien, lui aussi. Et puis, quelque temps plus tard, je me suis rendu compte que j'étais amoureuse de lui.

Nous avons vécu ainsi pendant quelques mois. Nous n'avons rien tenté. C'était toujours là, à la surface, sensible à la façon dont nous nous passions la télécommande, ou nous demandions «Le téléphone n'est pas en train de sonner?». Je lui racontai que j'avais toujours rêvé d'avoir un studio dans un grenier en Europe, et tu sais ce qu'il a fait? Il a réussi à dégoter une vieille pièce de stockage à l'un des derniers étages de Harrods. Il m'y a emmenée tous les jours pour que je puisse peindre et je laissais mon travail là-bas.

Et puis, un soir, il a commis l'irréparable: il m'a dit ce qu'il ressentait pour moi.

Certaines personnes – des gens sympas, sains, normaux – auraient été ravies d'apprendre que le type génial dont elles étaient amoureuses les aimait, lui aussi. Mais comme je ne suis pas une de ces personnes, j'ai mal réagi.

Un jour, pendant qu'il était au travail, j'ai fait

mes bagages et je suis partie. J'ai voyagé des mois dans les mêmes endroits que toi. Mais quand j'ai découvert que quelque chose n'allait pas chez moi, c'est vers Richard que je me suis tournée. C'est lui qui a pris soin de moi. C'est lui qui m'apporte des canettes de Coca et de la glace pendant que je t'écris ces lettres. Il s'assure que je prends mes médicaments en temps voulu, parce qu'il m'arrive de m'emmêler un peu les pinceaux.

Il ne reste qu'une enveloppe, Gin. Il y a une tâche très importante dans cette dernière enveloppe, la plus difficile de toutes. C'est si important que je te laisse choisir le moment pour l'ouvrir.

Je t'embrasse,

Ta tante en cavale.

P.-S. : N'accepte pas les propositions d'hommes bizarres te demandant d'aller vivre chez eux. Ce n'est pas la morale de l'histoire. Et ta mère ne me le pardonnerait jamais.

Le scooter rouge

Tandis que Carrie lisait avec intérêt la douzième lettre, Ginny tenait la treizième enveloppe
à la lumière du soleil grec. (Était-il grec ? Italien ?
Appartenait-il à quelqu'un ?) Elle ne voyait pas
grand-chose à travers. Elle n'était pas beaucoup
plus grosse que les autres. Il devait y avoir deux
pages. Et le dessin était à peine un dessin. C'était
juste le nombre 13, inscrit de façon à ressembler
aux nombres immenses des machines à écrire.

– Alors ? demanda Carrie en repliant la lettre. Tu
vas l'ouvrir maintenant ? Elle dit que tu as le droit.

Ginny s'assit et s'appuya contre le canot de
sauvetage, se cognant contre une rame.

– Et c'est évident que tu veux l'ouvrir maintenant, pas vrai ? Pas vrai ?

Ginny fouilla dans le sac à provisions. La seule
chose qu'elle put trouver qui lui faisait envie était
l'un des petits fromages. Elle décolla la cire rouge
et, quand enfin elle mordit dedans, il avait un
goût de bougie. Elle n'avait plus faim. Elle le mit
de côté. Les garçons le mangeraient.

– Vous mangez vraiment des oignons frits en Australie ? demanda-t-elle.

Carrie s'assit à côté d'elle et repoussa le sac à provisions.

– Oh, allez ! Ouvre-la !

– Je ne comprends pas. Au début, tout faisait sens. Et puis tout s'est embrouillé. Le type que je devais rencontrer à Amsterdam n'était même pas là. Et puis elle m'a envoyée au Danemark sans aucune raison particulière.

– Il devait bien y en avoir une.

– Je ne sais pas. Ma tante était un peu folle, parfois. Elle aimait voir ce qu'elle pouvait amener les gens à faire.

– Au moins, tu pourrais trouver bien des réponses en ouvrant la dernière enveloppe et en lisant la lettre.

– Je sais.

Il devait y avoir quelque chose d'important dans cette dernière lettre. Quelque chose qu'elle ne voulait pas savoir. Elle le sentait à travers le papier.

– Je l'ouvrirai quand on sera arrivé, dit-elle en repoussant lentement Carrie de ses genoux. Promis.

Le corps de Ginny s'était ajusté aux mouvements du bateau si bien que, lorsqu'il s'arrêta quelques heures plus tard, elle eut un peu de mal à marcher. Elle tanguait un peu et rentra dans Bennett. Ils se joignirent à la longue file de passagers ahuris et fatigués, et mirent pied à terre à l'aube.

Le port consistait en une petite grappe de bâtiments en béton. Une nouvelle fois, n'ayant aucune idée de l'endroit où ils se trouvaient, ils prirent un taxi qui attendait devant la gare maritime. Emmett parla quelques instants avec le chauffeur puis leur fit signe.

– Où on va? demanda Carrie.

– Aucune idée. Je lui ai dit qu'on voulait aller sur une plage et qu'on ne pouvait pas payer plus de trois euros chacun.

D'abord, le paysage fut sec et broussailleux, avec des rochers et de petites plantes qui luttaient dans la chaleur intense et un lit de gravier. Puis la voiture tourna, et ils se retrouvèrent sur une route dominant une grande plage. Devant eux se trouvait une petite ville en train de s'éveiller. On installait des tables devant les cafés. Ginny voyait des bateaux de pêche à l'horizon.

Le chauffeur les déposa au bord de la route et leur désigna des marches taillées dans la falaise, qui menaient sur la plage. Le sable était blanc, la plage déserte. Ils descendirent les larges marches en s'accrochant au mur de pierre. À peine arrivés, les garçons s'effondrèrent sur le sable et s'installèrent pour dormir. Carrie leva un sourcil en direction de Ginny.

– Je l'ouvrirai dans quelques minutes. Je veux faire un petit tour d'abord.

Elles déposèrent leurs sacs, escaladèrent un gros rocher et se retrouvèrent dans une petite grotte. Carrie arracha sa chemise.

– Je vais me baigner, dit-elle en commençant déjà à dégrafer son soutien-gorge.

– Toute nue ?

– Allez ! On est en Grèce. Il n'y a personne. Les garçons dorment.

Sans attendre sa réponse, elle ôta le reste de ses vêtements sans une hésitation et s'approcha de l'eau. Ginny réfléchit quelques instants. Elle avait sérieusement besoin de se raser. Mais elle se sentait ridicule, et l'eau avait l'air incroyable. D'ailleurs, ses sous-vêtements ressemblaient à un maillot de bain. Elle allait juste garder ça. Elle posa ses vêtements et courut à l'eau.

Elle était chaude comme celle d'un bain. Elle plongea et regarda ses tresses flotter au-dessus d'elle, comme des antennes. Puis elle s'assit par terre, laissant les vagues la recouvrir. Carrie avait visiblement été enfermée trop longtemps et nageait dans les vagues. Son plaisir à être toute nue faisait penser à celui d'un nourrisson.

Après s'être fait lécher un long moment par les vagues, Ginny se releva de la petite tranchée dans laquelle elle s'enfonçait et retourna au rocher. Carrie la suivit et se laissa tomber dans le sable.

– J'ai l'impression d'être à l'aube des temps.

– Et s'ils se réveillent ?

– Quoi ? Eux ? Ils n'ont pas dormi pendant deux jours, et ils ont bu de la bière hier soir. Rien ne pourrait les réveiller.

Il n'y avait rien à ajouter. La matinée était tellement belle qu'elles pouvaient se taire et profiter du soleil. Et quand elle serait prête, elle ouvrirait la dernière lettre.

Sur la route, Ginny aperçut deux voyageurs sur un scooter. Carrie releva les yeux et les regarda partir.

– Les amis qui sont venus ici l'année dernière avaient loué des scooters. Il paraît que c'est le meilleur moyen pour visiter les îles. On devrait s'en procurer un.

Ginny hocha la tête. Elle aimait l'idée d'avoir un scooter.

– J'ai faim, dit Carrie. Je vais aller chercher à manger dans mon sac. Je reviens tout de suite.

– Tu vas t'habiller ?

– Non.

Quelques minutes plus tard, Ginny entendit la voix de Carrie de l'autre côté du rocher. Quelque chose ne tournait pas rond.

– Où vous l'avez mis ? C'est pas drôle !

Ces paroles attirèrent l'attention de Ginny. Alors qu'elle descendait du rocher, elle vit Carrie, toujours nue (même si elle se cachait derrière une serviette), en train de tourner autour des garçons, l'air hystérique. Ginny se laissa glisser à terre et s'habilla rapidement, puis prit les vêtements de Carrie.

Elle croyait que c'était une blague mais, quand elle vit l'expression de leur visage, elle comprit que ce n'était pas le cas. Des larmes coulaient sur le visage de Carrie, et les garçons avaient l'air mal réveillés, mais sérieux.

Ginny remarqua qu'il n'y avait que trois sacs par terre : ceux sur lesquels ils avaient posé la tête pour dormir. Ceux de Carrie et Ginny n'étaient plus là.

– Oh mon Dieu, dit Carrie, en continuant de marcher comme une hystérique. Non. Non. Vous êtes en train de me faire marcher.

– On va les chercher, dit Bennett.

Quand Ginny comprit, elle se retint de rire.

Les types sur le scooter. Les voyageurs. C'était des voleurs. Ils les avaient probablement épiés depuis la route, puis ils étaient descendus pour voler leurs sacs. Et elles les avaient regardés partir.

Tout avait disparu. Tous leurs vêtements trempés. Et toutes les enveloppes. Y compris la dernière qu'elle n'avait pas ouverte. L'explication qu'elle attendait avait disparu derrière une colline grecque, sur un scooter rouge.

Ginny enfouit ses orteils dans le sable.

– Je retourne nager, dit-elle.

Elle plongea la main dans sa poche et sortit ses deux seules possessions, son passeport et sa carte bancaire. Elle les avait mis là par sécurité dans le train. Elle les tendit à Emmett et se dirigea vers la mer.

Cette fois, elle garda tous ses vêtements pour pénétrer dans les vagues. Elle sentit sa chemise et son short se gonfler alors qu'elle avançait dans l'eau, puis se coller contre son corps. Le gris et le violet pâles de l'aube laissaient la place à un ciel bleu vif qui s'accordait avec la couleur de la mer. En fait, elle ne pouvait que deviner où se trouvait l'horizon. Elle était dans l'eau, l'eau était dans le ciel, comme si elle se trouvait au début et à la fin de tout.

Nigel la rejoignit après quelques minutes.

– Ça va? demanda-t-il, l'air inquiet.

Elle se mit à rire.

L'unique distributeur de Corfou

Il fallut une heure pour que Carrie se calme et cesse d'arpenter la plage comme une folle. Puis ils remontèrent (beaucoup moins chargés) les marches creusées dans la pierre pour retrouver la route. Ils se mirent à marcher dans ce qu'ils croyaient être la direction de la ville. Il n'y avait aucune indication, si ce n'est qu'il semblait y avoir plus d'hibiscus par là, et Emmett croyait avoir vu une cabine téléphonique un peu plus loin. En fait c'était un rocher, mais Ginny comprenait qu'il ait pu faire cette erreur. Il avait une forme carrée.

Le soleil était monté dans le ciel avec une rapidité surprenante. La chaleur, combinée à la fatigue et aux pleurs sporadiques de Carrie, ralentit la marche et la rendit pénible. Après quelques instants, ils discernèrent de grands hôtels modernes au loin, des églises et des maisons blanches sur un promontoire au-dessus de la mer. Après avoir parcouru un peu plus d'un kilomètre, ils se retrouvèrent entourés d'immeubles. Ce n'était pas la ville de Corfou mais un petit village avec quelques petits hôtels et des restaurants.

Tout était blanc. D'un blanc éclatant et aveuglant. Tous les bâtiments. Tous les murs. Même les pavés avaient été peints en blanc. Seuls les portes et les volets étaient peints en rouge, jaune ou bleu. Ils descendirent un petit sentier ombragé par de petits arbres qui semblaient avoir été tordus comme des tire-bouchons. Ils portaient de petits fruits verts dont certains étaient tombés sur les pavés. Nigel fit joyeusement remarquer que c'était des oliviers, et Carrie, beaucoup moins joyeuse, lui dit de la fermer.

Ginny ramassa une olive par terre. Elle n'avait jamais vu d'olives comme ça : on aurait dit un citron vert miniature, dur, avec de la peau. Ça ne ressemblait en rien aux petites choses qu'on mettait dans les verres de Martini.

Rien n'était ce qu'il aurait dû être.

Il y avait une petite taverne endormie avec quelques tables à l'extérieur. Ils s'assirent avec gratitude, et leur petite table ronde fut rapidement remplie de tourte aux épinards, de yaourt et de miel, de tasses de café. Il y avait du jus d'orange frais, tiède, avec de la pulpe. Ginny posa son passeport et sa carte à côté de son assiette. Bizarre. Ils ne prenaient quasiment pas de place et, pourtant, elle pouvait voyager dans toute l'Europe avec eux. C'est tout ce dont elle avait vraiment besoin.

À leur vue, Carrie se remit à pleurer, rappelant à tout le monde qu'elle n'avait plus rien. Sans passeport, elle ne pouvait aller nulle part. Elle ne pouvait pas prendre l'avion. Ni un ferry. Et ses bras n'étaient pas assez puissants pour qu'elle retourne sur le continent grec à la nage, ou même en Australie.

Ginny remit précipitamment ses affaires dans sa poche détrempée et se concentra sur le miel qu'elle versait dans son yaourt. Elle se sentait mal par rapport à Carrie, mais la situation ne lui semblait pas réelle. Elle se sentait légèrement lobotomisée (si c'était possible). En tout cas, c'était une sensation agréable. Elle écouta les autres spéculer sur la façon dont ils allaient faire sortir Carrie de Grèce et la ramener de l'autre côté du globe. Ils étaient d'accord pour dire qu'ils devaient trouver l'ambassade australienne, bien qu'ils n'aient aucune idée de l'endroit où elle se trouvait. Probablement à Athènes.

Ginny regardait au loin et vit un fil à linge auquel étaient suspendues de petites pieuvres qui séchaient au soleil. Cela lui fit penser à la machine à laver de Richard avec son drôle de clavier alphabétique. Quel programme fallait-il utiliser pour laver une pieuvre ?

P, sans doute.

— Et toi, Gin ? demanda Bennett, interrompant sa méditation sur la lessive des créatures de la mer. Qu'est-ce que tu veux faire ?

Elle releva les yeux.

— Je ne sais pas. Je crois qu'il faut que je retire de l'argent.

Il leur fallut un bon moment pour trouver un distributeur au milieu des boutiques de souvenirs et des églises. Le seul qu'elle dénicha se trouvait dans un bazar pas plus grand qu'un vestibule qui vendait de tout, des boîtes de pois chiches aux maillots de bain à l'odeur de caoutchouc. Le distributeur se trouvait à l'arrière du magasin, sous des caméras de surveillance poussiéreuses. C'était un peu lugubre, mais il n'y avait pas d'autre endroit où retirer de l'argent.

Elle demanda cinq cents euros. Elle ne comprit rien au message en grec qui apparut sur l'écran, mais le bruit de Klaxon qui l'accompagnait semblait dire qu'elle ne devait pas y compter. Elle essaya quatre cents euros. Nouveau coup de Klaxon. Et encore un pour trois cents et deux cents euros. Cent quatre-vingt-dix ? Non. 180, 175, 160, 150, 145, 130, 110, 90, 75, 50…

Le distributeur cracha finalement quarante euros, puis lui rendit sa carte avec mépris.

Il ne lui restait qu'une chose à faire.

La carte de téléphone à cinq euros ne lui permettait pas de parler longtemps, et l'opératrice de chez Harrods ne semblait pas comprendre sa précipitation. La voix électronique n'arrêtait pas d'interrompre la musique d'attente pour lui dire (à ce qu'elle imaginait) que les minutes s'écoulaient.

– Ginny ? Où es-tu ?

– À Corfou. En Grèce.

– En Grèce ?

– Oui. J'ai un problème. Mon compte est à sec et je suis coincée ici. Et cette carte téléphonique sera bientôt épuisée. Je ne peux pas revenir.

– Attends une seconde.

De la musique classique se fit entendre. Une voix lui gazouilla quelque chose en grec. Elle dut encore en deviner le sens. Elle était persuadée que ce n'était pas juste pour lui souhaiter la bienvenue en Grèce et un bon séjour. Ce que confirma une série de petits bips. Elle fut soulagée quand Richard revint en ligne.

– Tu peux aller à l'aéroport de Corfou ?

– Je pense que oui.

Puis elle se rendit compte qu'elle n'avait pas le choix. Soit elle allait à l'aéroport, soit elle passait le reste de ses jours à Corfou.

– Bon. Je vais aller à l'agence de voyage de Harrods et te ramener à Londres. Ça va aller, d'accord ? Je m'en occupe.

– Je te rembourserai, ou alors mes parents…

– Va à l'aéroport. On verra tout ça plus tard. Tu vas rentrer à la maison.

Quand Ginny raccrocha, elle vit Carrie entourée de tous ses amis sur un banc, de l'autre côté de la rue. Elle avait l'air plus calme. Ginny traversa la rue et s'assit à côté d'eux.

– Il faut que j'aille à l'aéroport. Richard – l'ami de ma tante – va m'acheter un billet de retour.

– Tu t'en vas, Bretz? demanda Carrie. Tu retournes à Londres?

Il y eut beaucoup d'embrassades et d'échanges d'adresse électronique. Puis Emmett arrêta une petite Fiat déglinguée qu'il avait prise, à juste titre, pour un taxi. Juste avant qu'il ne démarre, Carrie s'approcha de la fenêtre. Elle pleurait à nouveau.

– Hé, Bretz, dit-elle en se penchant vers Ginny. Ne t'inquiète pas. Tu découvriras de quoi il s'agissait.

Ginny sourit.

– Ça va aller, toi? demanda-t-elle.

– Oui, dit Carrie en hochant la tête. On va sans doute rester ici quelque temps. De toute façon je ne peux aller nulle part. Et il doit y avoir pire que ça, comme endroit.

Après qu'ils se furent serré la main une dernière fois, le taxi démarra et Ginny se retrouva en route pour l'aéroport de Corfou.

L'hôtesse de l'air très polie de British Airways ne cilla pas quand Ginny monta à bord de son avion propre et net. Comme si elle accueillait tous les jours des vagabonds échevelés, puants et stupides. Et son expression ne changea pas non plus lorsque, plus tard, Ginny accepta tout ce qu'elle lui proposait. Oui, elle voulait bien de l'eau. Elle prendrait volontiers un soda, et un sandwich, et une tasse de thé. Des cookies, des serviettes parfumées, des biscuits salés… tout ce qu'elle avait dans son petit chariot argenté. Deux, si possible.

Il faisait nuit lorsque l'avion atterrit à Heathrow. Cette fois, après qu'elle eut arpenté des milliers de kilomètres de couloir, quelqu'un l'attendait. Richard l'embrassa comme s'il se moquait de sa crasse.

— Mon Dieu, dit-il en reculant pour mieux la regarder. Qu'est-ce qui t'est arrivé? Où sont tes affaires?

— On m'a tout volé.

— Tout?

Elle fouilla dans sa poche et sortit ses deux dernières possessions: le passeport et la carte de crédit désormais inutile.

— Bon, ne t'inquiète pas. Le principal c'est que tu ailles bien. On pourra t'acheter de nouveaux vêtements. Et les lettres?

— Ils ont pris les lettres aussi.

— Oh… Je suis désolé.

Il mit les mains dans ses poches et hocha lentement la tête.

— Allez, on rentre.

Le train était bondé, malgré l'heure tardive. Richard et Ginny étaient collés l'un contre l'autre. Ginny lui expliqua où elle était allée après Rome. Maintenant qu'elle mettait les événements bout à bout, elle se rendait compte de tout ce qu'elle avait fait en si peu de temps, en à peine un mois. Elle avait vu Keith à Paris. Elle s'était retrouvée coincée à Amsterdam avec les Knapp. Elle était allée dans le nord du Danemark, dans la maison de Knud.

– Je peux te demander quelque chose?
demanda Richard alors que Ginny terminait son
histoire.

– Bien sûr.

– Tu ne dois rien me dire, tu sais, de privé,
mais… Est-ce que Peg t'a dit quelque chose?

Ce n'était pas assez précis pour que Ginny
puisse répondre, et il parut s'en rendre compte.

– Je sais que nous n'avons pas beaucoup parlé
quand tu étais là il y a quelques semaines, continua-t-il. Mais il y a une chose que tu dois savoir.
Au cas où tu ne serais pas au courant. Tu es au
courant?

– Au courant?

– On dirait que non. J'ai essayé de trouver le
bon moment pour te raconter ça, mais je n'ai pas
réussi. Alors ça ne te dérange pas si c'est maintenant?

Ginny regarda autour d'elle dans le train.

– Non, mentit-elle.

– J'imagine qu'elle te l'a expliqué à la fin, dans
la lettre que tu n'as pas lue. Ta tante et moi étions
mariés. Elle avait besoin de soins médicaux. Ce
n'était pas la seule raison, bien sûr. C'est juste
arrivé plus vite que prévu. Elle m'a dit de ne rien
te dire avant que tu n'aies lu tout ce qu'elle t'avait
écrit.

– Mariés? Ça signifie que tu es mon oncle?

– Oui, c'est exactement ce que ça signifie.

Il regarda autour de lui nerveusement. Ginny
gardait le regard fixé droit devant elle.

À ce moment précis, elle détestait tante Peg. Elle la détestait totalement et profondément. Ce n'était pas sa faute si les enveloppes avaient été volées, mais c'était sa faute si elle était là, si Richard avait été forcé de la sauver et de lui expliquer ces choses avec lesquelles il se sentait visiblement mal à l'aise. Elle préférait quand tout était encore un mystère, quand tante Peg avait juste disparu dans le vaste monde. Elle n'était pas mariée. Elle n'avait pas de tumeur au cerveau. Elle s'apprêtait à rentrer à la maison.

À l'instant où ils arrivèrent à la station Angel, tante Peg était partie. Bel et bien partie.

— Je dois y aller, dit-elle en sortant du wagon. Merci pour tout.

La nièce en cavale

L'avantage, quand on s'est fait voler tous ses bagages, c'est que voyager devient très facile.

Elle marchait en suivant l'itinéraire du bus le long d'Essex Road. Les gens étaient habillés pour sortir ou bien rentraient du travail. Dans tous les cas, comme dirait Richard, ils étaient élégants. Ou, comme elle le dirait, ils étaient propres. Ils ne sentaient pas l'odeur fétide du train ou de vêtements trempés et avaient probablement pris un bain dans les dernières quarante-huit heures.

Mais ça lui était égal. Elle marchait sans arrêt, son visage figé dans une expression de détermination grimaçante. Il lui fallut une demi-heure avant de réaliser qu'elle était passée de rues animées aux boutiques vivement éclairées, aux pubs et aux restaurants à des rues plus étroites remplies de magasins d'alcool et d'officines de paris.

L'itinéraire s'était imprimé dans son esprit. Elle tourna dans la rue où toutes les maisons se ressemblaient : façades sans ornement, briques gris terne, fenêtres bordées de blanc. Au milieu de la rue, elle vit la porte rouge avec la fenêtre jaune en forme de diamant. Les rideaux noirs à l'étage étaient remontés de travers, et les lumières étaient allumées. En s'approchant, elle entendit de la musique.

En tout cas, il y avait quelqu'un à la maison. Ça ne pouvait pas être Keith. Il était en Écosse. Elle était venue ici car c'était le seul autre endroit qu'elle connaissait à Londres à part Harrods, et elle ne pouvait évidemment pas aller là-bas.

Peut-être que David la laisserait entrer.

Elle frappa. Des bruits de pas se firent entendre dans l'escalier, puis dans le couloir.

Fiona ouvrit la porte. Elle était encore plus blonde et plus petite que la dernière fois, comme si elle s'était fait décolorer et qu'elle avait rétréci au lavage.

– Keith est là ? demanda Ginny, craignant déjà le non qu'elle était sûre d'entendre.

– Keith ! hurla Fiona avant de laisser la porte se refermer doucement et de remonter à l'étage, faisant claquer ses talons. Il arriva à la porte, sa brosse à dents pleine de dentifrice dans la bouche. Il la retira, avala, et essuya la pâte mentholée du dos de la main. Même s'il disparut aussitôt, elle était sûre d'avoir vu un petit sourire quand il retira sa main. Il s'effaça dès qu'il vit dans quel état elle était : les vêtements froissés, sale, les mains vides.

– Tu n'es pas en Écosse, dit-elle.

– La fac a tout foutu en l'air. Quand on est arrivé là-bas, on a découvert qu'on n'avait nulle part où dormir et que la moitié des représentations avaient été annulées. On dirait que tu as besoin de t'asseoir.

Il recula et la laissa entrer.

On aurait dit qu'une tornade avait traversé la chambre de Keith. Les caisses et les planches qui faisaient office de mobilier avaient laissé la place à des boîtes pleines de papiers, de scénarios, de piles de livres avec des titres du genre *Le Théâtre de la souffrance*. Keith se coinça la brosse à dents derrière l'oreille et entreprit de faire de la place sur le canapé en rassemblant des papiers.

— Tu reviens juste d'Amsterdam ou tu es allée encore ailleurs ?

— Je suis allée au Danemark.

Tout cela lui semblait si lointain, mais finalement ça ne remontait qu'à deux ou trois jours. Elle n'aurait su le dire.

— C'était comment ? Pourri ? Et où tu as eu ce bronzage ?

— Oh...

Elle regarda ses bras. Ils avaient effectivement bronzé.

— Je suis allée en Grèce.

— Ah, pourquoi pas ? C'est juste à côté, pas vrai ?

Elle se laissa tomber sur le canapé. Il n'était rembourré que de mousse et tellement usé qu'elle s'enfonça presque jusqu'au sol.

— Qu'est-ce qui t'est arrivé ? dit-il en enlevant quelques livres pour se faire de la place par terre.

On dirait que tu viens d'échapper à une tragédie internationale.

— Quelqu'un a volé mon sac sur la plage. C'est tout ce qu'il me reste.

Toute l'énergie qui l'avait entraînée dans les airs, sur terre et sur mer ces derniers jours était épuisée. Maintenant elle se sentait vide, fatiguée, et ne savait plus où aller. Rien pour lui dire où aller, et rien pour la retenir.

— Je peux rester ici un petit moment ? demanda-t-elle. Je peux dormir ici ?

— Ouais, bien sûr, dit-il, le visage inquiet. Tu vas bien ?

— Je vais dormir par terre…

— Non, reste là.

Ginny s'allongea et tira sur la couverture Star Wars de Keith pour se couvrir. Elle ferma les yeux et l'écouta ranger des papiers. Elle sentait qu'il la regardait.

— Les lettres ont disparu.

— Disparu ?

— Elles étaient dans le sac. Ils ont pris la dernière.

Il fronça les sourcils. Ginny tira la couverture sur son nez. Elle sentait étonnamment bon. Peut-être que tout sentait bon comparé à elle.

— Quand es-tu rentrée ? Et comment ?

— À l'instant. Richard m'a acheté un billet d'avion.

— Richard ? C'est l'ami de ta tante chez qui tu as séjourné ?

– Un peu plus que ça.

– C'est-à-dire ?

Elle s'enfonça un peu plus dans le canapé.

– C'est mon oncle.

– Tu ne me l'avais pas dit.

– Je n'en savais rien.

Keith s'assit par terre à côté d'elle et la regarda.

– Tu ne le savais pas ?

– Je viens de le découvrir. Ils se sont mariés, à cause de l'assurance maladie, je crois, parce qu'elle était malade. Mais ils s'aimaient. C'est compliqué…

– Tu viens de le découvrir ? Tout de suite ?

– Richard vient de me le dire. Et je me suis enfuie.

Elle essaya d'enfouir ces derniers mots dans le tissu, mais il les entendit.

– Mais qu'est-ce qui ne va pas chez toi ?

C'était une bonne question.

– Non, dit-il en tirant sur la couverture. Tu dois y retourner.

– Pourquoi ?

– Écoute, ce Richard se soucie assez de toi pour t'acheter un billet d'avion. Il a épousé ta cinglée de tante parce qu'elle était malade. Ce n'est pas rien. Toute cette histoire est bizarre, d'accord, mais ça au moins c'est du tangible.

– Tu ne comprends pas, dit-elle en se relevant. Avant, elle n'était pas morte. Elle était juste partie. Je savais qu'elle était morte. Ils me l'avaient dit. Mais je ne l'ai pas vue tomber malade. Je ne l'ai pas vue mourir. Maintenant elle est morte.

Voilà, elle l'avait fait. Elle l'avait dit. Sa voix commençait à se briser. Elle plongea ses doigts sous la couverture. Keith soupira et s'approcha d'elle.

– Oh...

Ginny serra la couverture entre ses doigts.

– Bon, dit-il. Tu peux dormir ici, mais demain matin je te reconduis chez Richard, d'accord ?

– Oui.

Elle se retourna contre le canapé et sentit la main de Keith lui caresser doucement les cheveux lorsqu'elle éclata en sanglots.

Les pantoufles vertes
et la dame sur le trapèze

Le double des clés de la maison de Richard l'attendait toujours dans la fissure des marches. Sur la table se trouvait un petit mot : « Ginny, si tu lis ces mots, c'est que tu es revenue, et j'en suis heureux. S'il te plaît, attends-moi pour qu'on puisse parler. »

— Tu vois, dit Keith en repérant une miette de céréale sur la table et en l'avalant. Il savait que tu reviendrais.

Il sortit de la cuisine et visita le reste de la maison, s'arrêtant au seuil de la chambre de Ginny.

— C'est la… la… c'était la chambre de ma tante. Je sais que c'est un peu…

— C'est ta tante qui a peint tout ça ? dit-il en passant la main sur les dessins.

Il s'agenouilla pour regarder le patchwork sur le lit.

— C'est vraiment incroyable.

— Ouais… elle était comme ça.

— C'est un peu comme chez Mari.

Il fit le tour de la salle, observant tous les détails. Il s'approcha du poster de Manet.

– C'est son tableau préféré ?

– Elle l'adorait. Elle en avait une reproduction dans son appartement à New York.

Elle avait observé cette peinture tellement de fois… mais, comme Piet, elle n'avait jamais rien remarqué de particulier. Tante Peg lui avait expliqué, mais elle n'avait jamais vraiment saisi. L'expression vide de la fille au milieu de toute cette activité, de toutes ces couleurs… tout cela lui semblait avoir du sens, à présent. C'était beaucoup plus tragique. Toute cette activité en face d'elle, et la fille ne la voyait même pas, n'en profitait pas.

– Quand tu le regardes, dit-elle, tu te tiens à la place de l'artiste. Ce que tante Peg aimait, surtout, c'était que personne ne remarquait jamais les pantoufles vertes dans le coin. Tu vois ? Juste là.

Ginny monta sur le lit et tapota le coin en haut à gauche, où les petites pantoufles se faisaient une place dans le tableau. En touchant le poster, elle sentit une petite bosse dans le coin, juste à l'endroit des pantoufles. Elle passa ses doigts sur la surface. Tout était lisse à part cet endroit. Elle détacha le coin. Le poster était fixé au mur avec de la Patafix bleue qui se détacha aisément. Sous le coin, il y en avait un plus gros tas.

– Qu'est-ce que tu fais ? demanda Keith.

– Il y a quelque chose là-dessous.

Elle enleva tout le coin du poster. Ils regardèrent tous les deux la boule sur laquelle était collée une petite clé.

Ils avaient posé la clé entre eux sur la table de la cuisine. Ils avaient essayé toutes les serrures de la maison. Puis ils avaient fouillé toute la chambre de Ginny. Rien.

Alors il n'y avait rien d'autre à faire que de boire du thé et de la regarder fixement.

— J'aurais dû penser à regarder là-dessous, dit Ginny en posant le menton sur la table, d'où elle avait une vue imprenable sur les miettes.

— Il y avait des instructions dans les lettres te disant d'ouvrir quelque chose ?

— Non.

— Est-ce qu'elle t'a donné autre chose, à part les lettres ?

— Juste la carte bancaire.

Elle la sortit de sa poche et la posa sur la table.

— Elle ne sert plus à rien. Il ne reste pas un centime sur le compte.

Keith prit la carte et la fit sauter au bord de la table.

— D'accord, dit-il. Et maintenant ?

Ginny réfléchit.

— Je crois que je devrais prendre un bain.

Là, Richard avait anticipé. Il avait posé des vêtements à lui à côté de la porte, un pantalon de jogging et un maillot de rugby. Elle se savonna presque jusqu'au sang. C'était un luxe dont elle n'avait pas profité depuis longtemps : de l'eau très chaude, des serviettes, le temps de se laver.

Quand elle sortit de la salle de bains, Keith regardait le petit hublot de la machine à laver.

– J'ai mis tes vêtements à laver. Ils étaient dégoûtants.

Ginny avait toujours cru que le seul moyen de laver des vêtements consistait à les plonger dans de l'eau bouillante et à les fouetter violemment dans un mouvement centrifuge qui faisait vibrer la machine et trembler le sol. On les frappait. On les faisait souffrir. Cette machine n'utilisait qu'un demi-verre d'eau et était à peu près aussi violente qu'un grille-pain, sans compter qu'elle s'arrêtait à chaque minute, comme épuisée par l'effort qu'elle devait fournir pour tourner.

Splash, splash, splash, splash. Repos, repos, repos.

Clic.

Splash, splash, splash, splash. Repos, repos, repos.

– Qui a eu l'idée de mettre une fenêtre sur une machine à laver ? Est-ce que des gens s'assoient pour regarder la lessive ?

– Tu veux dire à part nous ?

– Euh, oui. Il y a du café ?

Ginny se leva, trébucha sur son pantalon de jogging et prit une boîte de café soluble Harrods dans le placard. Elle la posa devant Keith.

– Harrods, dit-il en soulevant la boîte.

Il y eut un déclic presque audible dans l'esprit de Ginny.

– Harrods, répéta-t-elle.

– Oui, Harrods.

– Non. La clé. C'est pour Harrods.

– Harrods ? Tu es en train de me dire que ta tante possédait la clé magique de Harrods ?

– Peut-être. Son atelier était là-bas.

– À l'intérieur du magasin ?

– Oui.

– Et sa chambre, elle était où ? Au Parlement ? Au sommet de Big Ben ?

– Richard travaille chez Harrods. Il lui avait trouvé un endroit où travailler. Elle gardait tout dans un casier là-bas. Qui pourrait avoir une petite clé, comme celle-ci.

Keith secoua la tête.

– Pourquoi est-ce que ça me surprend ? Bon, allez, on y va.

La clé magique de Harrods

Ginny avait éteint la fonction «Qu'est-ce que je porte?» plusieurs heures plus tôt, question de survie. Ce ne fut qu'une fois arrivée chez Harrods, lorsqu'elle aperçut son reflet dans une vitre, qu'elle se rappela soudain comment elle était habillée et qu'elle était accompagnée de quelqu'un portant un T-shirt où était écrit: «CES PORCS DE CAPITALISTES M'ONT BOUFFÉ LES COUILLES».

Keith avait l'air aussi perdu qu'elle lorsqu'il jeta un œil par la porte qu'un portier leur ouvrait.

– Putain, dit-il, la mâchoire tombante devant la foule qui remplissait chaque mètre carré du magasin. Je ne rentre pas là-dedans.

Ginny lui attrapa le bras et le tira à l'intérieur, le conduisant jusqu'au rayon des chocolats, maintenant familier. L'expression du visage de la vendeuse laissait clairement entendre qu'elle n'était impressionnée par aucune de leurs deux tenues. Mais aussi qu'elle était une professionnelle qui avait vu des tas de cinglés passer les portes du magasin.

– Un instant, dit-elle. Murphy, c'est ça?

– Comment est-ce qu'elle a su? demanda Keith tandis qu'elle se dirigeait vers le téléphone. Comment fais-tu pour avoir tous ces contacts au sein de Harrods? Qui es-tu?

Ginny se rendit compte qu'elle se rongeait les ongles. D'habitude elle ne faisait jamais ça. Tout à coup, elle se sentait très nerveuse à l'idée de voir Richard. Son oncle. Devant qui elle avait pris la fuite.

– Ma mère me traînait ici chaque fois qu'on venait à Londres pour Noël, dit-il en observant le contenu des présentoirs. C'est encore pire que dans mon souvenir.

Il fallait qu'elle s'éloigne de Keith, de la vendeuse… et qu'elle lutte contre son désir de se fondre dans la foule et de disparaître. Elle était à deux doigts de renoncer lorsqu'elle aperçut les boucles courtes de Richard, sa cravate argentée et sa chemise noire. Elle ne réussit pas à le regarder en face quand il s'approcha. Au lieu de ça, elle ouvrit la main et la tendit en avant, révélant la clé qui s'était incrustée dans sa paume.

– J'ai trouvé ça. C'était dans la chambre de tante Peg, derrière un poster. Je crois qu'elle l'a laissée là pour moi, et je crois que c'est pour ouvrir quelque chose ici.

– Ici?

– Le casier. Il est toujours ici?

304

— C'est dans une salle de stockage à l'étage. Mais il n'y a rien dedans. Elle a rapporté ses peintures à la maison.

— Est-ce que cette clé pourrait correspondre ?

Richard prit la clé et l'observa.

— Possible.

Ginny le regarda furtivement. Il n'avait pas l'air en colère.

— Viens, dit-il. J'ai un peu de temps. Allons jeter un coup d'œil.

L'atelier de tante Peg n'était pas un endroit très glamour. C'était une toute petite pièce au dernier étage avec des mannequins déformés et des cintres qui traînaient par terre. Il n'y avait qu'une fenêtre qui, lorsqu'on l'ouvrait, ne donnait que sur le ciel gris.

— C'est un de ceux-là, dit Richard en désignant de grands casiers en métal marron dans un coin.

Ce n'était pas l'un de devant, et Richard et Keith durent les pousser pour que Ginny puisse se faufiler entre les rangées et essayer les autres serrures. La cinquième correspondait parfaitement. L'intérieur du casier était creux. Il y avait beaucoup de place pour la pile de toiles roulées.

— Les parchemins perdus de Harrods, dit Keith.

— C'est bizarre qu'elle ait rapporté son matériel à la maison et laissé ses peintures ici. Je ne les aurais jamais trouvées. Quelqu'un aurait fini par les jeter.

Ginny déroula quelques toiles et les étendit par terre. C'était visiblement le travail de tante

Peg : des représentations vives, comme des dessins de bandes dessinées, de paysages maintenant familiers. Les vierges vestales, la tour Eiffel, les chemins blancs de Grèce, les rues de Londres, Harrods. Certaines étaient presque des copies exactes des dessins sur les enveloppes. La fille au pied de la montagne sous le château de la lettre 4, l'île-monstre marin de la lettre numéro 12. Ginny avait vu beaucoup de peintres amateurs représenter ces paysages lors de son voyage pour les vendre aux touristes en guise de souvenirs. Ces toiles étaient très différentes. Elles étaient vivantes. Elles semblaient vibrer.

– Attends.

Keith se pencha et sortit quelque chose qui était coincé à l'intérieur de la porte. Il le regarda puis le passa à Richard et Ginny. C'était une carte épaisse, gris colombe, avec un nom et un numéro de téléphone imprimés en caractères foncés.

– Cecil Gage-Rathbone, dit Keith. Ça c'est un nom.

Ginny prit la carte, la retourna. Quelques mots avaient été griffonnés au stylo : «Appelle maintenant.»

Ils sortirent les tableaux du casier, vingt-sept en tout, dans des tubes et des sacs immenses de Harrods. Richard dut passer quelques minutes dans le hall à convaincre un agent de sécurité qu'ils n'étaient pas en train de voler des objets de la réserve. Finalement, il sortit une carte de son portefeuille. L'homme recula et s'excusa platement.

Ils se dirigèrent vers son bureau, un petit espace entièrement rempli de boîtes et de tiroirs à dossiers. Il y avait à peine assez d'espace pour s'approcher du bureau et passer un coup de téléphone.

La voix de Cecil Gage-Rathbone était cristalline.

— Vous êtes Virginia Blackstone ? On nous a prévenus que vous nous contacteriez. Tous les papiers sont prêts. Nous préparons ça depuis des mois. Je crois que nous pourrions… Jeudi ? Ce n'est pas trop tôt ? Ça ne nous laisse que deux jours.

— Ok, dit Ginny, n'ayant aucune idée de ce dont il parlait.

— Quand aimeriez-vous que nous passions les chercher ?

— Euh… les peintures ?

— Oui, bien sûr.

— Euh… Quand vous voulez.

— Nous pourrions envoyer quelqu'un ce soir, si cela vous agrée. Nous aimerions les récupérer aussi vite que possible, pour tout préparer.

— Ça… Cela m'agrée.

— Excellent. Cinq heures vous conviendrait-il ?

— Bien sûr.

— Splendide. Cinq heures, alors. La même adresse à Islington ?

— Oui.

— Très bien. Il vous faudra juste venir ici à neuf heures jeudi matin. Vous avez notre adresse ?

Après avoir noté toutes les informations fournies par Cecil, qui travaillait pour une société du nom de Jerrlyn & Wise, elle raccrocha.

— Des gens vont venir récupérer les peintures.

— Qui ? demanda Richard.

— Aucune idée. Mais on doit se rendre à cette adresse jeudi à neuf heures. Ou du moins je dois y aller.

— Pourquoi ?

— Je ne sais pas très bien.

— Bon, eh bien ! tu as résolu l'affaire alors, pas vrai ? demanda Keith. Mystère résolu.

Son regard passait de Richard à Ginny, puis il recula vers la porte.

— Vous savez quoi ? J'ai envie d'aller voir de plus près ce fameux département nourriture. D'acheter quelque chose pour ma grand-mère.

— Désolée… d'être partie, dit Ginny une fois que Keith fut sorti.

— Oh, tu es la nièce de Peg. Vous avez ça dans le sang. Ce n'est pas grave.

Le téléphone de Richard se mit à sonner. C'était une sonnerie très forte, insistante. Pas étonnant qu'il ait toujours l'air harcelé ici.

— Tu ferais mieux de répondre, dit-elle. La reine a peut-être besoin de sous-vêtements.

— Elle attendra. Je suis sûr qu'elle a des tas de culottes.

— Probablement.

Ginny gardait les yeux fixés sur la moquette verte et terne. Il y avait de petits cercles de papier un peu partout, sans doute tombés du réservoir d'une perforeuse. On aurait dit de la neige.

– On devrait vraiment te trouver des vêtements, dit-il. Pourquoi n'irais-tu pas te choisir quelque chose ? Je les ferai mettre sur mon compte. Rien d'exagéré, si ça ne te dérange pas, mais quelque chose qui te plaît.

Ginny hocha lentement la tête. Ses yeux dessinaient des formes sur le sol. Une étoile. Un lapin avec une seule oreille.

– Je suis désolé, dit-il. Je n'aurais pas dû te dire ça dans le train. Je ne sais pas à quoi je pensais. Je ne pensais pas, en fait. Parfois je dis juste les choses comme ça.

– Ça ne m'a jamais paru réel.

– Quoi ? Peg et moi ? Je ne savais pas vraiment ce que c'était, en fait.

– Sa disparition. Des fois, elle faisait des choses comme ça.

– Ah...

Une autre sonnerie retentit, encore plus forte. Richard regarda son téléphone d'un air ennuyé, appuya sur quelques boutons et elle s'arrêta.

– Elle m'avait toujours promis qu'elle serait là. Quand je serais au lycée, à la fac. Elle faisait des promesses qu'elle ne tenait pas. Et puis elle est partie sans rien dire à personne.

– Je sais. Elle était affreuse. Mais elle s'en tirait toujours.

Il lui fallut fournir un gros effort, mais elle releva les yeux. Richard rangeait un classeur sur son bureau d'un air absent.

– Je sais. Elle était vraiment pénible parfois.

– Très pénible.

Il avait l'air triste et pensif.

– Je crois qu'elle savait quand même un peu ce qu'elle faisait, continua-t-elle. Au moins, j'ai trouvé un oncle dans l'affaire.

Richard arrêta de triturer ses papiers et la regarda.

– Oui, dit-il en souriant. C'est agréable d'avoir une nièce.

La maison molletonnée

Le jeudi matin, un taxi noir transportant Ginny, Richard et Keith se faufilait dans une rue calme de Londres, le genre de calme qui murmure richesse, tradition et présence de nombreux systèmes de sécurité haute technologie.

L'immeuble Jerrlyn & Wise était un peu plus grand que les autres, mais à part ça rien ne laissait entendre qu'il s'agissait d'autre chose que d'une maison. Le seul moyen de l'identifier était une petite plaque en cuivre à côté de la porte d'entrée, qui fut immédiatement ouverte par un homme aux cheveux d'un blond si parfait qu'il en était effrayant.

— Mademoiselle Blackstone, dit-il. Vous ressemblez tellement à votre tante. Je vous en prie, entrez. Je suis Cecil Gage-Rathbone.

Le costume gris colombe de Cecil était assorti à la carte professionnelle qu'ils avaient trouvée dans la porte du casier. Ses boutons de manchette scintillaient discrètement sur ses manches en coton de haute qualité. Ça sentait le sur-mesure.

Si le kilt Jittery Grande de Keith, sa chemise noire et sa cravate rouge le surprirent, il n'en montra rien. Il se présenta et lui serra la main comme s'il avait attendu toute sa vie de le rencontrer et était soulagé que le moment soit enfin arrivé. Il prit Ginny par les épaules et la conduisit le long d'une collection d'antiquités et au milieu de personnes aussi bien habillées et coiffées que lui-même.

Il leur proposa de la nourriture et des boissons installées sur une longue table en acajou où était disposé un choix impressionnant de carafes et de plats en argent. Ginny n'aurait rien pu avaler, mais Richard accepta du café et Keith prit du champagne, des fraises, des petits scones et une énorme cuillerée de crème. Cecil leur fit traverser un long couloir qui menait à la salle des enchères. Tout était épais et cossu : les lourds rideaux aux fenêtres, les fauteuils en cuir rebondis. Tout était si molletonné et insonorisé qu'il était difficile d'entendre les murmures de Keith qui racontait qu'il avait toujours voulu jouer James Bond et était ravi d'être à l'audition.

Ils s'arrêtèrent au bout du couloir, dans une pièce où d'autres personnes en costume étaient assises et parlaient doucement dans leurs téléphones portables. Des chaises bleues avaient été installées sur le côté, ainsi que des tables avec des câbles pour les ordinateurs portables. Les toiles avaient été mises sous de simples cadres en verre et disposées sur des chevalets.

Cecil les fit asseoir dans un coin puis se pencha vers eux entre deux sièges pour leur parler discrètement :

— Ce que je pense, murmura-t-il, c'est que nous avons de grandes chances de recevoir une offre satisfaisante pour la collection entière. Les gens les appellent les « peintures de Harrods ». Tout le monde aime les bonnes histoires.

Maintenant que les peintures étaient alignées, Ginny comprenait enfin ce qu'elles représentaient. Elle se tourna vers Richard, qui les regardait de la même façon, comme s'il lisait une phrase dans un livre.

Les dessins étaient d'abord vifs, clairs et puissants, comme des bandes dessinées. Les suivants leur ressemblaient, mais avaient été exécutés avec des jets de peinture suggérant la précipitation. Puis les couleurs commençaient à s'atténuer et à se mélanger, et les proportions devenaient très étranges. Les derniers étaient les plus beaux et les plus frappants. Les couleurs vives et les lignes marquées étaient revenues, mais les images semblaient extraordinairement déformées. La tour Eiffel se scindait en deux. Les bus londoniens étaient gros, loufoques et violets, et des fleurs poussaient le long des rues.

— Elle était malade, dit Ginny pour elle-même.

— Cette œuvre est un compte rendu de sa maladie, ce qui la rend vraiment unique, dit Cecil en choisissant ses mots. Mais vous devez savoir que le travail de votre tante a commencé à attirer l'attention avant qu'elle ne tombe malade. On la décrivait comme la nouvelle Mari Adams, qui a beaucoup soutenu votre tante. D'importants acheteurs sont prêts et attendent ces peintures depuis des mois.

Mari Adams… Lady McBizarre. À la façon dont Cecil avait élevé la voix en prononçant son nom, Ginny comprit que Mari représentait beaucoup, du moins aux yeux de ce dernier.

– Alors pourquoi ne les a-t-elle pas vendues ? demanda Ginny.

Cecil se pencha encore plus bas.

– Vous devez savoir qu'elle était pleinement consciente que la valeur de la collection augmenterait après son… départ. C'est comme ça que fonctionne le monde de l'art. Elle a délibérément retardé la vente.

– Jusqu'à… Après.

– Jusqu'à ce que vous me contactiez, oui. C'est l'impression qu'elle m'a donnée.

Il plia ses genoux et se pencha encore plus bas, jusqu'à ce que sa tête soit au niveau de la sienne.

– Je comprends que ce doit être un peu bizarre pour vous, mais tout est arrangé. Vos gains seront virés sur votre compte dès que la vente sera finalisée.

Son téléphone qui vibrait attira son attention.

– Excusez-moi un instant, dit-il en couvrant le téléphone de sa main. C'est le Japon.

Cecil se retira dans un coin de la pièce et Ginny fixa l'arrière du crâne de l'homme assis devant elle. Il avait une grosse tache rouge que ses quatre cheveux peignés en arrière avec du gel ne parvenaient pas à dissimuler.

– Nous ne sommes pas obligés de faire ça, dit Ginny, si ?

Richard ne répondit pas.

La pièce était trop silencieuse. Trop calme comparée à l'agitation qui régnait dans son esprit. Elle aurait bien voulu que Keith fasse une blague sur le fait que la nation japonaise tout entière avait appelé Cecil ou qu'elle venait juste d'enlever les restes d'une œuvre d'art inestimable de son épaule ce matin sous la douche. Mais il ne dit rien.

Ginny reposa ses yeux sur la tache. Elle avait un peu la forme du Nebraska.

– Bien, dit Cecil, de nouveau à côté d'eux, en refermant son téléphone. Vous êtes prêts ?

Ginny remarqua que Richard évitait consciencieusement de regarder les peintures. Elles lui causaient une peine véritable.

– Je pense, répondit Ginny.

Cecil prit place sur une estrade. Au lieu de ranger leurs téléphones, les gens qui n'en avaient pas les sortirent précipitamment et les portèrent à leur oreille. Quelques ordinateurs s'ouvrirent. Il fit une rapide présentation et commença poliment les enchères à dix mille livres.

Pendant un moment, rien ne se passa. Un murmure se propagea dans la pièce alors que les gens répétaient ce prix dans leurs téléphones dans de

nombreuses langues. Personne n'éleva la voix ou
ne leva la main.

– Dix mille devant, dit Cecil. Merci.

– Où? demanda Keith, la bouche pleine de
fraises et de crème.

– Et douze. Douze. Merci, monsieur. Maintenant quinze mille.

Ginny ne voyait toujours rien, mais Cecil
repérait ces signes grâce à une sorte d'instinct
magique.

– Quinze mille pour le monsieur à droite. J'en-
tends dix-huit? Merci beaucoup. Et vingt? Oui,
monsieur, très bien. Trente peut-être?

Keith posa très lentement son assiette sur ses
genoux et attrapa les accoudoirs de sa chaise.

– C'est moi qui ai proposé vingt? chuchota-t-il.
Quand je mangeais? Tu crois que…?

– Chut, fit Ginny.

– Trente. Très bien. Trente-cinq? Merci. Quarante. Quarante pour la dame devant…

Richard n'avait toujours pas relevé les yeux du
programme fermé posé sur ses genoux. Ginny
tendit la main et prit la sienne, qu'elle ne cessa
de serrer jusqu'à ce que les enchères s'arrêtent à
soixante-dix mille livres.

Soixante-dix mille petites bourses

Le lendemain, Ginny se réveilla avec l'impression d'avoir grandi de plusieurs centimètres. Elle s'étira dans le lit, à droite, à gauche, essayant de déterminer si c'était juste un rêve ou si cette soudaine rentrée d'argent avait réellement fait pousser sa colonne vertébrale. Elle toucha ses orteils pour voir si elle prenait toujours autant de place dans le lit qu'auparavant. Ça semblait être le cas.

L'argent serait bientôt viré d'un ordinateur à un autre et apparaîtrait sur son compte. Comme par magie. Elle trouvait bizarre que toute cette histoire se termine par de l'argent. Des chiffres. Ce n'était qu'un nombre, et on ne peut pas léguer un nombre. C'est comme léguer un adjectif, ou une couleur.

Elle imagina à nouveau des petites bourses. Cette fois, il y en avait soixante-dix mille. Elles remplissaient la pièce, s'empilant contre les murs jaunes et roses, recouvrant la moquette... La recouvrant, elle, dépassant l'affiche de Manet jusqu'à toucher le plafond.

En fait, c'était un peu alarmant.

Elle roula sous la pile fantôme et sortit du lit. Elle avait dormi longtemps, remarqua-t-elle, et Richard était déjà parti. Il avait laissé le journal ouvert sur la table, et avait entouré pour elle les taux de change. Dans la marge, il avait écrit au crayon « $133 000 ».

La pile imaginaire réapparut dans son esprit, et doubla de volume. Cette fois, c'était une mer de dollars qui lui arrivait à la taille, remplissait la cuisine et engloutissait la table.

Ce ne pouvait pas être la grosse surprise de tante Peg. Il devait y avoir autre chose, elle en était persuadée. Mais elle allait avoir besoin d'aide pour découvrir ce que c'était. Ce qui signifiait une chose et une seule.

La télévision était allumée quand elle arriva, mais Keith ne la regardait pas. Un homme aux cheveux longs ouvrait des pots de peinture devant deux personnes à l'air surpris, portant des chemises assorties. Keith était penché sur son carnet et ne releva même pas les yeux lorsque Ginny entra et s'assit sur le canapé.

– Écoute ça, dit-il. *Harrods : la comédie musicale*. Dans un contexte mythologique moderne, le grand magasin représente… quoi ?

Elle sentait qu'elle avait les yeux écarquillés et une expression vide et froide.

– À ton avis, elle veut que je fasse quoi avec l'argent ?

– L'argent ?

Ginny hocha la tête. Il soupira et referma son carnet sur sa main pour garder la page.

— Je ne voudrais pas insister sur ce point, mais elle est morte, Gin. Elle ne veut pas que tu fasses quelque chose de spécial. C'est ton argent. Tu en fais ce que tu veux. Et si ce que tu veux c'est investir dans *Harrods : la comédie musicale*, ce n'est pas mon rôle de t'en empêcher.

Il la regarda avec impatience.

— Ça vaut le coup. Bon, d'accord. Pourquoi pas voyager ?

— Je viens de voyager.

— Tu as un peu voyagé. Tu peux toujours voyager plus.

— Je n'en ai pas vraiment envie.

— Tu pourrais rester à Londres. Il y a plein de choses à faire ici.

— Sans doute.

— Écoute, dit-il en soupirant. On vient de te donner beaucoup d'argent. Fais-en ce que tu veux. Arrête de penser à cette dernière lettre, je suis sûr que c'est ce que tu es en train de faire. Tu as tout découvert. Tout a fonctionné.

Elle haussa les épaules.

— Qu'aurais-tu voulu qu'elle te dise ? Elle t'aurait guidée jusqu'au poster. Tu as réussi à trouver ce qu'elle voulait te donner. Tu as découvert que Richard était ton oncle. Quoi de plus ?

— Je peux te demander quelque chose ?

— Apparemment, il y a quelque chose que tu veux savoir.

– Est-ce qu'on sort ensemble?

– Qu'est-ce que ça veut dire, sortir ensemble?

– Arrête. Sérieusement.

– Très bien.

Il se leva et éteignit la télévision.

– C'est une bonne question. Mais tu vas bien devoir rentrer chez toi. Tu le sais.

– Je sais. Je voulais juste vérifier. Mais il y a quelque chose entre nous?

– Tu sais ce que je ressens.

– Mais tu ne pourrais pas… le dire?

– Oui, dit-il en hochant la tête. Il y a quelque chose entre nous.

Le fait qu'il ait dit ça la rendit incroyablement heureuse.

Et à cette seconde, elle comprit exactement ce que la treizième lettre lui aurait dit de faire.

La treizième lettre

Ce n'était pas très logique, mais Ginny avait l'impression qu'il fallait faire quelque chose de spécial pour fêter la vente des «peintures de Harrods». Mais Harrods ne semblait pas être au courant de l'événement ni de l'artiste qu'il avait hébergé sous son toit. Harrods était juste Harrods. Bondé, trépidant. La vie suivait son cours. La vendeuse de chocolats roula des yeux en voyant arriver Ginny.

— Un instant, dit-elle. J'appelle M. Murphy.

En chemin, Ginny s'était arrêtée pour voir si l'argent était arrivé sur son compte. En fait, oui, alors elle avait retiré cent livres pour faire bonne mesure. Elle les sortit de sa poche et les cacha dans sa paume.

— Il descend, mademoiselle, dit la vendeuse, sans enthousiasme.

— Quels sont vos meilleurs chocolats ? demanda Ginny en regardant la vitrine.

— Ça dépend de ce que vous aimez.

— Lesquels préférez-vous ?

– Les truffes au champagne. Mais la boîte coûte soixante livres.

– Je vais en prendre une.

La vendeuse haussa les sourcils tandis que Ginny tendait l'argent. Un peu plus tard, elle lui présenta une lourde boîte en bronze. Ginny récupéra le ticket sous le ruban marron et repoussa la boîte vers la femme.

– C'est pour vous. Merci pour tout.

Alors qu'elle s'éloignait du comptoir, elle se demanda si cet argent n'était pas une bonne chose, après tout.

Elle emmena Richard au salon de thé. Ça semblait la bonne chose à faire. Depuis qu'elle était en Angleterre, elle n'avait toujours pas pris un thé traditionnel. Ils étaient maintenant devant un plateau à plusieurs étages remplis de petits sandwichs et de gâteaux.

– Tu es venue dépenser ta fortune ? demanda Richard.

– En quelque sorte.

Elle regarda la tasse en porcelaine fine que le serveur venait de remplir.

– Qu'est-ce que ça veut dire ?

– J'ai bien fait de vendre les toiles, non ?

– J'étais là à ce moment-là. La fin, toute la confusion. C'est ce que ces peintures ont raconté. Je ne veux pas me souvenir de ces moments, Ginny. Elle n'était plus vraiment elle-même.

– Comment a-t-elle fait pour écrire les lettres ?

– Parfois elle était lucide, et le moment d'après, elle croyait que les murs étaient couverts de coccinelles ou que la boîte aux lettres lui parlait. Pour être honnête, parfois je ne savais plus si c'était douloureux ou si elle profitait de toutes les drôles de choses qu'elle voyait. Peg était… pleine de surprises.

– Je vois ce que tu veux dire.

Ils remplirent leurs assiettes de petits sandwichs. Ginny disposa les siens en quatre points au bord de l'assiette, comme une boussole ou une horloge.

– Dans la dernière lettre que j'ai lue, elle m'a dit quelque chose. J'ai pensé qu'elle ne te l'avait peut-être pas dit.

Richard s'arrêta à mi-chemin de son sandwich au concombre.

– Elle m'a dit qu'elle t'aimait. Qu'elle était folle de toi. Elle s'en voulait terriblement d'être partie, mais elle était terrorisée. Comme ça tu le sais.

En voyant l'expression de son visage (elle crut que ses sourcils allaient se détacher à force de descendre et de remonter), Ginny comprit qu'il ne l'avait pas su. Et elle comprit aussi que, maintenant, elle en avait vraiment fini. Soudain, elle se sentit très légère.

En fait, elle ne fut même pas embarrassée quand Richard s'approcha d'elle et la serra dans ses bras.

✉.13

Chère tante Peg,

Je ne sais pas si tu es au courant, mais la treizième enveloppe bleue a disparu (elle était dans le
sac qu'on m'a volé en Grèce). Donc, j'ai décidé de
l'écrire moi-même. Sache que Richard m'a rame-
née à Londres, et que j'ai tout découvert. J'aurais
dû m'en douter, pour les pantoufles vertes.

Nous avons gagné beaucoup d'argent. Les gens
ont vraiment aimé tes peintures. Alors merci.

Tu sais, ça fait longtemps que j'ai envie de
t'écrire, mais je n'ai jamais réussi. Tu n'as jamais
laissé d'adresse où te trouver, et tu n'as jamais
relevé tes courriels. Alors je t'écris maintenant que
tu es morte, ce qui est plutôt stupide. Je ne peux
envoyer cette lettre nulle part. Je n'ai aucune idée
de ce que je vais en faire. C'est un peu ridicule que
la seule treizième lettre que je vais avoir soit celle
que je t'ai écrite.

En vérité, si j'avais pu t'écrire, je t'aurais probablement hurlé dessus. J'étais folle de rage. Et même
si tu m'as tout expliqué, je t'en veux encore. Tu es
partie, et tu n'es jamais revenue. Je sais que tu as
des « problèmes », et que tu es différente, créative et
tout ça, mais ça n'excuse pas tout. Tu as manqué à

tout le monde. Maman se faisait du souci pour toi et, quand on y pense, elle avait raison.

En même temps, tu as inventé ce formidable jeu. Tu m'as fait venir ici, tu m'as fait faire toutes ces choses que je n'aurais jamais faites sans toi. Et même si tu me disais quoi faire, c'était à moi d'y parvenir. J'ai toujours pensé que je ne pouvais agir qu'avec toi, que tu me rendais plus intéressante. Mais il faut croire que j'avais tort. Honnêtement, il m'en a fallu des tripes, parfois. Tu aurais été fière de moi. Je suis toujours la même... J'ai toujours du mal à parler, parfois. Je fais des choses incroyablement stupides au mauvais moment. Mais, au moins, je sais de quoi je suis capable maintenant.

Alors j'imagine que je ne dois pas trop t'en vouloir. Mais tu me manques toujours. Maintenant que je suis là, dans ta chambre, à dépenser ton argent... Tu ne m'as jamais semblé aussi loin. Je pense que ça va prendre du temps.

Comme je n'aurai pas besoin d'enveloppe bleue pour t'envoyer cette lettre, je vais y laisser la moitié de l'argent pour Richard. Je sais que tu me l'as donné à moi, mais je suis presque sûre que tu aurais voulu qu'il en ait un peu. C'est mon oncle, après tout.

J'ai aussi décidé de faire ce que tu n'as jamais réussi à faire. Mais je sais que tu aurais aimé y parvenir... Je rentre à la maison.

Je t'embrasse,
Ton intéressante nièce internationale.

P.-S. : Oh, et je lui ai dit.

Remerciements

J'aimerais remercier les administrateurs du château de Hawthornden. C'est là, pendant mon séjour, que j'ai commencé ce livre, et que j'ai appris à conduire sur les routes de Midlothian, en Écosse, dans un noir complet, sous la pluie, l'hiver. (Un exploit que, cependant, je ne recommande pas.)

Simon Cole et Victoria Newlyn m'ont fourni un véritable havre de paix à Londres et ne m'ont jamais posé de questions malvenues telles que «Qu'est-ce que tu fais ici?» ou «Combien de temps comptes-tu rester?». Stacey Parr, expatriée à vie, a fait office de tante cinglée et Alexander Newman d'Anglais à New York et d'oncle qui m'a toujours soutenue. John Janotti mérite des remerciements pour m'avoir fait partager ses expériences multiples et variées et avoir toléré mon obsession du café.

Sans les conseils de mes éditeurs, Ben Schrank, Lynn Weingarten et Claudia Gabel de Alloy Entertainment, ainsi qu'Abby McAden de HarperCollins, je ne serais nulle part aujourd'hui.

MAUREEN JOHNSON est née à Philadelphie, en Pennsylvanie. Enfant, elle lisait sans arrêt, comme beaucoup de lecteurs qui finissent par écrire. Elle a étudié la dramaturgie et l'écriture romanesque à l'université de Columbia.

Avant de pouvoir vivre de sa plume, Maureen a pratiqué bon nombre de petits boulots de New York à Londres en passant par Las Vegas. Aujourd'hui elle vit à New York avec son mari.

Retrouvez Maureen Johnson sur son site internet :
www.maureenjohnsonbooks.com

Orianne Charpentier
Après la vague
La vie au bout des doigts
Rage

Émilie Chazerand
La fourmi rouge

Sarah Cohen-Scali
Max

Eoin Colfer
W.A.R.P.
- 1. L'assassin malgré lui
- 2. Le complot du colonel Box
- 3. L'homme éternel

Élisabeth Combres
La mémoire trouée

Ally Condie
Atlantia
Promise
- Promise
- Insoumise
- Conquise

Matthew Crow
Sans prévenir

Christelle Dabos
La Passe-miroir
- 1. Les Fiancés de l'hiver
- 2. Les Disparus du Clairdelune
- 3. La Mémoire de Babel

Stéphane Daniel
Gaspard in love

Claudine Desmarteau
Un mois à l'ouest

Victor Dixen
Le Cas Jack Spark
- Saison 1. Été mutant
- Saison 2. Automne traqué
- Saison 3. Hiver nucléaire
Animale
- 1. La Malédiction de Boucle d'or
- 2. La Prophétie de la Reine des neiges

Berlie Doherty
Cher inconnu

Tom Ellen et Lucy Ivison
Mon homard
French ski

Charlotte Erlih
Bacha posh

Manon Fargetton
Dix jours avant la fin du monde

Timothée de Fombelle
Le livre de Perle

Cornelia Funke
Reckless
• 1. Le sortilège de pierre
• 2. Le retour de Jacob

Aurélie Gerlach
Lola Frizmuth
Où est passée Lola Frizmuth ?
Qui veut la peau de Lola Frizmuth ?

Alison Goodman
Eon et le douzième dragon
• Eon et le douzième dragon
• Eona et le Collier des Dieux
Lady Helen
• 1. Le Club des Mauvais Jours
• 2. Le Pacte des Mauvais Jours

John Green
Qui es-tu Alaska ?
La face cachée de Margo
Tortues à l'infini

John Green et David Levithan
Will & Will

Lian Hearn
Le Clan des Otori
• 1. Le Silence du Rossignol
• 2. Les Neiges de l'exil
• 3. La Clarté de la lune
• 4. Le Vol du héron
• 5. Le Fil du destin

Monica Hesse
Une fille au manteau bleu

Maureen Johnson
13 petites enveloppes bleues
• 13 petites enveloppes bleues
• La dernière petite enveloppe bleue

Gordon Korman
Mon père est un parrain

Sève Laurent-Fajal
Les valises

David Levithan
A comme aujourd'hui

Erik L'Homme
Des pas dans la neige
Nouvelle-Sparte

Sue Limb
Jess Jordan
- 15 ans, Welcome to England !
- 15 ans, charmante mais cinglée
- 16 ans ou presque, torture absolue
- 16 ans, franchement irrésistible

E. Lockhart
Nous les menteurs
Trouble vérité

Hayley Long
Nos vies en mille morceaux

Benoît Minville
Les belles vies

Jean Molla
Felicidad

Jean-Claude Mourlevat
Le Combat d'hiver
Le Chagrin du Roi mort
Silhouette
Terrienne

Jandy Nelson
Le ciel est partout
Le soleil est pour toi

Patrick Ness
Le Chaos en marche
- 1. La Voix du couteau
- 2. Le Cercle et la Flèche
- 3. La Guerre du Bruit
Nous autres simples mortels

Jennifer Niven
Tous nos jours parfaits
Les mille visages de notre histoire

Joyce Carol Oates
Nulle et Grande Gueule
Sexy
Zarbie les yeux verts

Isabelle Pandazopoulos
La Décision
Trois filles en colère

Mary E. Pearson
Jenna Fox, pour toujours
- Jenna Fox, pour toujours
- L'héritage Jenna Fox

Lucie Pierrat-Pajot
Les Mystères de Larispem
- 1. Le sang jamais n'oublie
- 2. Les jeux du siècle
- 3. L'élixir ultime

François Place
La douane volante

Louise Rennison
Le journal intime de Georgia Nicolson
- 1. Mon nez, mon chat, l'amour et moi
- 2. Le bonheur est au bout de l'élastique
- 3. Entre mes nungas-nungas mon cœur balance
- 4. À plus, Choupi-Trognon...
- 5. Syndrome allumage taille cosmos
- 6. Escale au Pays-du-Nougat-en-Folie
- 7. Retour à la case égouttoir de l'amour
- 8. Un gus vaut mieux que deux tu l'auras
- 9. Le coup passa si près que le félidé fit un écart
- 10. Bouquet final en forme d'hilaritude

Nastasia Rugani
Milly Vodović

Ruta Sepetys
Big Easy
Ce qu'ils n'ont pas pu nous prendre
Le sel de nos larmes

Stéphane Servant
Guadalquivir

Dodie Smith
Le château de Cassandra

Laini Taylor
Le Faiseur de rêves

Thibault Vermot
Colorado Train

Vincent Villeminot
La Brigade de l'ombre
- 1. La prochaine fois ce sera toi
- 2. Ne te fie à personne
- 3. Ne compte que sur les tiens

Danielle Younge-Ullman
Toute la beauté du monde n'a pas disparu

Le papier de cet ouvrage est composé de fibres naturelles,
renouvelables,recyclables et fabriquées à partir de bois
provenant de forêts gérées durablement.

Mise en pages: Anne-Catherine Boudet
Photo de l'auteur © D.R.

ISBN : 978-2-07-063434-7
Loi n° 49-956 du 16 juillet 1949
sur les publications destinées à la jeunesse
Premier dépôt légal : juin 2010
Dépôt légal : novembre 2020
N° d'édition : 377527 – N° d'impresssion : 250220
Imprimé en France par Maury Imprimeur - 45330 Malesherbes